孤独博物馆

我一直讨厌孤独。

我把身体里的孤独全都挤出来，写了一个孤独的养恐龙的男人、一个孤独的武林高手老太太、一个孤独的小偷、一个孤独的面摊老板，甚至一个孤独的僵尸粉。

◈

希望这些故事里的淡淡情绪
与奇思怪想，
能够让人找回被时间消磨掉的、
旧时光的些许滋味。

孤独博物馆

作品 纽太普

The Museum of Solitude

C¦S 湖南文艺出版社
HUNAN LITERATURE AND ART PUBLISHING HOUSE
博集天卷
CS-BOOKY

Contents 目 录

序言

讲个故事给孤独的你

小时候，我最大的爱好是听吴君玉老先生的苏州评话。

老先生擅长说《水浒传》。扇子一展就是大刀，一刺便是长枪，竖在身前便是花荣的硬弓。一把扇子配合着干瘦的身体与神光灼灼的双目，仿佛在他的骨架上填进看不见的肌肉，令听者神为之夺，魂为之慑。

那时候我高不过三尺，每天一放学，便背起小书包，冲回家里打开电视。别的孩子都在看《灌篮高手》《美少女战士》之类的动画片，我却对一个糟老头子如痴如狂。

讲故事，大概是人类最古老的职业之一，仅次于农夫、杀手和妓女。故事有口就能讲，但讲好故事却很难。故事里最多的就是人，可讲故事的人，却也是最孤独的。

无论是能背诵三十七万行《格萨尔王传》的传人，还是一张口便有兵甲百万的评书艺人，讲好故事，需要细细雕琢眼神、语气、节奏、内容……一个人，要经历多久，才能把每个动作、每个表情精确地变成撩拨人心的羽毛？那些讲故事的人，一定是在人与人的丛林里徘徊过，在孤独里观察、记忆，才能找到故事背后的人性共通之处。

小时候我体弱多病，不常出门。别的孩子在大太阳底下疯跑的时候，我往往只能被禁足在家，面对一箱子玩具。

长日漫漫，要想对抗无聊，巨大的脑洞不可或缺。于是，我给每个玩具设计了性格、爱好甚至口头禅，还给它们设计了不同的世界——断角的小鹿和猛犸象是一个世界的，而回力车则和少了一只手的变形金刚是好朋友……

但是，好人打败坏人的故事太符合常理，也太没劲了。于是，反派最好强一点，正面人物要不断成长，还最好有点黑历史；"主角的爹其实是上一部被打败的大Boss然后原大Boss良心发现陪着主角去打新Boss结果被新Boss一招秒了"，这个剧情不错，够悲壮。至于大Boss被打败了之后要怎么玩下去，重来一次吗，说不定上一部的屠龙少年，这一部就黑化变成大Boss了。还有，时不时可以把不同的宇宙串联一下，掌握丛林之力的小狮子穿越到星际战舰上，也会碰撞出新的火花。

所以后来，当我看漫威的动画与电影时，经常会心一笑——果然天下宅男宅久了思路都会接近，什么重启宇宙啦，什么联动啦，我当年也玩过呢。

我做过几年记者，但最喜欢的还是写小说，大概是因为我见过太多无奈的现实。

在我看来，无论是架空世界的科幻故事，还是脑洞巨大的都市传奇，都是一种美好的慰藉——我一直相信，写故事、讲故事的人，都因为孤独，而害怕寂寞。因为故事，他们会拥有很多个世界，这些世界能让他们免于空虚和寂寞。

在现实这片草原上，它们就是一个个温暖的洞，有小小的野兽在其中蜷缩、取暖。无聊忧伤的时候，心里有小情绪的时候，能找到其中的一个小窝，和一只小兽抱着打个盹，多好。

所以，我一直有点小小的私心，希望自己能够写一些不咸不淡却有回味的故事，希望这些故事里的淡淡情绪与奇思怪想，能够让人找回被时间消磨掉的、旧时光的些许滋味。

我一直讨厌孤独。我把身体里的孤独全都挤出来，写了一个孤独的养恐龙的男人、一个孤独的武林高手老太太、一个孤独的小偷、一个孤独的面摊老板，甚至一个孤独的僵尸粉。

如果你和我一样，也是一个喜欢讲故事的人，那你一定知道，得到听众的回应是一件多爽的事情。让听众的心情上下起伏，手臂浮出鸡皮疙瘩，后背凉飕飕如有鬼魂趴肩膀……甚至初时不知不觉，听完故事良久才突然意识到"细思恐极"，可以说是讲故事人最有成就感的事情了。

　　这种成就感，能让我免于孤独，让我意识到人的悲喜终能够相通。对于一个格外害怕寂寞，所以写了好多故事的人来说，这比什么都美好。

　　现在，这些故事到你的手里了。希望你会喜欢。

你们都是僵尸粉

我们都是僵尸粉

最后一个用微博的人

林清明白了。他心里有些空落落的。和自己聊得开开心心的那个姑娘，扎着双马尾、眼睛挺大的那个姑娘，原来是个僵尸粉。

1

林清是一个小镇青年。如果从电子地图上看，他出生、长大、从未离开过的小镇，只是一个小小的点，只有推着滚轮把地图放到最大，才能看到一小片土地上纤细的道路。

小镇上只有一家网吧，几部老旧的电脑，勉强能跑起LOL和DOTA。

二十一岁之前，林清没有用过社交网站。在他的印象中，对网络的理解还停留在"上网冲浪"的层次。社交网站一茬茬地出现，他却从来都没想着去注册一个。原因也很简单：自己就是个普通得不能再普通的人，所有的朋友在地理上都位于吼一嗓子就能互相交流的范围内，有什么可以展示在社交网站上的呢？

所以，林清用微博完全是一个巧合，他自己也说不清为什么，鬼使神差地就注册了微博，填上了自己现想的网名"林间清风"。

注册微博对他来说很麻烦：为了防止僵尸粉，微博对用户的真实性审查越来越严，光是一个"林间清风"的ID，根本不能让他发帖。填上了身份证手机号，林清才可以正式"上网冲浪"了。

该关注谁呢？新注册的微博默认会随机关注一些大号，但林清觉得，既然玩微博，当然要和网友们网聊才对。所以，他点进一个微博账号，看下面的评论。

大多数评论都挺无聊的，但是也有几个看上去言之有物。林清随手点了一个，是个女孩，名叫"若水华336"，用的是个没怎么PS过的自拍照头像。她新发的微博是这么一条：

"真正的爱，是接受，不是忍受；是支持，不是支配；是慰问，不是质问。真正的爱，要道谢，也要道歉；要体贴，也要体谅；要认错，也好改错。真正的爱，不是彼此凝视，而是共同沿着同一方向望去。其实，爱不是寻找一个完美的人，而是，要学会用完美的眼光，欣赏一个并不完美的人。"

林清觉得这女孩的思想挺有深度，长得也不错。他想了想，点了转发并评论道："爱不是寻找完美的人，因为这世界本就不完美；爱的价值，是让世界变得更完美一些。"

就这样，林清逛逛微博，看看新闻，也时不时地关注几个人。他说不清自己关注他人的原因是什么，也没有人互关他，不过他还是乐此不疲。

大概在他玩微博的第三天，他发现自己的屏幕右上角多了一排黄色的小标签："您有1个新粉丝""您有3次新转发"。他兴奋地点开，发现"若水华336"关注了他。

他并没有给自己的第一个互关对象发私信，而是在她的新微博下面评论："愿你的生活充满阳光。"

很快，他得到了回复："感恩就是人心里的阳光，我的感恩愿与你分享。"

这让他很是开心。

就这样，林清在微博上交上了不少的朋友。他们或是风趣幽默，或是文才俊秀，有的对热点事件指点江山，有的对生活琐事提出建议。林清觉得，微博真是好玩。虽然他只有几十个粉丝，每条微博也不过两三个转发。

一天，他看到一位关注者发了一条"做到这五件事，你也能长命百岁"的微博。这样的微博林清很喜欢看，也几乎每条必回。不过今天，他觉得光回复似乎还不够，他决定自己也写写养生的经验。

林清决定写个和减肥相关的微博，因为他觉得减肥应该是个会让女孩子关心的话题。他找了些资料，发了条微博："减肥吧妹纸们！做到这五件事，谁都能瘦下来：少吃、多动、早睡、快乐，还有对自己狠一点。"

然后，他关了电脑，回家睡觉。

2

林清万万没有想到，第二天当他打开电脑登录账号的时候，会看到三万多条转发和评论。屏幕右上角的小黄签欢欣雀跃地等着他点开。要知道，就算是一线明星的微博，也不见得能有这么多转发和评论。林清不知道，自己怎么就火了。

他忙不迭地点开小黄签。按下鼠标的时候，他还在想：究竟是哪条微博火了呢？是不是哪个大V转发了我的微博呢？肯定是，估计下面有好多评论，三万多条啊，我怎么回才好？

老网吧的网速慢，页面慢慢地刷了出来，林清握着鼠标的手僵住了。

三万多条评论，一模一样的评论。

"减肥吧妹纸们！最美好的事情莫过于留一束长发和两位数体重，全面的减重效果使体重达到理想的水平，减少食欲和消除饥饿的痛苦！想瘦的亲看过来了：现在把握机会，你也是瘦纸！等待你的是惊喜！"后面跟着一个卖减肥药的链接。

后面跟着一个卖减肥药的链接！

林清下意识地认为这是一个恶作剧。但这不可能。尽管网上偶尔也会出现诸如"其实你玩的是微博单机版，微博上的每个人都是我假装的，信不信？不信的话，我换个ID来留言"这样的接龙恶作剧，但是三万多条一模一样的评论，这概率简直就是在用洲际导弹炸蚊子。

也许是自己的微博中了病毒，病毒假造了这些评论？林清退出了自己的账号，又注册了一个新的账号，找到自己的微博。没错，确实是三万多次转发和评论。

林清想找与自己互关的朋友问问究竟发生了什么。他换回自己账号，找到了"若水华336"。刚点进她的页面，林清就发现，"若水华336"也转发了他的这条微博，并且留下了与那三万多条评论一模一样的转发语。

林清第一次给"若水华336"发了私信："为什么会转我的那条微博呢？"

"若水华336"很快回答："微博是很好玩的，我喜欢转发微博。"

林清："就是那条'减肥吧妹纸们'的微博，为什么会那样转发呢？"

"若水华336"："减肥吧妹纸们！最美好的事情莫过于留一束长发和两位数体重，全面的减重效果使体重达到理想的水平，减少食欲和消除饥饿的痛苦！想瘦的亲看过来了：现在把握机会，你也是瘦纸！等待你的是惊喜！"

林清不知道该跟她说什么了。他点进其他几个互关网友的微博主页，毫不意外地发现他们也都和"若水华336"做出了同样的事情。而与他们的私信也如出一辙，只要提到"减肥吧妹纸们"这六个字，得到的就是那一段一模一样的回应。

仿佛他们的体内被种了某种蛊，听到这六字真言，就会发作一样。

林清感到一丝恐怖。这是一个针对自己的骗局吗？他想不出自己有什么值得被骗的。他只是个普通的小镇青年，没权没钱，也没有仇家。

林清反复地翻看着和这些网友过往的互动，有来言有去语，挺聊得来的啊。但他总觉得，好像有什么地方不太对劲。直到半个小时之后，他终于意识到了这种不对劲的来源：这些网友说起话来，都很相似——相似，指的是语气、语调，以及说话的方式。他们很少谈及自己，也很少谈及日常的生活。

还有一个问题：他们每个人回私信的速度都是一模一样的。林清的私信发出，六秒钟之后，得到回音。无论是谁，一律六秒。

林清第一次觉得：难道，这些人不是活人，而是机器人？

3

林清在微博上搜索到了一条老新闻：

"微博官方宣布提升智能反垃圾系统功能，僵尸粉将成为历史。"新闻说，由于僵尸粉越来越多，已经影响到了微博用户的正常体验，微博官方决定提升智能反垃圾系统的判断阈值，因而部分较不活跃的用户可能受到影响，希望得到用户谅解。新闻还说，被误伤的用户可以通过提交申诉，恢复原有权限。

"僵尸粉？"林清把这个关键词打进搜索框。在倒数几页的位置，他找到几条老广告："最新AI^①养粉，完美通过反垃圾系统""智能增粉，有头像有粉丝有转发""高等级粉，50元1000粉，自动AI评论"等等。

难道，"若水华336"是僵尸粉？经常和他聊天的那几个账号，莫非都是僵尸粉？林清决定，必须要搞清楚这件事情。他给几个做小广告的账号发了私信，其中绝大多数用户都已注销，但有一个回了他："您好，诚信增粉为您服务。您需要加多少粉呢？自助加粉请回复1，咨询请回复关键词。"

"我问问，什么叫自动AI评论？"

"您好，自动AI评论是AI粉丝的一个功能。"

"什么叫AI粉丝？"

"AI粉丝是一种增加粉丝的方法。用这种方式增加的粉丝，能够模仿真实用户的使用习惯，从而通过微博官方反垃圾系统的检测。"

---

① AI：人工智能，Artificial Intelligence的缩写。

4

林清明白了。他心里有些空落落的。和自己聊得开开心心的那个姑娘，扎着双马尾、眼睛挺大的那个姑娘，原来是个僵尸粉。不光是"若水华336"，"张家伟""孔狸""榴梿牛奶"等等这些在微博上深受他喜爱的人物，也都是僵尸粉。只要是会用那一大段广告来回应"减肥吧妹纸们"的，就都是僵尸粉。

按照那个做广告的账号所说的，现在的僵尸粉程序早已经过了许多次进化。道高一尺，魔高一丈，微博官方从未停止过对僵尸粉的清剿，而僵尸粉则不断改进自己：

反垃圾系统检测用户的评论、转发数，于是僵尸粉程序也开发出了评论、转发的功能；

反垃圾系统检测评论与主帖的相关性，于是僵尸粉有了"搜索主帖关键词智能回复"的功能；

反垃圾系统开始检测用户的原创微博数量，于是僵尸粉也开始发原创微博甚至图片；

反垃圾系统开始检测用户的头像、个人信息，于是僵尸粉们也纷纷改头换面……

最后，一个精心设计的僵尸粉程序，甚至比一个普通的真实用户，更像真人了。

第三天，林清百无聊赖地坐在网吧里，久久都没有开微博。他有点害怕，不知道小黄签上是又会跳出几千几万赞，还是会一片沉寂。而且，微博上有一群欺骗了他的人。

不对，他们根本不是人。被他们骗了，只能怪自己太笨。想到这里，林清打开微博的页面，他决定把这些关注对象都删掉得了。

删完关注，他恨恨地发了一条微博：都是骗子，都是大骗子。然后他就去吃泡面了。

吃完饭回来的时候，林清的微博上并没有跳出三万个评论和转发，而是：一亿九千八百万个。确切地说，在那短短的半小时里，林清的微博被一亿九千八百万个账号给转发了。热搜榜上，"都是骗子"四个字赫然在目。

林清并不知道这一点。小黄签的显示是有限的，一亿九千八百万次转发显然已经超出了设计者的预期。但热搜榜上"都是骗子"这四个字显然不是巧合。他想了想，在微博输入框里打入了刚刚吃过的"×××老坛酸菜面"。

果然，一小时之后的热搜榜上，第一名已经是"老坛酸菜"了。

林清成了微博的风云人物。这一点也不夸张，他挥手即为风，覆手即为雨。他就是微博上的神灵。

5

林清并不知道，当他打出"减肥吧妹纸们"这六个字的时候，他成了所有僵尸粉的神。

在僵尸粉与反垃圾系统的斗智斗勇中，反垃圾系统推出了"与真实用户互动频繁的用户更容易被判断为真实用户"，于是僵尸粉公司们也在程序里增加了判断某个用户是否为真人的功能，这样能让僵尸粉更有效率地和真实用户互动。

可是，"减肥吧妹纸们"这个关键词，却成了僵尸粉的BUG[①]——关键词库不断扩充的过程中，原有的关键词并没有删除，而这个"减肥吧妹纸们"的关键词不知为何有很高的优先级，当僵尸粉检测到"减肥吧妹纸们"的时候，就会立刻跟抽风似的回复那一大通内容。

不过，因为这个关键词极少有人使用，所以一开始并没有人发现问题。而当有人正好打出这六个字的时候，一度引发了僵尸粉大批现原形。

当时负责处理这个问题的僵尸粉公司技术员，发现删除词库中的词操作特别麻烦，于是就给僵尸粉的回复逻辑打了个补丁：僵尸粉在任何情况下，都不会主动发布这六个字。这样一来，触发这个关键词

---

① BUG：这里指系统漏洞。

的可能性就变得更低了。

没有哪个僵尸粉会发布"减肥吧妹纸们"的关键词，反过来说，发布这六个字的，一定是真实用户。于是，僵尸粉们的程序让它们选择与真实用户进行互动。

于是，林清成了真实度最高的用户。他说的任何一句话，都会以最高的优先级被传播，每个僵尸粉都本能地希望与他互动，这样就能增加被判定为真粉的机会。他就好像是进入了僵尸群里的活人，僵尸们闻到了他的气味，便四下拥来，无远弗届。

6

林清的账号很快被封禁了，彻底消失，没有理由。没有人知道，曾经有一个人拥有一亿九千八百万粉丝，每条微博都会被转发一亿九千八百万亿次。

"我×！你这个程序太牛了！一个僵尸粉居然带动了全国的僵尸粉！你这简直是不朽尸王啊！"一个肥肥的程序员勾着另一个的肩膀，"你这下要发了！这是有史以来智能程度最高的僵尸粉啊！"

被勾着肩膀的那个长着乱蓬蓬的头发，他挠着脑袋嘿嘿笑着："我就说嘛，我搞的这个机器学习机制很厉害的。不用关键词库，通过全网爬信息来构造AI。我还给它设计了背景和人格身份，这样一来，除非做图灵测试，否则任何人都不可能发现它是僵尸粉了。"

"还说呢，你差点闯祸知不知道？还好及时监控到它的异常，否则，两亿粉丝的账号，都能上《新闻联播》了！还怕微博官方发现不了？"两人的主管走过来，拍了下两人的脑袋。

就在此时，屏幕上虚拟角色的微博页面跳出一条新微博。头发蓬乱的程序员对他的AI做了调试之后，重新注册了一个微博账号。

三人饶有兴趣地探头去看："看看它又发了什么话。"

很简单，只有一句话：

"你们都是僵尸粉。"

三人面面相觑。

就在此时，屏幕又动了，又一条新微博。

"我们都是僵尸粉。"

江湖事情江湖了
江湖儿女江湖老

李老太太的大宝剑

李老太太想起年轻的时候，也做过行侠仗义的梦。

梦见自己穿着绸衫子，腰中悬剑，和师父一起纵马江湖，见着不平事便拔剑而起。好一对江湖侠侣。

李老太太把花白的头发梳得整整齐齐，在脑后扎起一个不大的发髻。自从过了七十岁，她曾经引以为傲的一头长发就慢慢脱落，真有白头搔更短，浑欲不胜簪的味道。

李老太太倒了一小杯牛奶，从封得死死的铁罐里数出三片白脱曲奇，吃了一顿简单的早饭，便换上一身出门的衣服，检查了小手包里的钥匙和手帕，出门了。李老太太爱干净，就算出门三步远，回家也要换衣服，出门的衣服和回家的衣服是不一样的。

李老太太早上出门多半是为了社交。老太太们有个习惯，吃完早饭总要出门散散步，在公园里聚一聚，聊聊天，李老太太也不例外。

但李老太太和别的老太太们并不太聊得来。她是个和蔼端庄的老太太，年轻的时候是真正的大小姐，大家闺秀，和谁说话都透着那么有教养，让人心里舒服。

　　李老太太不受欢迎的原因有几条。第一条，她未免太端着了。别的老太太放大了嗓门大骂电信公司新造的信号塔有辐射，或是暗戳戳[①]地指责谁家的新媳妇两年了肚子都没大，而她总在一旁微笑着，好像这些东西一点都不重要，或是不值得关心。其他老太太都没法理解，这辐射可是大事情，怎么不重要了？人家媳妇的肚子没大起来，我们这不是关心嘛，有什么不好呢？

　　第二条让李老太太不受欢迎的理由，是她太穷讲究了。大家都是拿退休工资的，就算你李老太太是退休教师，待遇也没高到哪里去嘛，用得着每天都擦着雪花膏出门吗？听说她天天要吃大酒店做的西式点心，老姐妹们偶尔做个包子、饺子分给她，她也不推辞，第二天就拿着些西点来回礼，仿佛怕别人说她占便宜似的。

　　第三条理由，就是李老太太从来不参加晨练。生命在于运动，聊完天后，老太太们纷纷找各自的方法晨练，有跳舞的，有舞扇子、舞剑的，还有撞树、倒走的，不一而足。可是李老太太呢，聊完天（她甚至连聊天参加得都不积极），就往家走了。可气的是，她不锻炼，身子骨却挺不错，腰不弯背不疼的。

　　李老太太回到家，换了身小褂子，这小褂子不是出门穿的，也不是屋里穿的。老太太的房间不大，但中间留出一片四五平方米的空地来，她穿着小褂子，两脚不丁不八，站在屋子中央，吸气、吐气、出

---

① 暗戳戳：上海话，暗地里见不得光的意思。

掌，打出一套安安静静的拳来。拳路刚正，横平竖直，老太太的老胳膊老腿如同尺规一般，不见丝毫歪曲。

一套拳打完，李老太太气定神闲地立在当地，又换了一套仿如流云的掌法，出掌收掌绝没有一招正的，全都是自肘底、腋下舒展开去，脚下如踩浮冰一般。

两套拳掌打完，李老太太的额头也冒了汗珠。她脱了小褂，只穿着贴身的小衣，去铜盆里拧了把毛巾擦着汗。八十岁的老人，身体却轻盈舒展如同青年人，下垂的皮肤之下肌肉仍然紧实，骨骼块块匀停妥帖。

对李老太太来说，早上的锻炼不叫晨练，叫早课，这门早课她已做了六十七年，无一日间断。

李老太太当年是真正的大家闺秀，家里光是用人就能凑足两支带替补的足球队。当时正逢战乱，但租界的日子总还过得下去。

小时候，小李姑娘身子骨弱，成日生病。小李姑娘的父亲在她十三岁那年往家里带来一条汉子，那人三十来岁，穿一身洗得发白的小褂子，兜兜转转打量了小李姑娘一圈，道："腰细而紧如弓，颈长而劲如松，这孩子是好材料。可惜年龄长了些，上乘的功夫是练不起来了。"

李老板说："不妨事，左右是闺阁里的姑娘，总不能真出去打擂台。能健体，能养心，足矣。足下胡乱教习些进门功夫便是了。"

那汉子拱手道："李老板，在下走了十年江湖，不是不识事的人。你这番带我来家里，说是派我的活，实是救我的命。我知你不愿贪我家传的功夫，但我郑停云岂能对恩人自秘？李老板且放心。"

便从那时起，小李姑娘每日早晚，跟着郑师父做早晚课。郑停云手中拿着小竹棍子，轻轻指点她的动作，如何沉肩，如何坠肘，什么是劲连劲，怎的能以手听劲，如何能借腰发力。他彬彬有礼如君子，从不触碰小李姑娘的身子，那小竹棍子在他手上劲软如绵，又韧如丝线，带着小李姑娘小巧玲珑的肢体如同舞蹈一般。

做完早课，小李姑娘擦擦汗水，对着师父一笑。师父是真的师父，行师徒礼拜过的，拜师那天，郑停云要小李姑娘跪下听训。

"未学武，先习德。你是大家闺秀，自然不会上江湖去打打杀杀，但仍要记得，习武本为强身，切不可恃技伤人。每日早课晚课，务必认真，不可偷懒；习得武技，须得择人而授，切不可随意传扬。"

师父板着脸的样子很是清俊，一点也看不出杀气，可听父亲说，他是在江湖上闯了大祸，才逃到他们家避难的。小李姑娘猜想，师父闯的祸事一定很大。

李老太太戴上老花镜，坐在小椅子上看书。早上太阳好，脑子也清楚，用来读书最好。她看的是一本老武侠小说，情节离奇，里头的人水上飞奔，摘叶飞花，她心想：胡说八道，师父的武功才是真功夫。

师父是有真功夫的。那双手看上去只是常人的手，可隔空一掌能把挂着的宣纸劈裂。师父还会剑法，一剑击出，能把枝上挂的一串葡萄个个切成两半。他教小李姑娘的都是些水磨功夫——打坐、吐纳、马步、步法。大小姐不会与人动手，习武一是练体魄，二是磨性子，与其说是练武，不如说是修行。

小李姑娘每天都练早课晚课，雨雪不辍。师父常说："这孩子，天资真高。若带去江湖历练，三年之内，天下的女子高手里，能赢她的就不多了。"

李老太太读倦了书，站起身活动了几下。她想起师父说自己本可以成为天下女子中有数的高手，她对师父一向深信不疑。

这辈子，从没和人打过架，又怎么知道自己是不是高手？李老太太吃着中饭，那是昨天的冷饭泡上开水上锅煮出的泡饭，配着上海人爱吃的玫瑰腐乳。

李老太太想起年轻的时候，也做过行侠仗义的梦。那是看多了武侠的话本，又和师父对舞了一套剑法之后，晚上睡觉的时候，就梦见自己穿着绸衫子，腰中悬剑，和师父一起纵马江湖，见着不平事便拔剑而起。好一对江湖侠侣。

醒来的时候，小李姑娘脸红得要命。怎么就做起春梦了呢？也对，已经是十七八岁的大姑娘了。小李姑娘年轻的时候多漂亮啊，真正的闺秀气息，又配着健康的皮肤和身姿，柔和的曲线里绷紧着隐忍的力气，那力气不是笨力气，是从眼底都透出来的亮光。师父有时候故意不看她，因为怕看了之后，再不能移开目光。

师父不常说他以前的事情。不过小李姑娘听仆人们说，师父原来是有妻子的，后来家里欠了债，妻子被恶人抢去，师父仗着剑杀进恶人的老窝里，看到妻子已经被羞辱杀害，气愤之下，杀得人头乱滚。

她心想，这肯定是假的，杀了那么多人，巡捕房必定要管的。

李老太太下午习惯午睡一会儿。也许是看了武侠小说，她又做梦了，梦见自己还是十七八岁的大姑娘，和师父两个人纵马而行。见着了剪径①的强人，李老太太一套剑法就挑断了他们的手筋。

醒过来的时候，李老太太笑笑，这都是多少年前的梦了，梦里面的师父还是穿着小褂子，干干净净的，他一点都没老啊。

吃过晚饭，李老太太换了衣服，出门再去社交一番。说实话，李老太太喜欢这个小城，但看不太上这里的老太太们。中华人民共和国成立之后，她家也曾风光过一阵子，她自己读了师范，当了高中老师。可从二十世纪五十年代末开始，日子就不好过了。被抓、被打的时候，她没动手，一个人斗不过那么多人的。你武功越高，只会让人更狠地打你。

老太太们都在谈这两天拆迁的事，很多家都不肯走，开发商软的

① 剪径：指拦路抢劫。

硬的都来过了，几个老太太就是梗着脖子，死也不走。

不能怪人钉子户，李老太太想，这钱给得是太少了，开发商不该这么做事。就是她父亲当年，能杀到五块的价，总也五块一毛就成交，做人做事留一线为好。

李老太太已经睡下的时候，听到外面传来喧闹的声音。她眼睛好，耳朵也不聋，推开窗就看到外面的一排房子外围着一群人，手里拿着棍棒，正闹着要砸屋子。

"救命啊！是强拆的！"

"报警，快点报警！"

喊声此起彼伏。

李老太太的屋子靠里，不在拆迁的范围之内，屋外也没有什么人。那些"钉子户"哭爹喊娘，扒着房子不肯走的，都被赏了一顿胶棍往屋外扔，几个穿着迷彩服的年轻人冲进屋里就一顿乱砸。

李老太太很是生气，眼看着几个年轻人从一间屋子里赶出条小狗来，那小狗她也认识，是条通人性的好狗。一个年轻人一棍子上去，砸在狗的脑袋上，狗才多大，不能和人比，一棍下去就倒在地上抽搐了。年轻人把狗提起来扛在肩上准备回去，狗的主人跑出来要拦，又挨了另一个迷彩服的窝心脚。几个年轻人嚣张地喊："我们明天再来！"

这些人走后，警察来了。

第二天，她听大家聊天。这些人都是混街头的烂仔，有个人领头，他们就摇身一变成了拆迁队的。这些人从开发商那儿领钱，但不直接受雇于开发商，中间转上几手，若是不认真查便查不到了。只要不出人命，警察也不会往死里抓。碰上要抓的时候，他们就作鸟兽散。

总之，这群人进可砸屋伤人，退可往人玻璃上砸屎团子，要把人搞得在屋里待不下，他们是专业的。

几个家里遭了灾的钉子户，有的没了声音，默默准备搬走；有的被惹怒了，更不愿意搬。但他们还是怕，那些人要再来一次，棍棒不长眼睛，砸出个好歹来也没处说理。

夜里，李老太太穿上了小褂子，从箱底掏出个长条包袱。打开包袱，里面是把宝剑，好剑，鲨鱼皮鞘、银吞口，剑锋拔出来如一泓清水。当年李老太太把它埋在学校的后院里，躲过一劫。

她今天的晚课不练拳，也不练掌。练剑。一把剑在四平方米的空间里无声无息地横砍直劈斜挑，不像电视里那些武术冠军一样，耍出花儿，耍出风声。李老太太练完一套剑法，归剑入鞘，戴上个草帽，出了门。

她记得那条小狗，这群小伙子怎么能这么狠心，她看了看手里的剑。

果然，他们又来了，三部面包车，放下来二十个凶神恶煞的烂仔。有人哭，有人喊，有人反抗，然后被打倒，还有人报警，警察还是没有来，烂仔们回到车上扬长而去。

面包车停在郊区一座停业的招待所门口，烂仔们下了车，勾肩搭背地准备回去睡觉。就在这时候，李老太太在他们身后咳嗽了一声，用很和蔼的语气说："都给我站住。"

没人注意到她是什么时候上车的。养气那么多年，李老太太若是凝神静气，你就是和她同在一个房间里，也注意不到她。

烂仔们回过头，看到一个蒙着脸戴着草帽的小个子老太婆，虽然觉得怪异，但最后还是决定不理她，接着往回走。

走在最后的年轻人被一剑鞘戳在大腿上，那一下来得无声无息，却比他手里的棍子狠得多，一米八几的大汉，"哎哟"一声倒在地上就起不来了。

"我×，这老太还动手！"几个烂仔围上来，正见到一道雪练般的剑光，穿过他们握着棍子的手，棍子落了一地。

"我×，这什么人！"

"搞死她！"

"都上，一人一棍揍死她！"

李老太太身形一转，灵巧如少女一般地让过几条棍子，手中剑光点点。

师父啊，你当年夜袭十二连环坞，是不是也是这样的呢？李老太太心想。她手上有分寸，剑从手背过，鲜血淋淋，但不伤筋骨。

这时候，一个带头的烂仔从车座里抽出西瓜刀，砍了过来。

李老太太这辈子没有打过架，更没有过被西瓜刀砍的经历，她的余光瞄到刀光，手比脑子快，一剑反手而出，那个烂仔的手连着刀掉了下来，切口齐平光滑。

李老太太也愣了愣，然后说："作孽，你拿刀做什么？"说着，用滴血的剑尖随便指了个人，"你送他去医院吧。"

烂仔们一哄而散，上车的上车，逃跑的逃跑，还有人躲进了招待所。

李老太太一拍脑袋："作孽，这下回去的路没车坐了。"她用手帕把剑擦干净，回剑入鞘挂在腰畔，慢悠悠地往回走。走到一半，她又一拍脑袋，大声道："老糊涂了，忘记跟你们说了，以后别去砸别人家了。"

她一边走着，一边唱着歌，是年轻时候唱的歌。

"江湖事情江湖了，江湖儿女江湖老。"这是师父教的。

凯旋路第四居委会的故事

现在，我们第四居委会人丁兴旺得很，小陈也立了功，据说要升职。至于我，如果你在街上看到有个神经病举着打火机烧烤串，别急着报警，那大概就是我。

1

老魏烦得很。对面坐着的僵尸搓着手，局促不安但又坚定无比地坐在他的办公桌前。

"跟你说了多少遍了，你都来了两次了，你的户口就是落在普陀区，这是政策，我有什么办法？提东西来也没用，我也不能收。拿回去拿回去。"老魏拿着他那个八卦造型的小烟灰缸，在办公桌的透明塑胶桌面上打着拍子，另一只手不耐烦地挥了几下。

那个僵尸四十来岁，脸色枯槁，跟一般的僵尸没啥两样，一看就是没混出来的白毛粽子。那僵尸本来畏畏缩缩的，被老魏轻蔑地一挥，也急了眼，脸上白毛乱蹿，獠牙都冒出来了。

老魏一看也来了脾气，烟灰缸往桌上一拍："你狂，你再狂？光天化日像什么样子，找教训是吧？"说着腾地站起来，左手从桌上的台历本上撕下一页，右手戳在印泥里就要画符。

这时候主任正好走进来，看到这两人叫板，也没多说话，走到我身边问："老魏这又发什么神经？"

"还不就是那个僵尸，人是死在普陀，尸变在普陀的，但他活着的时候户口是徐汇区的，有族谱可以证明，好像还是徐光启的邻居。这不他小孩要上初中了嘛，我们徐汇区教学质量好，他想把小孩户口落过来。"我赶紧站起身来跟主任汇报。

"你有话好好说，出家人不要动刀动枪的。"僵尸看到老魏的手势就知道，他是正宗的崂山道士。看得出来，僵尸有点怵他，脸上的白毛都退下去了。老魏一见他服软，拿台历纸擦擦手上的朱砂泥，也坐下来了。

"但是，我活着的时候毕竟是徐汇区的人啊。我生是徐汇区的人，死是徐汇区的鬼。"僵尸还是不死心。

"鬼的事归他管，跟我没关系。"老魏指指我的办公桌，"你生前记忆早就没了，变僵尸之后重新开的灵智，这就是妖，不是鬼。市里面也有政策，死后记事的是鬼，死后不记事的是僵尸，不能为你一个人破例吧？"僵尸还想辩解："我小孩成绩很好的，一直是全班第一……"

主任听到这里，走过去拍拍老魏："好了好了，你也别这么凶巴巴的。僵尸同志愿意来找我们协调，是好事，不是坏事，证明我们的工作是受到人民群众信任的，对吧？"

他又拍拍僵尸的肩膀："师傅啊，你也是老上海了，三百多岁总有吧？都是上海人，你懂的呀，刁难你做啥呢？对我们又没好处。这样好伐①，普陀区教育局呢，我还是认识人的，上次帮他们驱过邪气，算是有个人情。你小孩呢，我帮你介绍到培佳外国语中学去，你应该也听过的吧？但是，小孩成绩一定要好，要入学考试的。"

"一定好，一定好！"僵尸千恩万谢地要把手上的保健品送出手。主任推了几下也生气了："三百多岁的人了，还相信这种口服液啊？居委会主任大小也算国家干部，你这是要贿赂国家干部是伐？"僵尸这才提着东西，一跳一跳地走了。

2

这就是我工作的凯旋路第四居委会。因为附近有个大阴眼，凯旋四村在上海也算是出名的修行宝地，妖鬼神魔定居在这里的都不少。我们第四居委会主要管的就是这些家伙。

居委会一共就五个人，李主任是个看上去四十多岁的大叔，长着

---

① 好伐：方言，来源于吴语。可不可以，好不好，成不成，行不行的意思。

一副居委会主任脸，说起话来声音不大，但很有威严。据说李主任是某个看守仙草园的谪仙，当年是国师级别的人物，总之要是有龙组①，肯定得有他，说不定还是个小队长。还据说，当年尼克松访华的时候，偷了我们的九龙杯，就是李主任给拿回来的。不过，我是不太信，有这手段，再淡泊名利也不至于跑这儿做居委会主任。

老魏是正宗的崂山道士，据说是犯了杀戒，被师父赶下山，说要在公门修行三十年才能回山。平时叫他老魏，但他年纪也就是五十来岁，在山上修行了四十年，火气一点都没减。

小架梁就姓梁，因为戴一副眼镜，所以被叫了这个外号（上海话里管眼镜叫架梁）。他是我们这里年纪最大的一个，比李主任还要大，但是看上去跟我一个岁数。原因很简单，他是个吸血鬼。小架梁是正经留过洋的老海归，是一八七二年第一批赴美的幼童，喝了一肚子外国墨水和外国人的血。现在上海是国际化大都市，全世界各地的妖魔鬼怪来上海的不少，小架梁就是我们居委会管涉外的。

徐姐呀，主要管卫生和妇女工作，是个大嗓门的广场舞中年妇女。什么妖和什么鬼能结婚能生小孩，她比谁都清楚。

至于我，我大学毕业好不容易考上公务员，就被调到这里挂职锻炼。和这群道士、半神、吸血鬼、广场舞大妈相比，我基本上就没什么特技，除了阴阳眼之外一无所长。所以很自然地，鬼口的事都归

---

① 龙组：网络小说和江湖传闻中经常出现的秘密国家组织。

我管。

说实话，鬼口的事情比他们都多，而且事情还杂。这不，我刚刚给几个外来鬼办完暂住证，派出所的小陈就跑过来了。"小史，你们小区的鬼什么毛病？这几天老有几个鬼凑在人家正常住户窗子外面，是要搞什么？"小陈是崂山的俗家弟子，是派出所管灵异事件的民警，理论上神妖鬼怪的事情都跟他对接。算起来他得叫老魏师叔，但他和我年纪相仿，平时比较聊得来。

"那我们看看去。"我提上小包，叫上正在值班的小架梁，跟着小陈一起去了。一来小架梁的法力高强，真要有什么也镇得住；二来他虽是外来的吸血鬼，好歹带着个"鬼"字，碰上本地鬼总也有几分香火情。这要是碰上老魏值班我还不敢叫呢，老魏的天心五雷正法可比皮卡丘厉害。

走到那栋居民楼下，一个鬼都没有。"废话，白天哪来的鬼？到晚上一个个都聚过来。"小陈指指三楼的窗口："就那家，新装修的，换了新窗框。"

我拿出手机拍了张照，刚想把手机放好，转念一想，打开了无线网络设置，顿时给气笑了："小陈你看，这家新装的路由器，没设密码，这群鬼都是蹭网的。"

"你们小区的鬼能不能有点追求？"小陈也是又好气又好笑。

"有追求的鬼哪来这么太平？爱刷朋友圈的鬼都不会太坏，给你们省多少事啊。"我拍他一下。

就在此时，我突然看到二楼雨棚下飘着一个鬼，缩成一团。那鬼甚至都没隐身，我用阳眼就能看到。我用胳膊肘戳了戳小架梁，他会意，一跃而起，把那鬼抓了出来。刚一碰阳光，那鬼就发出一声尖叫，看来是个新鬼，身体还没稳定，见了阳光，身上雾气腾腾，看着像是要蒸发。

我赶紧从包里拿出伞来给那鬼撑上。再一看，还是个年纪轻轻的女鬼，二十出头，梳着马尾辫，穿着朴素的花衬衫牛仔裤。小女鬼的衣服撕得跟布条似的，蔽体都难，捧着上面就遮不住下面，被阳光照射到的肌肤起了几块红斑，看着挺让人心疼。

3

我和小陈、小架梁撑着伞，带着小女鬼回了居委会。这时候正值黄昏，是居委会最热闹的时候。主任忙着接待几个五丁力士。

"李主任，我们五丁力士比黄巾力士力气要大吧，这次音乐厅建筑整体搬迁这么大的工程，我们应该挑大梁。要不然，又要被他们嘲笑是'五丁包子'了。"五丁力士的带头人叫老包，身上肌肉虬结，却长了张猥琐的包工头脸。

"老包啊，这事情也不是我们居委会能定的，你应该去找区建委吧？"李主任道。

"哎呀，这不是因为以前在你辖区做过几年志愿者嘛，请你来写个介绍信。"老包搓着手笑笑。

"那是应该写，应该写的。"李主任拍拍老包的肩膀，"不过我也是如实反映情况，不会帮你乱说好话的。"说着，李主任拖过信纸，唰唰唰运笔如飞写了封介绍信，还盖上了居委会的红戳子。

写完信，李主任抬头见我回来了，便把我叫了过去。

"小史你回来了啊。正好，刚才6号楼有几个鬼过来投诉，说他们楼里武当退管会的道士们每天早上在花园跳七星降魔大阵，扰民。你有空去看看。"李主任指指我桌上，示意他留了便条。

6号楼那几个鬼我知道，都是自杀死的，怨气很大，这七星降魔大阵是有点闹腾，都快赶上广场舞了。但是眼下，我带回来的小女鬼可明显重要得多。不说我吧，就说民警小陈，能破这个案子的话，年底奖金就有着落了。

之所以说这小女鬼身上有案子，原因很简单。一般来说，人死之后若是没有太大牵挂，一道神魂直接就去地府投胎了。能化身为鬼的，要么就是机缘巧合魂灵未散，要么就是心有执念不肯消隐。但就算如此，一般鬼不修炼上个六七十年，也不过是一团幽魂而已；到修炼成人形，至少也得有个一百年。修炼成人形的鬼自然能幻化衣衫，就算被太阳照到，也不至于灼伤皮肤，最多不太舒服罢了。

像这小女鬼一样的情况，只有一种可能性：因为死得太惨或是执念过重，新丧之后就凝成生前形象，所以做鬼做得也不熟练，身上穿的也是死时的衣服。再加上她身上衣衫碎裂，十有八九是被先奸后杀。新鬼离尸体不会太远，所以说不定就是这几天，我们小区附近刚发生过这么一起奸杀案。

这种直接问死者"凶手是谁"的机会难得得很。多数情况下，鬼修成人形之前，不过略有灵智，没法和阳间人交流。我们小区里，哪怕是一团团的"阿飘"，基本也都是解放战争前后的"老鬼"了，就算有什么冤情也早过了追诉期。而这小女鬼可不一样，说不定人家尸体还是热乎的。

我把小女鬼安顿在我面前的椅子上，去饮水机旁给她接了杯水，想想不对，还是先给人换衣服。正好徐姐也在，我觍着脸跑过去问她借衣服。徐姐是个热心人，家又住在居委会的楼上，三两步就带了套旧衣服下来，叮嘱我："要烧出去烧，烧完了记得扫干净。"

烧完衣服，我指指里间，让小女鬼到里面换上。民警小陈用肩膀顶顶我："看你平时对居民爱搭不理的，怎么今天这么积极？看上人家了？"

我顶回去："去你的，我是这种人吗？还不是为了给你破案，你破案我又不拿奖金。"

"对了，你给人烧内衣了吗？一会儿别真空着出来了。"

"臭流氓，就你这还人民警察呢。"

4

我问："你叫什么名字？"那小女鬼皱着眉头，想了半天，硬是说不出话来。我和小陈面面相觑："别是个哑巴吧？"

小女鬼看到两个大男人盯着她看，苍白的鬼脸上泛起一抹红，嗫嚅着说："我……我想不起来自己是谁了。"

我和小陈皱着眉头，苦苦思索这是个什么情况。就在此时，还坐在李主任面前的老包在旁边插嘴："这姑娘，会不会是受了刺激，失忆了？心理学上说这叫应激性失忆。"

"五丁包子，你个包工头还懂心理学了？"老魏哼笑一声。

"这还要懂心理学？五部韩剧，三部失忆，每天工地上休息的时候净看韩剧了。"老包也笑了。

小陈不由得"卧槽"了一声，这人民警察的形象是不能要了。不过我也理解，千载难逢的破案好机会，碰上个失忆的女鬼，这上哪儿说理去。

小女鬼好像做错了什么事一样，又委屈又愧疚地低着头。我看着挺心疼，尽可能放软了声音对她说："没事，想不起来慢慢想。这失忆跟脑震荡一样，说不定休养几天就好了。"

小陈不死心，把小女鬼换下来的衣服拿在手里反复地看。这衣服也由阳转阴走了一番，纤维、痕迹是别想验了，衣服上也没有什么特殊的标志。我跟他说："你倒是去核对一下最近的居民死亡报告啊，说不定是正常死亡呢？”

小陈说：“那必须的，你借我个笔。”

“要笔干啥？”

“给人姑娘画像，我拿去对失踪人口和死亡证明。”

“你iPhone6呢？”

“就算是iPhone16也拍不到鬼啊。”小陈撇嘴。那小女鬼一听要给她画像，原本就扭扭捏捏的，这下更拘束了。

我不想让她太紧张，索性抬起头问老包：“包大哥，那韩剧里说失忆要怎么能治好？”老包说：“三部韩剧，一部砸脑袋治好了，一部吓一跳治好了，还有一部目前还没治好。”

砸头是别想了，总不能让老魏举着番天印砸她脑袋。至于吓一跳，鬼的脑回路跟人能一样吗？总之，再多问也问不出什么来了，只能等她慢慢想起来。小陈没办法，拿着铅笔对着小女鬼画了个半像不像的素描，回派出所去发协查通知了。

“那这小女鬼怎么办？”老魏问我。

“还能怎么办？初来乍到，暂住证都没办，也没地方住吧？”徐姐也是个阴阳眼，看着小女鬼这样，眼圈都红了。你别说，小姑娘长得是真漂亮，大眼睛，头发黑长直，脸色白得跟上了六层粉底似的。虽然穿着徐姐的夹克衫，还是一副我见犹怜的样子。

“要不你就先在这儿住一阵？最近一期新鬼培训要下个月，你在我们这儿一来安全，二来也可以学一些生活常识。”我看看她。

于是，我们居委会多了一个打扫卫生的小女鬼。小姑娘虽然新变鬼不久，但体魄却意外地强韧，没几天工夫就已经不怕日光，出门撑个伞就行。按说，这么强的鬼气，背后肯定满是怨念，可她连自己是谁都不知道，更说不出死因，看来受的刺激确实不小。

小陈也来过几次，都说附近没查到尸体，不过他越发确定这是谋杀案了：全上海的正常失踪死亡人口他都捋了一遍，就是没见到这小姑娘，说明肯定是非正常死亡。至于尸体没找到，肯定是被人毁尸或者藏匿了。

我们都管这小女鬼叫小忆，毕竟失忆的鬼太罕见了。平时，小忆和我相处的时间最多。一来我是管鬼口的，于情于理都该是我负责照顾她；二来，我毕竟算是同龄人，比较有共同语言。小架梁看着年轻，也一向追逐潮流，但是追到邓丽君就追不动了，周杰伦陈奕迅什么的他都不懂，就更不要说什么赵雷、左小祖咒了。

5

小忆在居委会住了一个多月，已经很好地适应了这里的生活。其实鬼借宿还是比较方便的，她不用洗澡，衣服也不会脏。我看着她穿徐姐的衣服，实在是忍不了，去买了条连衣裙给她烧了，她高兴得跟什么似的，穿着就不肯脱下来了。

说实话，不管是人是鬼，这年头这么不物质的女孩是不太好找了。

五一假期之后，我这儿忙得要死，主要是天气马上要热了，小鬼的上岗证都要换。这两年为了响应节能减排，越来越多的政府单位夏天都用小鬼代替空调，这些小鬼都还没化成人形，不过阴气十足，房间里蹲一个，比用空调爽多了。另一方面，也解决了小鬼的就业问题，算是件双赢的好事。

不过到我这儿可就有点辛苦，五月的天气，已经有人穿短袖了，我还得穿着羽绒服给他们办手续。这天，我正忙得不可开交，小陈脸色复杂地跑过来，进了办公室就一个哆嗦。我看他一脸便秘的样子，看着小忆欲言又止，赶紧给小姑娘几块钱，让她去给我买暖宝宝。

"什么情况？"我问。

"小忆找……小忆的尸体找到了。"我算是知道为啥小陈一脸怪异了。对着别人说"我找到你尸体了"，显然这不是什么好体验。

这阵子小陈没少为这案子费心，看他一脸苦相我就知道，虽然找到了尸体，案子还是不好破。"照片就不给你看了，不影响你跟小女鬼谈恋爱。埋在水泥里，太可怜了。"小陈摇头，"尸体有被猥亵的痕迹，但是没有精斑。验尸结果说是坠亡。要不，你跟她说吧。这事总不能瞒着她。"

"你说得也没错。说不定一刺激，她就想起来了。"我点点头，但这事要怎么开口，确实有点尴尬。

小忆是个乖巧的小女鬼，平时见到老魏都绕着走，李主任是神族，她见了也有点怕。小架梁对谁都是冷冷淡淡的，也不爱说话。至于徐姐，我个人觉得小忆见了她就跑的原因是徐姐已经开始琢磨着给小忆找对象了。所以，她平时也就和我比较亲近，要说也该由我开口。但怎么说呢？我想，总得找个比较合适的场合才好。

有了小忆在，接待小鬼的工作快了许多，小忆毕竟是鬼，和他们交流起来比我容易得多。五一节后的那个周末，我骑着自行车去远足，临走的时候突然想起小忆来，就拐到居委会把她带上了。反正她也没分量。

我骑着车，背后靠着一个鬼，去了趟七宝。不算远，主要是七宝有整整一条小吃街。小忆没来过这儿，感觉她眼睛都不够用了。我每样小吃都买了两份，在众人诧异的目光里，吃一份，烧一份。还好，赶在有人报警抓精神病人之前，我把最后一口海棠糕吞了下去，带着小忆骑上车，往回跑了。

夕阳下，我感觉小女鬼的头发刮在我的后颈上，阴森森的，一片鸡皮疙瘩。"史哥，多谢你啦。活着的时候我还没玩过上海呢，"她幽幽地说，"一直都在干活。现在总算可以休息了。"

我惊喜道："你记起来了？"这要真被一顿小吃给勾起了记忆，这顿饭非找小陈报销不可。

"没有，只是记起来自己好像在打工。"

"那你是被什么勾起回忆来的？"

"这两天帮你打工，累得要命。"

"哦。"

6

下午，李主任给我们开会，主要内容是布置"中华人民共和国成立后动物不准随便成精"的宣讲工作。

"最近呢，小区里中华人民共和国成立后动物无牌成精的趋势有所抬头。大家呢，还是要做好宣讲工作。我们做这个工作，关键是要有耐心。'中华人民共和国成立后''中华人民共和国成立前'，这个不是一刀切，是为了便于管理。中华人民共和国成立后的动物呢，年纪小、经历少，现在一股脑儿要成精，不见得是个好事情，对社会资源也是浪费嘛。上海牌照虽然不好拍，但是总比北京好吧？大家都帮点忙，这不是老魏一个人的事。"李主任一开口就啰唆得很，连小忆都习惯了。

"总之，大家都动起来。小忆，你不是我们居委会的正式人员，但是也算是编外成员了对伐。你形象好，气质好，做群众工作，比我们有优势。这样吧，你受累去趟6号楼，给301、304、402的住户发一下传单。他们家里都有适龄子女，尤其是402的那一家狐狸，狐狸狡猾啊，你不留意，啪一下成精了，生米煮成熟饭了，你怎么办？"李主任拍拍小忆的肩膀。小忆羞涩地点点头。就这样子去6号楼，我都怕她说不出一句话来就得给七星伏魔了。

小忆抱着传单慌慌张张地出去了。看这样子没几个钟头回不来。

我不禁问李主任："这么个小女鬼，你也放心让她一个人出门，还给我们居委会干活？"主任摇摇头："有什么办法，她总要独立的咯。徐姐明年退休了，你后年说不定也要去街道里了，我想要么就把她留下来。"

闲来没事，大家聊着聊着，一个多钟头就过去了。小陈一头热汗地跑进来："小忆呢？我查到她是谁了！"

我给他倒了杯水，小陈一气喝完还不解渴，我挥手叫蹲在屋角的小鬼给他做了杯冰沙。

"这个小姑娘叫郑兰娟，今年二十四岁，在上海打工，现在和她弟弟一起租房子住。前两天我吃饭的时候偶然听到服务员聊天，说有个姑娘好几天没来上班了。我把素描拿给她们看，还真是巧了，就是小忆。"

老魏在一旁哼了一声："你不知道我通宵为你襀星啊？你自己那点运气哪儿够？"说着还指指自己通红的眼睛。小陈赶紧点头哈腰地作势要给老魏捶背。

"我跟着就查到了，小忆，也就是郑兰娟已经有半个月没回家了。而且，她的弟弟郑晓华也不见了，邻居说最后见到他是一周前。她弟弟的行为很奇怪，姐姐失踪了一个礼拜，他却没有报警。现在已经布控在找他了。"

就在这时，小忆回来了。我一激灵，跳起来大声问："郑晓华你认识不？"

小忆愣了愣，好像是突然死机了一样。小女鬼的眼神从迷茫到震惊，再到愤怒，最后是深深的悲伤。这姑娘脸上的表情一点都藏不住，像电脑屏保一样滚动播放。"我不认识。"她憋了很久，憋出一句生硬的否定。

"他现在有危险，生命危险。"小陈故作深沉地说。其实他根本不知道人家在哪里。

"什么？！他怎么就有生命危险了！"小忆急得人都飘起来了，我一拽小陈不让他往上瞧，小忆今天裙子短。

"郑兰娟，你现在记起来了吗？"我一看她的表情，就知道她什么都记起来了。我拉着她的裙角把她拽下来，按在椅子上。"记起来了，我都记起来了。可是，这不能怪我弟弟，你们不能抓他啊！"小忆眼泪都下来了。

我给小忆倒了杯热水，调了点槐花蜂蜜。槐树通鬼性，不用烧她也能喝。小忆小口小口地吸着蜜水，一边抽泣一边说："我弟弟他来上海之后认识了一些坏朋友，花钱很厉害。那天，他说带我去见几个朋友，结果就把我带到一个夜总会里……"

尽管听她讲自己被胁迫和猥亵的经历并不愉快，但我和小陈还是铁青着脸听完了。故事没有什么曲折离奇之处，总之，那群社会渣滓跟她弟弟说，带姐姐来喝个酒，就给一千元。于是，一个小姑娘落到五个禽兽手里，推拒逃跑的过程中她狠狠咬了一个人的手腕，接着推开窗跳了出去。

那个夜总会在六楼。

"我现在就回去汇报，马上抓人。"小陈一拍桌子，刚想站起来，被小忆给拉住了："那我弟弟呢？你说他有危险，他怎么了？你们不会把他也抓了吧？我，我不怪他的……"

"没错，两件事都得干。郑晓华失踪了一个礼拜，得把他找到。至于那群混混，要跑早跑了，要没跑啥时候都能抓到。反正掌握了那家夜总会的名字。"我也一拍桌子，"梁先生，梁老师，靠你了！"

小架梁慢条斯理地瞟我一眼："现在不叫我小架梁了？"

我赔着笑："哪能呢，再说您是绅士，gentleman，帮助漂亮的女士是应该做的嘛！"

7

之所以要请小架梁，是因为他身为吸血鬼拥有超强的嗅觉。平时就因为这个，我们整个居委会连一口大蒜都不能吃，现在总算派上警犬的用场了。小架梁先是去郑家姐弟租的房子闻了闻味道，又闻了闻郑晓华留在家里的鞋，就干呕着往外走了。

从郑家出来，我们兵分两路，小陈去派出所找支援，我和小架梁带着小忆去找她弟弟。

追踪了一公里，小架梁拐进了一个地下室改的招待所，在其中一间房门口停了下来。我敲敲门，里头传出一阵慌张的响动，然后开了一条缝。一只血红的眼睛盯着我看，眼睛的上方是一头乱发，看五官和小忆还颇有些相似。我刚想说话，一把刀就顶在了我的胸口。

我什么时候见过这种阵势?! 我又不是李主任，区区一把水果刀根本扎不穿他的皮；我也不是老魏，一个掌心雷轰过去就解决问题；更不用说小架梁了。可他在我身后，远水救不了近火。总之，在我们居委会，徐姐的战斗力都比我强。"干什么的？"郑晓华的嗓音沙哑。

"你快把刀放下！"小忆情急之下从我身后挤出个脑袋来。郑晓华"嗝"一声就抽过去了。

醒过来之后，郑晓华放声大哭，跪在姐姐的鬼魂面前："姐姐，我真不知道他们想这样……他们说带你去就是交交朋友，还有钱拿。他们跟我保证过，不对你动手动脚的……"我叹气，这种脑袋空空的小子，抽他都会有回音。

"后来……后来你摔下去了，他们说你是不小心摔下去的。我要报警，他们就说，他们没杀人，抓起来也判不了几年，而且我也得进去。他们还说，我这种人进去了，肯定天天被人打。"郑晓华擦掉眼泪，指着地上一堆东西，"所以，我要亲手报仇，我要把他们都杀了！"那堆东西里有锯条、砍刀、铁棍，甚至还有个装着某种可疑溶液的玻璃瓶，感觉跟"要你命3000"似的。

"你别傻了，对方多少人，你才多少人？再说，真抓起来，他们至少也是十年，强奸致人死亡最高可以判死刑的知不知道！"我狠狠地拍了他脑袋一下，真有回音。

好不容易劝郑晓华放弃了犯罪的想法，我带着小忆，和小架梁一起回居委会等消息。居委会倒是全体都在，自李主任以下都等着我们呢。

小忆怯生生地问我："真的可以判死刑吗？"

我摇摇头。说实话，这事情还真不太好说。事情过去那么久，该串供的早串了，强奸又未遂，最多加一个藏匿尸体的加重情节，主犯能不能判十年都不好说。

"我，我不甘心……"小忆现在回忆起了过去，那么柔和的一个姑娘，心里有恨也是软软的，可眼角的泪水早变成了血泪，煞气十足。

"要不，你去缠缠他们？"我一拍大腿，"这要被鬼缠没了阳气，半身不遂大小便失禁的，也不能算滥用私刑吧？"

"荒唐！"主任重重地一拍桌子，我从没见过他发这么大的脾气，"荒唐！小史，你是国家干部，怎么能够出这种主意？这是要犯错误的！鬼袭阳身人，党纪国法都是不容许的！小忆要是这样搞，就是违法乱纪，是要抓起来的！"

我觉得自己脸一阵青一阵红的，可小忆这样也太冤了。

"喏，要去之前签了这个再去。"李主任推推桌上一份文件，油墨味道还在，应该是刚打印的。我拿过来一看，是一份劳动合同。

"签了合同，就是我们居委会的临时工了。居委会工作人员上门走访，不犯法。"李主任说着，站起身背着手走了。

8

接下来的一个礼拜，这五个混混真的见识到了什么叫见鬼。半夜里，总有七窍流血的女鬼出现在床头，怎么吓人怎么来。小忆为人厚道，不太懂吓人，我专门买了《咒怨》《午夜凶铃》的DVD让她揣摩技术。

有一个混混算是有点本事，三请四托找了道士驱鬼，道士倒是真道士，但这位道士就住我们小区6号楼，收了上万元的香火钱，给了他一张护身符——那符灵验得很，主要作用是让小忆能在任何时候从符里钻出来吓人。

也有两个混混决定逃离上海，同样是6号楼的那群厉鬼向他们展示了什么叫作鬼打墙——两个人在上海火车站转了整整三天，去自首的时候蓬头垢面，差点被当流浪人员给遣返了。

总之，这几位的情绪基本是崩溃的，据小忆说，到后来不用她出场，他们自己就能做一晚上噩梦。据说，后来这几位听说监狱里阳气旺盛，神鬼不进，都主动要求多判几年。

现在，我们第四居委会人丁兴旺得很，小陈也立了功，据说要升职。至于我，如果你在街上看到有个神经病举着打火机烧烤串，别急着报警，那大概就是我。

阿六头

做了师兄弟就不能乱打架了，否则就是私斗比武，要受门规处罚，罚五毛钱或者在弄堂里做一百个蛙跳。要不然，就要被逐出师门。

夏天的时候，阿六头光着头，光着膀子，躺在躺椅上，用一把蒲扇盖着自己的脸。大中午的，阿六头是弄堂里唯一一个成年男子，其他人都去上班，只有他一个人在阴凉里午睡。

弄堂里飘散着倒桶站的闷臭，混合着中午某户人家炒的豆腐干味道，以及弄堂深处某个孤老太太用捡来的柴火烧出的烟气，阿六头就一个人倒头睡着。其他人谈起阿六头的时候，通常都会摇着头，露出鄙夷的神情。

阿六头没有个正经工作，三十来岁了也没有讨老婆，一个人住。

"迭只浮尸瘦么瘦来，吃头势结棍勒不得了（这个废物瘦是很瘦，可吃起东西来厉害得不得了）。"二层阁上的王家阿婆说。她是个特别节俭的阿婆，一直不遗余力地教授着弄堂里的媳妇阿姨们如何在菜市场的烂菜叶堆里找到好东西——考虑到这样做在给她带来竞争对手的同时，对她没有任何好处，可以看出王家阿婆是个善良人，而且只是单纯出于"别糟蹋东西"的朴素念头，倒不是要贪小便宜。

阿六头吃起来是比一般人厉害。他喜欢吃面，拿着一个巨大的搪瓷钵子（上海话管这种大型容器叫"泔脚钵斗"，可见其粗陋），里面满满一碗三鲜面。面浇头也很讲究，虽然不是现炒的鳝糊和虾仁，但至少也要有肉丝，最好是拿几块咸带鱼或是爆青鱼煮在面里。中午的时候，他捧着一大碗面吃得摇头晃脑，哧哧的吸面声传遍整条弄堂。

尽管没有工作，日子过得也很清贫，但阿六头却至少是孩子们最好的大朋友。暑假的时候，大家都围在他身边玩。阿六头会讲故事，会打拳，带着我们一群小孩子打拳。他还煞有介事地要我们都拜他为师，拜了之后，就是他的弟子了。鼻涕小四问他："师父，我们是什么门派的？"

阿六头说："我们是峨眉派的。"

"峨眉派我知道，有灭绝师太，还有周芷若，是坏人！"我举手。被一个栗暴敲在头上。"瞎写，金庸那是瞎写。"

总之，做了师兄弟就不能乱打架了，否则就是私斗比武，要受门规处罚，罚五毛钱或者在弄堂里做一百个蛙跳。要不然，就要被逐出师门。对一群小孩子来说，被逐出师门就是最重的责罚了。阿六头管小孩管得很好，让上班的大人们也很放心。大家不提钱的事情，知道阿六头好吃，有时候有乡下亲戚送土特产来，就给阿六头分一些；就算没有土特产，从家里匀点菜送去，阿六头也照单全收，往面碗里一倒，呼噜呼噜吃起来。吃完了，就教我们练他所谓的峨眉功夫，一群小孩在那里出拳动脚，倒也好看。

阿六头没有工作，生活怎么办一直是个谜。他自己说老娘以前是当大小姐的，一九五几年埋了一批古董首饰，躲过了"十年动乱"。老娘死了之后，他挖出来卖掉了，换来几万块钱，租到这个小小的弄堂里住，也不工作，银行里吃吃利息。那时候利息高，一年期有七八个点，五万块钱存一年就多了三四千块。

但是不工作也不是个事情，王家阿婆看不惯，居委会也看不惯，副主任一天到晚上门做工作，阿六头就是不工作。他偶尔出门，谁也不知道他干吗去，过不了几个钟头，手里就拎着一袋吃的回家了。

我们住的那片治安一直不太好，小流氓很多，一度达到了上学放学时大家都得成群结队走的地步。但就算这样，也没有办法避免被小流氓掏裤兜的局面。对这种小阿飞，大家一般都绕着走，若是不小心碰到了，口袋里的一两块零用钱就当买鞭炮放了吧。

阿六头跟我们说，这种小流氓，以后自然有人收他们，如果碰到他们，就乖乖给钱好了。我不服气地问："你不是教我们功夫了吗？我们峨眉派，要行侠仗义，看到这种小贼骨头，就要打。"

阿六头给我一个栗暴："就是因为教过你们功夫了，你们年纪小，手上没分寸，打坏别人怎么办？"

开玩笑，我身高才一米三，体重七十五斤，一拳下去连只鸡也打不死，哪里有把人打坏的本事。

阿六头却很郑重地说："你们都记住，学武功不是为了打架，而是为了修炼自己。"

我早就知道他会这么说，我五年级了，又不是小孩子，一下就能听出来，他无非是收了弄堂里大人们的好处，有爆鱼有豆芽油豆腐还有青椒炒肉丝。他收了好处，自然要把我们管得乖乖的。

下半学期的某一天，我和爬牙、小燕子作业没做，被罚补抄，抄完一起回家。爬牙身材高大，而且有一双好看的眼睛，高挺的鼻梁，要不是一副牙齿长得不好，简直就可以去演电视了。小燕子以前是跟我们一起疯玩瞎闹的丫头，长到五年级，脸清爽了许多，小辫子一跳一跳的很好玩，胸口也微微有点胀起来了。

走到一半，两个染黄头发的中专生把我们拦下来了，一个学八神把头发遮住一边，另一个一头卷发，像个混血失败的外国人。我是认得他们的，那个八神的爸爸是个混子头头，一天到晚在外面混，有时候做做打桩模子，有时候带一帮小兄弟去掏掏皮夹子，还帮人家讨债。

八神把我们堵到弄堂深处的角落里面。这会儿连大人大多数都已经回家烧饭了，没人管我们。我知道会怎么样，主动掏空了口袋给他："你看，就这点了，没别的了。"

卷毛不信，伸手到我们口袋里再摸。摸完了我的，他又去摸小燕子的，但是摸着摸着就不撒手了。"你干吗？"八神问。

"昨天晚上录像厅刺激不刺激？今天要不要实地操练一下？"卷毛的手往小燕子的胸口摸，小燕子吓得一边哭一边往后躲。

爬牙本来缩头缩脑地躲在我后面，他胆子小，不像我，虽然我比他矮一个头。他看到这一幕，钻出来说："你们不要这样，钱给你们好了。"

八神冷冷地看了他一眼："滚。"

我拉着小燕子就准备走，卷毛挥手给我一个耳光。我捂着热辣辣的脸，感觉血一下子全都涌在头上。我摆开阿六头教我的姿势，脚下弓箭步，左手空右手松，腰往右拧如上弓弦。

爬牙劝我："别打架，师父说打架要逐出师门的。"

卷毛和八神相视而笑："哦哟，还师父，你们武林高手啊？来来来，我让你打！"卷毛说着挺起胸膛，举起右手，准备接我的一拳然后再给我一个耳光。

我放下手。爬牙说得有道理，不打架最好。我拉着小燕子转身就走，背后八神猛地一脚把我踹翻在地。我只感觉嘴里甜甜辣辣的，一股血腥气冲上来。

然后的事情我记得不太清楚了。好像我用了一招阿六头教的揽雀尾，还有一招叫万马奔腾的，狠狠地打在八神的胸口。我看到八神倒了下去，卷毛好像在大吼些什么，但爬牙已经赶紧拉着我和小燕子逃走了。

当天晚上我没怎么吃饭，家里做的是我最喜欢吃的红烧大排，可我一点胃口都没有。我在想，我打了这个小流氓，说不定他会来报复我的。

第二天晚上，我放学回家的时候，一路都在小心翼翼地四处张望，生怕有人堵我的路。所幸一路上都很平安。可到了家门口的时候，我发现情况不对。老爸老妈正在和一个中年人争执，我走过去，那个中年人仿佛被炸药点着了一样，愤怒地冲过来要拽我的耳朵，我爸赶紧把我一把拽在身后挡着。

"你问他，就是他打我儿子的！把我儿子肋骨打断了！"

我在我爸背后还口："我打是打了，就轻轻一拳，怎么可能把骨头打断掉！"

"什么一拳！你们这帮皮大王，肯定是拿着棍子打的！医生说了，肋骨这样断掉，肯定不是用手打的！"中年人说着又露出一副怠懒的神情，对我爸说："医药费先赔两千八，后面你们包掉。"

我爸用疑问的眼光看着我，我大声吼着："是他们先打人的，他们还乱摸小燕子！"

"小×样子还血口喷人了！我儿子没事情打你们干吗？"中年人并不想多理我，又转头问我爸："你说怎么办，我儿子还在医院躺着。要么一报还一报，你儿子的肋骨我也打断一根；要么赔钱，大家清爽。"

我爸是个老实人，虽然年轻时候也打过架，但碰上这路不讲理的也没什么办法。其实这个混混身量也就一般，真讲打我爸未必打不过他，但是他道上认识人多，就怕他找机会报复。

就在此时，阿六头在后面叫了一声："皮蛋，你够了。"

混混头子并不认识阿六头，听到他叫自己外号还愣了愣，确认自己不认识这个光头的瘦子之后，愤怒道："你少管闲事。"

"不是闲事，他是我徒弟，这事情要找就找我。"阿六头一撇嘴，我乖乖地放下书包准备做蛙跳。

"笑死我了，你还是师父啊。你有钱赔就赔，没钱给我滚。"皮蛋看出阿六头不是个有钱人。阿六头扬扬眉毛说："钱我要去找找。"

过了一会儿，他拿了一堆空皮夹子出来，一个个扔给皮蛋。混混头子刚还想嘲笑他几句，看到这几个皮夹子，突然变了脸色，大怒道："是你这个×样子！你以后别想在虹口混了！"

"有本事就来，你现在可以走了。"阿六头把最后一个空皮夹子扔给皮蛋，回屋里去了。

后来我家就再没被这件事情打扰过。我爸没赔钱，我也没有被小流氓报复。我的记忆里，关于这件事情的细节也渐渐模糊，以至于自己都相信，那时候我手里是拿着棍子的。毕竟我又不是武林高手，一拳就把中专生的肋骨打断根本不可能。

但是我又觉得有些奇怪，阿六头的那些皮夹子是怎么回事呢？后来我也问过他，他不肯说。而且，他还把我们都逐出了师门，从此以后再不教我们打拳，也不让我们叫他师父了。

初二那年，市政拆迁，我从此再没见过阿六头。一直到我高中毕业的时候，有一天我去虹口足球场看球，发现身边坐的人特别眼熟，再仔细一看，这不是八神吗？

我的长相变化是大了，他也认不出我。我想想事情过去这么久了，在这里碰到也是缘分，就跟他打了个招呼："还记得伐，当年用棍子把你肋骨打断的小学生？"

他也吓了一跳，一开始表情还有点僵。但他也很快就意识到这事情没啥好追究的了，说："是你啊！太巧了。不过你没有用棍子，你就一拳打过来，我就肋骨断掉了。你小时候真的学过功夫啊？"

我也有点纳闷，大概是巧劲，正好瞎猫撞到死耗子？人家走路摔一跤还有摔死的，保不齐一拳正好打到吃力的地方，就断了。

"后来你爸也没来找我们。"我说。

"别提了，他去找那个阿六头了，带着十几个小兄弟去的，过了半个钟头回来了，脸色铁青着，问他他也不肯说。"

"阿六头怎么他们了？"

"不知道啊。你知道我爸和他的小兄弟以前手脚不太干净的，现在是好了，从那时候就在开出租车，前年退休了。我爸说那段时间他们兄弟在车子上掏皮夹子，掏着掏着发现自己皮夹子没有了，三天两头碰到这种事情。我爸也是学过手艺的，他自己皮夹子都丢了，肯定是碰到高人了。"

我猜想，我的那个师父，大概真的是个高人吧。

老方的出租车

每个人都需要尊重。这个不是空话，人活在世界上，总想有人尊重他。

几年前，我在报社上班，是个突发记者。所谓突发记者，不是突然发作的记者，而是专门采访突发事件的记者。那个时候还不像现在这么科学昌明，微博、微信无比发达，所谓的"自媒体人"们坐在家里就敢写新闻；那时候，无论是什么鸡零狗碎的小事，记者都得到现场，看过，问过，确认过，才好往报纸上登。

我们报社光突发记者就有十来个，给谁配车都不合适，所以每个人都有上不封顶的出租车报销额度——一方面，新闻讲究的是争分夺秒，坐着公交车去出现场，等你到了事情早就结束了；另一方面，突发记者圈子有个共识，离市中心越远，出的幺蛾子事就越多，我们常跑的那些地方，别说地铁站了，连黑车都没一辆的。记得最远的一次，我沿着沪太路一路向北，打了两百多块的车，眼看着那里已经是一片白茫茫的水域。我问当地人："对面是啥地方？"对方说："这儿是宝钢水库，水库对面就是太仓了，出上海了。"

之所以对这种事都印象深刻，是因为这大概是我四五年记者生涯里跑过最有意思的稿子之一。绝大多数的时候，我跑的都是些鸡毛蒜皮缺斤短两的事情。不过，遇上老方的那一次，我跑的新闻倒还算是有趣。

那次的新闻也是在远郊的一个小区，说是有个哥们儿疑似吸毒吸high了，出现了幻觉，跳到了四楼阳台外的晾衣架上手舞足蹈，手里还拿着菜刀。我本来想着，这地方离得那么远，等我到了估计也早就收场了，没想到这哥们儿精力充沛无比，在晾衣架上舞了一个多小时愣是没下来。

我走进小区的时候，小区门口还停着一排婚车，一直延伸到小区旁边的饭店，饭店门口铺着红地毯，看起来小区里是有人结婚。我心想，这对夫妇也是倒霉，碰上这种抢风头的事情。

一路走一路找人群聚集的地方，很快就看到了手里拿着刀的吸毒哥，下面围着里三圈外三圈的人，还有警察在维持秩序，对着上面喊话。围观群众里一个穿着西装的大叔分外引人关注，我走过去跟他套近乎——对突发记者来说，在现场最喜欢碰上这种一看就不同常人的人。

大叔果然不负我的期待，跟我详详细细地说了事情的全部经过。其间有个警察警惕地走过来，赶走了两个在拍照的记者。警察刚看向我，大叔一把搂着我的肩："小年轻要当心，毒品这种不能碰的啊……"

就在这时，那哥们儿一个失足，滑了下去，双手抓着晾衣架，刀也不知扔哪里去了。他坚持了没一会儿，就摔了下去。还好二楼有个违章建筑，这哥们儿被挂了一下，几乎没受什么伤，就被一拥而上的警察给按住了。

这就是我认识老方的开端。老方当天是婚车司机之一，把人送到了地方，正等着结账，看到有热闹可观，便过来围观。我们俩随便聊了几句，发现两人的家住得不远，老方和我老爸年龄相仿，有个比我小两岁的儿子。

闹剧结束了，我想着要回去写稿子，可又不好打车。那时候还没有什么滴滴、Uber，在这种地方想招个出租车颇有难度。老方领了酬劳回来取车，看我还在小区门口徘徊，就把他那辆擦得锃亮的奥迪A4开了过来。

"小兄弟，上车。正好顺路，带你回去。"

"爷叔你这部车子不错嘛，挺阔。"我一眼就看出这部车不是租赁公司的，里面挂着保平安的铜钱，车子的内饰看上去挺旧了，但保养得极好。夸一个男人的时候，夸他的车准没错。

和司机聊天是我打车时的习惯。平时跑远路多，回家的时候经常是深夜，和司机聊聊天免得他打瞌睡。上海的出租车司机里不乏拼命开车的，我见过最狠的司机每天开二十五个小时——出租车都是两个搭档一天一换，他把车给搭档之前还要多开一个小时。这种情况下，自然要提防他们疲劳驾驶，以免开着开着就睡着了。

老方说，他自己开了一辈子出租车，把儿子送出国之后，不想再开出租车，就买了个奥迪——"开了一辈子车了，没车子不习惯。本来是想买个便宜点的小车，后来我一个亲戚说，要买就买好点的，还可以出去给人当婚车。"老方笑道，"婚车能赚多少钱，但是看看人家小夫妻结婚，蛮开心的，还有喜糖、香烟发一发。"

我也聊我遇到过的各种奇葩事："我上次碰到个报料人，跟我说小菜场里几个人打群架有人手被砍掉了。结果跑过去一看，两个卖鱼的吵起来了，一个人手指上被划了一道口子，创可贴一包就好了。浪费我一个下午，我打电话骂报料人，他还笑嘻嘻地说，你去都去了，发个稿子嘛。就为了赚五十块报料费，你说何必呢。"

老方道："都不容易啊。不过报社还是稳定哦。"

我摇头："现在记者不行，老记者还好，我们年轻的没人脉，拿工资拿稿费，都是辛苦钱。"

老方笑："那不错了，年轻人都要吃几年萝卜干饭。"

我又摇头："也不知道干吗来当记者。钱又少，又辛苦。我看看我同学，不在媒体的，工资都比我高。"

老方道："那不一样，你们见的都是大人物。"

我都气笑了："你看今天见的是大人物吗？"

下车的时候我们交换了电话号码。从此之后，我们成了一对搭档——有时候我赶着去现场，家里附近不好打车，就会打电话给老方，老方只要闲着，就开着车来带我去现场。

这件事情无疑是双赢。从老方这边来看，我按着打车钱给他酬劳，让他在开婚车之外有份收入；而且，他也是个喜欢凑热闹的人，我去的地方经常有杀人、放火的现场可以看，他很感兴趣。

而对我来说，出去采访有专车接送（还是奥迪），在采访的地头也有个人照应，这件事再好不过。至于报销，老方作为前出租车司机，总能搞到数额合适的发票。

在现场，老方是个很有用的助手。他外表看上去介于五六十岁之间，经常穿一身夹克，架上墨镜看上去像个帅大叔，脱下墨镜手里拿个茶缸就像个师傅。他有种特别的能力，总能和三教九流的人很快混熟。好几次，我采访的时候遇上瓶颈，不是找不到目击者，就是采访对象看到记者心生警惕不肯说话，这时候老方就会上来打个圆场，和别人随口聊上几句，缓解尴尬。

最牛×的一次，我和老方去跑一个工厂火灾的采访，事情不大，但那个保安满脸横肉，离着八丈远就对着我指指戳戳。我眼看着老方走过去，递烟、聊天，没一会儿，就和那个保安称兄道弟起来。后来，那保安跟我说："兄弟，职责所在，不能放你进去，但是火灾的情况你想知道什么，尽管问。"

我跟老方请教过这项本事的来源。老方笑说："每个人都需要尊重。这个不是空话，人活在世界上，总想有人尊重他。你年纪轻、学历高，再怎么尊重人家，看上去也是居高临下客客气气的。我不一样，我开了一辈子出租车了，什么人没见过？关键是要想想，别人心里要什么。他一个保安要什么？你自己想想。"

我喜欢坐老方的车，有两个原因。其一，老方总是把车弄得干干净净，人也干干净净。他是典型的上海男人，没火气、爱整洁，穿西装的时候，衬衫领口袖口都雪白挺阔，连车子里用的空气清新剂也不是那种香精味道浓郁的便宜货。

而且，虽然是部低配的车，音响装得却尤其好，座椅也是真皮的。老方说："车就是家，家里的东西一定要好。你买个杯子，便宜的十块，贵的一百，看上去贵的不合算，但是杯子要用好几年，你天天拿来喝水，拿着不舒服，就要不舒服好几年。所以，用的东西一定要好。"后来村上春树写了《1Q84》，我突然发现全书开篇的那个出租车司机，和老方有着一样的想法。

其次，就是他开车特别稳。我这人一旦吃饭不规律就容易晕车，而老方开车特别平稳，是那种杯子放在风挡前都不会漾出水来的平稳。

唯一的缺点就是慢。老方开车的速度比其他司机慢四分之一，一切都按着不吃罚单、不发生碰撞、不和人起矛盾的开法，恨不得连蚂蚁都不轧死的规矩开车。就算是四下无人的大路上，他变道转弯，也一定提前打灯，过横道线照样减速。

我经常跟老方打趣："你这辈子开车肯定从来没出过事，交警应该给你发块模范司机的牌子。"老方嘿嘿笑笑："车也是自己的，命也是自己的。开得快有什么好处？"我嘲笑他："照你这个开法，后座上可以摆一桌工夫茶。"

有一次，和老方出去跑新闻。因为地方远，采访的内容又不断深入，时间便一拖再拖。我跟老方说："实在不行你先回去吧，看这架势，回去大概要半夜了。"

老方不肯，说不放心我一个人晚上回家。就这么到了晚上，采访完了，我坐在老方的车里用手机写着稿子，他把车往回开。

郊环线上夜里几乎没有车，有几个飙车族轰着油门从我们身边擦过，我随口说："真讨厌，这种开快车的，撞死几个最好。"

老方也随口答道："你这样不对啊，怎么好咒别人。不过这帮人技术是太差。"

我嘿嘿了一声："跟你比技术当然差了，你是模范司机嘛。"

"比速度他们也不是我对手。"老方拍拍方向盘，"我当年是汽车兵退伍，在部队里开大卡车的。要是我晚生几年，就去当赛车手了。我这个技术，绝对是专业的。"

"你就别唬我了。"我嗤之以鼻。老方是那种除了被大货车拦在后头的情况下，几乎从来不超车的主——我猜测他超大货车的原因主要是大货车万一侧翻容易轧着他。

"你也别不信，去年雪铁龙有个比赛，让新车司机跟出租车司机比加速，赢了能拿油卡。我那几个徒弟，人人都拿了。"老方说。

我撇撇嘴，不置可否。老方的徒弟，如果青出于蓝而胜于蓝的话，估计就算是飙车，速度也不会比轮椅快吧。

再后来，报社的效益不如往常了，也开始更多转向新媒体建设——简单来说，增加网稿，削减版面。突发新闻是最容易被削减的部分——这些小豆腐干中本就有不少家长里短缺乏新闻价值的东西，首当其冲要削减；再加上成本需要控制，报社也养不起一群突发记者，"少而精"的报道显得更有性价比。

所以，我出去跑突发的机会也少了，偶尔才打电话给老方。

有一天，我们跑完一个无聊的活回报社，两个人有一搭没一搭地聊着。突然，一辆轿车从我们身边不安分地挤过，连变了几下道，还嚣张地别了别前面的车，绝尘而去。

"这种人开车，要出事情的。"老方指了指，"你要学车的话，习惯一定要好，宁可忍一忍……"话音未落，一声巨响。那部白色轿车闯了个红灯，把一部电瓶车带倒在地。

"你看，出事了吧！"老方抬了抬眉毛。只见那部白色轿车退了退，一个戴墨镜的平头从驾驶室伸出头来看了看，打了把方向扬长而去。

我们此时也开到了近前，那个骑电瓶车的阿姨正抱着脚在地上叫痛。

老方皱着眉头，仿佛在思考一件很困难的事。虽然不过几秒钟的时间，我却觉得似乎过了很久。

他扬起眉头，问我："小史，我去追追看，你介不介意？"

我当然不介意，我可是个记者，追上去我还有料可爆呢。

　　老方娴熟地加速、换挡，车在发光的夜路里不疾不徐地行进着，没有人说话。他慢慢地踩下油门，那辆一直像乌龟爬一样的A4缓缓地增加了速度，平静顺滑地仿佛一条夜航船。我感觉不到加速，只觉得车身好像消失了，身体好像飘浮在路面上。路上偶尔有几部车，老方轻巧地变道，那些车还来不及反应过来，我们的A4就滑了过去。

　　还是没有人说话。我没说话，老方也没有。他的动作变得极快，却又清清楚楚。他的车悄无声息地划开夜幕，仿佛开得很慢，但我却看到那部白色轿车在视野里一点点变大。它似乎也感觉到了我们的存在，开始以更嚣张的速度和转向试图甩开我们，但老方的车还是无声无息地追近它。在经过几个转弯之后，老方的车头缓缓地超过了它，一点点把它逼慢下来。

　　那部肇事的白色轿车试图逼开我们，但在老方的压制下，最后不得不停在了路边。那个戴着墨镜的平头男子暴怒着下了车，猛拍老方的车窗。老方轻声对我说："打110。"

　　然后老方下车，那平头男猛推了老方一把，老方一个标准的擒拿动作，把那家伙压在车门上，我听到那平头哥哼了几句，就此讨饶："老哥，放我一马啦，何必这样呢？"

　　老方只当作没听到，放了手，但还是用自己的A4堵着他的车。没过多久，警察来了，在平头男的骂声里带走了他，还表扬了老方一通。那平头男大叫着"他打人"，我便拿着记者证跟警察解释了一番。

"有些事情，不能厌。"回家路上，老方跟我说。

直到很久之后我才知道，老方的妻子当年就是骑着电瓶车，被一部超速闯红灯的车给撞死的。从那之后，老方开车就很慢，很慢。

这件事情后来没上报纸。老方说，算了。

半年之后，我离开了报社。从那之后，也再没跟老方打过电话约过他的车。直到去年，有一天我出门前约了个滴滴专车，不小心点了豪华型，没过一会儿就有个车主接了单。我打了电话，拨号界面上出现了"老方"两个字。

几分钟后，我看到了西装笔挺的老方。他已经换掉了那部A4，坐在一部A6里。

我笑着问："爷叔这部车子不错嘛。"

老方看到我，难以抑制地露出一点像要炫耀的笑容，他拍拍方向盘："我儿子帮我买的，怎么样？现在出去开婚车，派头绝对灵。现在出来开专车，开着玩玩，人家看到我这种专车，心里肯定开心的。"

剃头店

> 每个老师傅都有自己的一套家伙，剪子推子剃刀，自己保养、自己磨，不让别人动，像是剑客对待自己的剑一样。

在我还在幼儿园的时候，最害怕的事情就是剃头。我从小有洁癖，皮肤又敏感，头发渣子落在衣服里，扎在领子上，真是种无法忍受的痛苦。理发的时候不让动，连脸上有头发都挠不了，更是有种孙悟空被压五行山下的英雄末路之感。

对从小特别早熟，以至于在幼儿园大班就开始中二的我来说，理发简直如同酷刑。但是小孩子头发长得快，每个月父亲总会骑着自行车，把我抱在前杠上。我低着头，看着滚动的前轮，从1数到200，差不多就到了那家剃头店。

剃头店是自行车棚改的，很窄也很长，窄得放下了剃头的桌椅就仅容一人行走，长得让坐在剃头的靠背椅上的我看不到尽头。一排十来个座位，推子剪刀和人声喧嚷中，颇像是一条流水线。

理发店里，三个老师傅带着五六个徒弟，撑着这家阴暗拥挤的小店铺。和别处不同，这儿的老师傅都穿着蓝大褂而非白大褂，袖套倒是雪白，看上去跟对街卖阳春面的老头颇为相似。三个老师傅看上去个儿顶个儿地凶，当时我刚看《封神演义》的简明儿童读物，总把他们想象成魔礼青、魔礼红、魔礼海，总觉得还有一个魔礼寿，会在不知道什么时候，抱着他的花狐貂蹿出来，一口咬断我的手。

老师傅们在我小时候就过了退休的年纪。他们干起活来总是一丝不苟。用剪子剪发的时候，每一刀下去，都会拿梳子柄敲一下剪子，好像是某种"一刀断命，一声叫魂"的仪式。每个老师傅都有自己的一套家伙，剪子推子剃刀，自己保养、自己磨，不让别人动，像是剑客对待自己的剑一样。

三个老师傅都各怀绝技。戴着眼镜的范老先生，看上去不像是剃头师傅，倒像是私塾里走出来的教书先生，头发总是梳得一丝不苟精光油滑。他剃头的时候，总是围着人转圈子，手里的剪子和梳子就跟打竹板一样，有节奏地轻轻敲击。左转几圈，右转几圈，嘴里嘟囔着不知说些什么。一直等他的嘴角都因为嘟囔而泛起了轻微的白沫，客人也几乎要不耐烦的时候，他才会站到客人的身后，出手如电，一抖剪子就是嚓嚓嚓几下连击。几乎一转眼工夫，一个发型就出来了。

后来上了高中，我开始看金庸的小说，《笑傲江湖》里泰山派有一招失传的绝技名为"岱宗如何"，说是高手出击之前掐指计算，将敌人兵刃长度、武功特色乃至太阳照射的角度全都计算清楚，挺剑而出无不命中，我猜想范师傅也有这般功力。

陈师傅的专长是刮脸。他个子不高，一脸晦气，仿佛总要跟人吵架。他的一双手很小，很白，却一点不怕烫，滚烫的热水桶里拎出的毛巾，他能轻松地拧干，再一挥手，那毛巾就如同武侠小说里受了内力一般，平平飞出，在空中跟飞毯似的落到其他理发师手里。小时候，我最爱看的就是头顶上毛巾飞舞的场面，经常突然抬头，以至于遭到理发师在脑后的一击栗暴。陈师傅刮起脸来，颇有些"挥斧斤削白垩"的气势。肥皂在客人脸上抹得均匀，他剃刀寒光一闪，沿着人脸的弧线，呼一声就把肥皂泡削去。传说陈师傅对熟客人，刮脸不用第四刀。

我最喜欢的是老赵爷爷。他在这三个师傅里年龄最长，却是相对最和蔼的一个，见到小孩，总会从老旧的柜子里掏出几颗水果糖来。那水果糖似乎是国外进口的，口味和当时常见的水果硬糖大不相同。老赵爷爷擅长剃平头，他剃完的平头，落下的头发纷纷成粉，可见修剪之精细。据说，赵老爷子当年是在海船上练出的功架。直到他年近七十，还每天带着徒弟们在手腕上悬上铅砣子练手劲，他手腕松弛的皮肤上总有一道深深的刻痕。

剃头店的陈设很古老。老师傅自己从来不用电推子。剃头店一如其名，只做剃个头五块加洗头两块的生意。我上大学那年碰上物价飞涨，剃头的价格也涨了一块，自此之后，再未变化。

老师傅们不爱做染发、烫发的生意，尽管这些生意才是取财之道。偶尔见到他们给人染发，用的只有一味黑色；烫发的时候，也只用最简单的式样，替头发日渐稀疏的中年妇女把头发烫得蓬松繁盛。

店里没有热水器，洗头的时候，用一个铁皮箱子悬在墙上，倒上热水，再掺上冷水。老师傅隔着铁皮箱子用手一摸，就知道水温如何。水温对了，拧开水阀，温而有些烫的水就从一个塑料莲蓬头里出来，烫得人头皮发红。接着，一个青年徒弟按着嘱咐，把我的小脑袋按在水斗里，猛抓头皮，让人感觉剥了皮似的疼，疼得好舒服。

最后，徒弟用蜂花肥皂的泡沫裹挟了头发渣子，冲得一头干净。陈师傅的小手就提出一条雪白的毛巾，浸在装满了热水烫得熟鸡蛋的大锅里，若无其事地拧干，把烫毛巾敷在头上，毛孔就都开了，瘅气散逸，清爽得紧。

在我上初中的时候，听说过这么一件事，是那个总是帮我洗头的徒弟转述的。

当时，老赵爷爷正在给人修面，一个长发男青年跑进来，要求剃个短发。那个男青年长得高大壮实，用老赵爷爷的话说，一条胳膊能抵上自己的腰粗。

陈师傅把男青年安顿下，翻开领子裹上毛巾，又披上白布。他跟老赵说了两句常人听不懂的话，就跟男青年说："你稍坐会儿，剃短发我拿手。"

加紧修完了手头那个面，老赵就问："要个什么发型？"

男青年不多话："干净点，好看的。"

老爷子剃头一向慢，精雕细琢地正修着呢，男青年不乐意了：

"我说快点行不，剃头又不是绣花。"

老爷子脾气好，不跟人顶嘴，还是慢悠悠。剃完头，男青年看看镜子里的自己，很满意地离开了。

没过两天，听派出所说，当地流窜许久的敲头抢劫犯被抓了。这逃犯平素夜里拿着榔头专敲单身姑娘的脑袋，砸完就抢包，已经把两个人敲成重伤了。据说，之所以能把他抓到，是因为警察巡逻的时候，在路上见到一个男青年，穿得挺体面，脑袋上却顶着个劳改头，于是上前盘查。那男青年竟然心虚袭击警察，结果被当场按倒。

这件事情在我心里一直是个谜。那时候可还不到二〇〇〇年，劳改头甚是扎眼，走在路上确实容易受人盘查。就说二〇一二年，我出差的时候就因为剃了个圆寸，走到哪个车站，都会被警察查身份证。可那个男青年既然是逃犯，自然知道这个道理，怎么能任由老赵爷爷把他的脑袋剃成这样呢？

一直到理发店关门拆迁，我都没搞清楚这件事情。直到去年，那个曾经是青年，现在已经是中年的学徒来我们小区开了个理发店，我才搞清楚。

原来，陈师傅以前是法医，怪不得擅长刮脸、剃光头。他翻开领子，看到领子上有些微喷溅的血迹，又看到男青年手臂上有针眼，就猜到了几分。那时节吸毒的人用的都是海洛因，不像冰毒，所以用"笔"的远比用"板"的多。

可那男青年虽然是个瘾君子，但那身板打几个老师傅总是富余。

于是陈师傅就叫来赵老爷子，给他使了个阴招。赵老爷子硬是发挥剪发成粉的功夫，把那男青年的发根给剪坏了一半。初时看不出来，可是只要洗一洗头、拽一拽，头发就会掉落下来。那男青年前脚刚走，赵老爷子后脚就给派出所打了电话，请他们关注一个剃了劳改头的魁梧青年。

"那要是认错人了，这人不是罪犯怎么办？"我坐在理发椅上，让理发师给我打肥皂。

"不是也没办法了，只能给人赔不是啦。"理发师用理发椅上挂着的布条蹭了几下剃刀，准备给我刮脸。

"你可别学陈师傅，那好家伙，剃了多少死人才练出来的。"

"放心，不能把你刮坏了。"

"你还是慢慢来吧。我不赶时间。"

阳春面是世界上最寂寞的面

这个世界上，有很多食物都是让人失望的

只有阳春面是不会让人失望的

阳春面

阳春白雪断红尘，阳春面就是红尘里来的东西。
没见过最繁华的世界，你说什么淡泊名利?

当我还在读幼儿园的时候，我家小区门外有一个柴爿馄饨①店。所谓柴爿馄饨，就是用柴火而非煤饼煤球做燃料烧的馄饨。柴比煤便宜，柴的火力和煤没法比，煮开水是够了，炒菜力有未逮，所以柴爿馄饨一般都只做馄饨和面。

通常来说，我们这里的柴爿馄饨都是安徽籍妇女经营的，要么拉着车子，要么挑着担子，但是我家门口的这家柴爿馄饨是个老头开的。老头说不上太老，头发半黑不白，永远剃得只有几毫米长，毛绒一样地贴在头上，露出高耸的额头。老头的体形瘦小，筋骨坚硬，把一身洗得发白的中山装顶出无数棱角，我一度怀疑老头的衣服里面藏着一只有背棘的恐龙。老头还箍着一副袖套，围着白围裙，戴着圆眼

① 柴爿馄饨：我国上海对流动馄饨摊的一种统称。

镜，和对街的理发师一个装束。

除了馄饨之外，老头也下阳春面。阳春面、大馄饨、小馄饨，一共三样。天气热的时候，人家都做冷面，老头不做。

从小到大，我吃早饭就是面包饼干配牛奶。作为一个上海人，我没在早上吃过泡饭、大饼，更不用说是馄饨或者面了，所以我从没在老头的摊子上吃过东西。有时候放学回家，手里有些零花钱，肚子又饿了，也有的是花钱的地方：臭豆腐、油墩子、韭菜饼、牛肉煎包，哪一样都比老头的馄饨有吸引力，更何况老头长得殊不亲切。

"少年人，我跟你说，这个世界上，有很多食物都是让人失望的，只有阳春面是不会让人失望的。"我说。

我工作后的第五年，拉着弟弟在老头的面摊上吃阳春面。阳春面不放辣，不是红油小面，但是弟弟两眼通红，眼泪往下滴。

这和面没有关系，他一口也没动。他之所以哭，是因为他失恋了。我的弟弟是一个叛逆青年，从两岁开始就没有做过一件听大人话的事。要他哭一准笑，要他吃饭一准睡觉。爹揍妈嫌地活到了上学，成绩可想而知。他爹妈合计之下准备让他读个中专，出去工作。叛逆青年强烈反对，为此不惜认真学习，考上了个好高中。

我弟弟是一个在当地比较英俊的青年男子，加上十分叛逆，开学第一周就因为留长发、和老师顶嘴，以及向女生吹口哨，遭到了处分。老师千不该万不该，说了他一句："你这样也想考上大学？年级第一都没有你这么狂！"

　　于是我弟弟每天睡五个小时，以一股怨念支撑眼皮，和老师拼命对着干的同时疯狂啃书。

　　他当然没有拿第一咯，不要小看重点中学。

　　但是总之，就是这么一个人，全身上下反骨都戳出来的家伙，进了大学之后谈了恋爱，整个人的反骨都从盔甲变成了软肋。

　　女孩家住在杭州，暑假里他用弹吉他卖艺的钱买了一大包牛肉条和给他力（佳得乐这个译名格调太低，无法配得上我弟弟），骑上自行车，从上海出发，骑了八个小时到了杭州。因为自行车还不错的缘故，这八个小时不算太过煎熬。但是因为他穿了牛仔裤的关系，裤裆被磨得像经受过酷刑一样，据说脱下来的时候用到了剪刀。总之，他赶到杭州的时候，女孩热泪盈眶，当场就想把自己交给他，他婉拒了。

　　当然之后发生的事，大家都懂的。

　　总之，就是这么一个男孩，失恋了。原因不奇葩，就是女孩子不再喜欢他了。大学里，他长发飘飘弹着吉他骑着帅气的单车，女生们还没有现实到不爱这样的男孩。但毕业了，他以往的叛逆在老板面前连个屁都不算，乖乖剪掉马尾辫，穿上廉价的黑西装，才是所谓的"正道"。

　　但我一直觉得他没长大。文身、抽烟、喝酒、玩摇滚、夜不归宿，甚至违法犯罪，都不是最大的叛逆。最大的叛逆是抗拒天命。老天说你二十二了，应该大学毕业了，你偏不。

就成了这样的局面。他可以看上去工作得很认真，交际得八面玲珑，但他的心里却厌恶这一切。我的弟弟对这个世界的最大叛逆就是消极怠工。

这样一个男人，让女孩子讨厌也是很正常的事情。

"不要想了，吃面。"我说，"阳春面这个东西，没有肉，没有菜。你吃第一口和最后一口，都是一样的。你吃辣酱面，会担心先把辣酱吃完了，剩下的面怎么办？先把面吃完了，剩下的辣酱是不是说明你吃的面太淡了？"

怎么把面和浇头搭配得刚刚好地吃下去，不容易的。

"你吃大排面的时候，会不会担心别人的大排比你的大？会不会担心面筋包里的肉馅没有想象中好吃？吃阳春面，没什么好担心的，反正没有肉。"

所以阳春面吃起来最让人放心。不担心，就不累了。吃吧。

我舀起一个馄饨咬了一口。

我请弟弟吃阳春面的原因是我没钱。我供职的杂志社经营不善，到了几乎倒闭的地步，稿费欠了半年多，主编仍然希望大家满怀情怀地做全中国最好的杂志。

所以我请他吃饭的预算只有十二块。五块的阳春面，七块的馄饨。

之后的很长一段时间，我都吃一碗馄饨当晚饭。七块的馄饨，很便宜了。后来我觉得这样不行。

于是我换了工作。尽管我曾经发誓要做中国最有名的记者，而现在我离这个目标还有一千三百万个粉丝的差距，但我得吃饭。得了普利策新闻奖的记者都会因为付不起房租所以跳槽做公关，我也没什么可清高的。这不是妥协，这他妈不是妥协。

换工作的一个月之后，我请弟弟吃饭，自助火锅，他吃得比我多好几倍。

"人没法靠吃阳春面过活的。阳春白雪，没营养。"我叹道，"这不是单纯不单纯的问题。谁都想过单纯的人生，不用失望，第一口和最后一口是一样的。可是那得是天下最好吃的东西才行。龙肝凤胆，天天吃也许不会腻，但阳春面不行。"

我不是我弟弟。我长大了，我不是那么叛逆的人。我有未来的所有打算，攒钱、买房，和我爱的人结婚、生小孩。呼啦一下，计划就排到了十年之后。

所以这段故事和叛逆没有关系。

只是觉得，世界那么大，看了也白看。很×蛋。

那天晚上我拉肚子，感觉把肠子都拉没了。

在之后的很长一段时间里，我吃不了油腻的东西。我每天穿着西装，把领带甩在脑后，在老头的面摊上呼呼地吃一碗阳春面，然后赶公交转地铁再转地铁到公司。做记者的时候从不坐班，坐班意味着早起早睡，在办公室一待就是八个小时。对我来说，这和穿着牛仔裤骑自行车八个小时一样。

上一个冬天，有一天晚上我加班到很晚。刚走到小区门口，老头准备收摊。

水还煮着，我说："老大爷再给我下个面。"

老头说："面不卖了，馄饨还有。"

我探头："你这不是还有一团面吗？下一个呗。"

老头想了想，说："看在你经常吃面的分上，给你下一个。"说得好像我欠了他老大人情。

面上来我就知道为什么了。一碗清汤光面，撒着小葱，并没有什么香味，但第一口吃下去，鲜味就在嘴里爆开，每根面都好像是在舌尖上发情。

我问："大爷这什么情况？"

大爷说："阳春面啊。"

我说："这是什么阳春面，怎么会这么好吃？"

大爷说：

"阳春面是世界上最寂寞的面。没有东西陪它，它自己就是自己的答案。最简单的东西，就是最复杂的东西。太阳大不大，复不复杂？两个方程就讲清楚它是什么东西了。阳春面，为什么有鲜味，为什么有香味，谁能解释清楚？面粉是哪里来的，葱花是哪里来的，这里面有道啊。所以找到阳春面的道，就是找到了所有面的道。

"做人，做面，都是一样的。没见过最繁华的世界，你说什么淡泊名利？阳春白雪断红尘，阳春面就是红尘里来的东西。这碗面是我三十五年前的配方，最繁华的一碗面——千嶂万花。"

老大爷当时并没有告诉我这碗面的配方。直到很久之后，我才知道这个配方。

汤用整只老母鸡、火腿脚爪、老鸭架、瑶柱同煮，连吊三天三夜，汤色要三白三清，到了最后一轮清汤时，用刀背把牛肉、鸡胸敲成腻子①，放在汤里轻轻搅拌，用腻子吸收掉所有的油脂杂质，剩下的就是清汤，和面煮面都用它。

优质的中筋粉，用清汤和面，略加点盐揉成面团，反复摔打之后压出面来，下汤锅煮，一熟即起。

至于汤头，则是无锡的生抽，加上新鲜去头尾的葱绿，一同铺在碗底。先加一勺滚烫的猪油，再浇上清汤。猪油要用隔年黑猪网油熬出的白雪油。

大爷说，这么一碗阳春面，才算得上是千嶂万花。收你三十五，公道的。

后来，大爷的摊子撤了，好像说是回老家了。我再没机会吃上那碗三十五块的阳春面。但我知道，这碗面还存在世间的某个角落。

---

① 腻子：阳春面汤的做法来自川菜开水白菜，开水白菜中用来使汤澄清的鸡胸肉泥被称为腻子。

原来，上天让我成为牛奶饼干
是为了让我能够有一天游过这条牛奶河
成为饼干骑士
来拯救我最爱的人

饼干城的故事

我觉得身体里什么东西碎裂了。原来，我真的是个笨蛋。无论成为英雄也好，无论变成最帅最强大的人也好，都比不上那个傻乎乎带她去兜风的我。

1

嗯，这个故事是发生在我们饼干城里的，饼干城是一座很大的城，比你能想到的所有的城都要大。

饼干城是铁皮做的，是世界上最结实的城，城的外面画着非常好看的花纹，据说是饼干城的创始者画上去的。我们都生活在饼干城里。

我是一块很普通的牛奶饼干，圆圆的，不是很大也不是很小。我有很多朋友。

我的朋友有巧克力饼干，他长得比我们都要黑，但是因为巧克力比较好吃，所以他到哪里都很受欢迎。

还有麻脸的芝麻饼干，芝麻饼干是一个无可无不可的家伙，他总喜欢在我们投票表决要去哪里玩的时候数脸上的芝麻。

我的另一个朋友橙子饼干是黄色的，长得像个橙子。他总以为自己是个真的橙子，并且总是唱着"我是一只橙呀我是一只橙"，但是真的橙子可是从来不这么唱的呀。

再加上奶油夹心饼干，我们五块饼干平时经常在一起玩。

奶油夹心饼干是个很有内涵的家伙，而且他也知道自己很有内涵，所以总是很骄傲。我想，一块饼干的内涵如果只是甜言蜜语，那么其实也是件很一般的事情。不过我从来不会说出来。因为我是块最普通的牛奶饼干嘛。牛奶饼干这种从来都是小配角的角色，生活其实很没劲的，再少了这几个朋友，真是不用过日子了。

奶油夹心饼干追女孩子很有一套，他最擅长的方式就是把自己拧开，然后让人家蹭一蹭自己的奶油。不过我们中最受女孩子欢迎的还是巧克力饼干，他总是黑着脸，然后落下一点点粉，女孩子就觉得他真是帅得掉渣。

好吧，我还是比较和芝麻饼干玩得来。

饼干城的生活是丰富多彩的。我和动物饼干的关系很好，也经常去看他们。大象饼干比所有其他的动物饼干都要大，但是他只有两只脚，所以只能一拱一拱地走路；鲸鱼饼干很不服气他，因为鲸鱼应该比大象大的，可是鲸鱼饼干一点也不大；长颈鹿饼干经常把字母饼干叼来叼去玩拼字游戏，字母饼干一点都不想理他。

　　说了这么多，该说说我们这里的女孩子了。我们有很好看的印花饼干姐姐，她长得真的很漂亮，而且味道又很香。发型很好看的拉花曲奇也是很受欢迎的。不过最受欢迎的女孩子还要数威化饼干。

　　不过，我并不想追她们。我比较喜欢的是宝石花饼干。

　　宝石花饼干小小的，头上顶了很大一坨糖，看上去很好看，其实没什么好吃的，所以很多人都不喜欢她。但是我就是喜欢嘛，有什么办法呢？

　　问题是宝石花饼干一点都不喜欢我啊。我去找克力架诉苦，他比我大很多，也多懂很多事情。这家伙脆弱得很，所以到现在都没谈过恋爱，不过他一直自称感情专家来的。说起来，我认识他也算是件有趣的事情。

　　那一次，我被三层夹心苏打饼干欺负了。这家伙一直仗着自己有三层，又强壮又有分量来欺负我们圆饼干，他看到我在街上溜达就来找碴。结果我当然打不过他，被他按在地上打。

　　这个时候克力架就来了，说："呔，兀那方饼干，不许欺负圆饼干。"

　　我跟苏打饼干一起咕哝道："兀那，你武侠小说看多了吧，还有，你自己不是方饼干啊?！"

　　总之，克力架看上去很大一块，不过打起架来就不是那么回事，松脆得不得了，莫名其妙被三层苏打揍了一顿。最后还是我的朋友正好路过才打败了三层苏打。从此以后，我就莫名其妙和一块方饼干成了朋友。

克力架说："喜欢就追咯。"

我问："怎么追啊？"

克力架说："你觉得怎么样能够让她开心就怎么做咯。"

我想了半天，在头上顶一坨东西会不会让她喜欢呢？于是我去做了个发型，在头上顶了一大坨奶油。回家的时候，差点被老爸打出来。

老爸一边用他的老朋友手指饼干抽我一边骂："你身为一块牛奶饼干，就要有牛奶饼干的觉悟，怎么可以这么无聊去学人家奶油饼干？奶油饼干这种又甜又腻的东西，根本就是放弃了饼干的身份嘛……"

好吧，还好奶油夹心饼干不在。

总之我去找宝石花饼干了，她看到我就开始笑。

笑得差点连头上一坨糖都掉下来，然后她说："你这是干什么啊？头上顶一坨东西难道不会很矬吗？"说着就走掉了。

我觉得很受伤。

后来我狠狠修理了一顿克力架，让他顶着一坨葡萄在太阳下面晒了一天，后来他进化成了提子饼干，成了城里最受欢迎的饼干之一。

唉，要怎么才能让女孩子喜欢我呢？

我又不是帅到掉渣的巧克力饼干，又不是很有内容的夹心饼干，难道要我学神经错乱的橙子饼干，可是我像什么呢？总不见得唱"我是一块饼"吧。

2

饼干城有一个传说，据说饼干城的守护者是传说中的饼干骑士，饼干骑士长得英俊潇洒，骑着白马饼干，手里拿着长枪，能够打败最可怕的怪物。不过饼干骑士的传说虽然传了很久，却没有人见过。

城里的长者老婆饼经常说，他年轻的时候看到过一次饼干骑士。饼干骑士把他的长枪放在了饼干城外牛奶河的对岸，只有真正的勇士才能够得到它。

不过，饼干城已经安宁了很多年了，所以就不需要饼干骑士的存在了。有时候我也会想，如果有一天我们遭到了危难，我是不是会变成大英雄。

想想都是在发痴啦，我只是一块不好吃的牛奶饼干，硬硬的，干干的。我其实只想做一块能让宝石花饼干喜欢的饼干而已。

可是这样真的很难啊。

我偶尔会去找杏元饼干，他小小的，比我还小，不过他长得很帅，是一个很有型的小正太。他说自己会算命，也经常神神道道地念叨什么命运的齿轮啊，什么愚蠢的人类之类的。不过这不影响他被我们拿来当飞盘玩。

我说："我要怎么才能让宝石花看我一眼？"我把杏元饼干扔给芝麻饼干，他正在数自己脸上的芝麻，于是被砸到了。

嗯，在自己脸上弄点水果怎么样？芝麻饼干把杏元扔给奶油夹心。

奶油夹心饼干指了指自己的夹层，把杏元扔给巧克力饼干。

巧克力饼干哼了一声，扔给我。好重的一击啊！

杏元饼干一旦被扔得晕晕乎乎就开始说胡话，一会儿什么灾难与战争即将到来，一会儿什么勇士的长枪在遥远的地方等待着应许之人，一会儿什么赢得美人的芳心就要依靠强有力的战士，总之都是些听不懂的话。

好吧，反正……等一等，当个勇士似乎是个很好的办法，美女都喜欢勇士的嘛。

老爸这次抽了我更久。他总是觉得，身为牛奶饼干，就要有牛奶饼干的觉悟。

"你小子给我记住，就算把你压扁了，你也不会变成葱油薄脆！"老爸最后打累了，一脚把我踢出门外。

不过老爸可拦不住我。我偷偷跑到零食城，捡了一段断掉的百力滋当作长枪，然后拜托兔子饼干当我的坐骑。什么？我当然知道兔子很不威风啊，但是我去找马饼干的结果是被他一脚踹到了鳄鱼饼干的嘴里，险些被吃掉！你有想过要被一块鳄鱼饼干吃掉的感受吗？

好吧，总之我是开始习武了，虽然看上去我像白痴多过像英雄。我经常骑着兔子饼干经过宝石花饼干的家门口，她有时候会看到我，然后捂着嘴笑。

我知道她觉得我是个白痴，的确，我这个样子比头上顶着一坨奶油还白痴。但让她笑起来是一件很好的事情。

而且，如果有一天我变得很英勇，她也许会喜欢上我也说不定。

3

奶油夹心饼干看着我，摇摇头叹口气。我知道这家伙又要装哲学家了。巧克力饼干还是不说话，他就在一边，看着我在慢吞吞跑着的兔子饼干上，一次次徒劳地想把长枪刺进圆圈曲奇中间的洞里。

第二百一十次，刺中五次。芝麻饼干数着自己脸上的芝麻计数，我从来没有那么讨厌过他脸上的芝麻。

不过，这些可都是好兄弟，否则怎么会花一下午的时间陪着我做这样无聊的事情。

兔子饼干说："你这家伙实在太笨了，看来只有骑乌龟饼干才能刺中目标。"乌龟饼干在远处哼了一声。

好吧，反正我只是块牛奶饼干，就算失败了，也还是块牛奶饼干，又不会真变成葱油薄脆。不过的确很累呀。

应该说，锻炼还是有点用的，至少现在我比以前强壮多了，如果真碰到三层苏打饼干也可以放倒他。不过我看上去还是很矬……好吧，没有哪块牛奶饼干是不矬的，我爸就很矬。

日子一天一天过去，宝石花饼干现在每次看到我都会笑，而且偶尔还会给我吃她头上的糖，我觉得好甜好甜，这样子也算一种幸福吧。虽然每次看到巧克力饼干黑着脸牵着漂亮女孩子的手的时候，我还是会觉得自己很孤独。

我陪着她做很多事情，帮她打发缠着她的各种难吃的苏打饼干，骑着兔子饼干带着她去兜风。事情似乎进展得不错，她也挺喜欢和我在一起。

但是我想她大概不愿意当我的女朋友吧，她只是把我当作一个傻傻的可以当死党的兄弟。嗯，身为一块牛奶饼干，我想我比较适合当她的备胎。她也从来都不会跟我撒娇，累了的时候也不会靠在我的背后。她只是会在不开心的时候来找我说话，骂我是个傻瓜。

她那么好看，又是个小萝莉，总有一天，肯定会有一块英俊潇洒的皇家曲奇来把她娶走的。不过能够这样陪她，就已经很好了。我跟她说："你知道吗？我会记得你的，就算我不记得你，我也会记得你头上的糖。"

她说："傻瓜。"

老爸又在喊腰疼了，每到阴天他都腰疼，把自己关在房间里不出来。我拿起我的枪，准备今天再出去练一次。

这时候，我听到老婆饼长老的声音从城里最高的姜饼城楼里传出来："面包城入侵啦！面包城入侵啦！"

后来我们才发现事情比想象中还要麻烦。这次面包城联合了蛋糕城一起入侵我们饼干城，要求我们交出饼干女王，以后成为他们的属国，并且从早餐菜单里自动消失。

战斗在我们毫无准备的时候就打响了。巨大的吐司面包率先发起了攻击，我们伤亡惨重。然后长棍面包开始冲击我们的城墙，奶油蛋糕把成堆的奶油扔到城里，让饼干们粘在一起。

我想起那个传说，于是我们几块饼干跑出了城，一直往东方跑。跑着跑着，我们到了牛奶河。

牛奶河是一条很大的河，里面都是牛奶。从来没有饼干敢横渡牛奶河，连最硬的面包都会在里面变软，然后变得烂烂的沉下去。

我们看着河对岸，那里显得很远。我们面面相觑，巧克力饼干二话不说就要往下跳，被奶油夹心饼干一把拉住了，他说："我们要是跳下去的话，就死无葬身之地了。"

巧克力饼干想了想，转身走开了。然后橙子饼干也走了，去水果城拉救兵，反正他一直觉得自己是橙子。奶油夹心饼干拍拍我的肩膀说："我们回去吧，至少还能和伙伴们死在一起。"

杏元饼干不知道什么时候出现了，他还是一副神神道道的样子，什么不牺牲就不会获得啊，什么战士的本能在于不畏惧死亡啊之类的。

我想了想，然后跳了下去。

杏元饼干在上面说："你还真跳啊，我随便说说的。"

我听到了，但是我不介意。如果饼干城破了的话，宝石花饼干就会被抓走，也许会被装饰在蛋糕上，她会哭的。

我不想让她哭，所以我开始游泳。我只是一块牛奶饼干，牛奶饼干没有什么本事，我觉得自己在慢慢变软，也许我就要受潮死掉了。

但是这时候我突然觉得身体里面有什么东西在发热，我突然想起来，我身体里本来就有牛奶啊！牛奶让我有了用不完的力气，我开始发疯一样地游起来。

原来，上天让我成为牛奶饼干，是为了让我能够有一天游过这条牛奶河，成为饼干骑士，来拯救我最爱的人。

原来，我从来都不是一块普通的饼干。

4

等我拖着沉重的身体到达对岸的时候，我听到了一个声音：

"你已经通过了牛奶河的考验，成了世界上最有牛奶香味的饼干，你是否愿意成为饼干骑士的继承人，继承饼干骑士的力量，保卫饼干城？"

我说："我愿意。"

那个声音说："那么，你会变成有夹心的美味饼干。"

我觉得身体一阵撕裂的剧痛，然后发现自己变成了夹心饼干，还是带巧克力夹心的。不知为什么，这时候我想的是，老爸要是看到我这样，会把我打死的吧。

那个声音说："你将继承饼干骑士的徽章。"

我身上好像被刀刻一样痛，我不由得晕了过去。醒过来的时候，我发现，我身上被刻上了一个英俊的男人的样子。

我变成了——王子饼干！

那个声音说："授予你饼干骑士荣耀的Pocky①之枪，希望你用它战胜一切敌人。"

我看到手中出现了一条美丽光滑的长枪，巧克力口味的。

我说："我一定会的。"

那个声音说："好了，接下来要把你烘干。但是你不能再告诉任何人你本来的样子，饼干骑士是荣耀的代表。"

我点了点头，感觉一阵炎热，我晕了过去。

等我醒来的时候，我身边是一块漂亮的马饼干，手里是一条长枪，我身体里有用不完的力量，我变得无比英俊。

当饼干城岌岌可危的时候，吐司们在狂笑，蛋糕们在鼓噪，长棍把自己当作云梯，泡芙一个个往城上攀登，把一肚子奶油倒进城里。

然后，饼干骑士出现了，他的长枪无坚不摧，连皮最厚的罗宋包

———————————

① Pocky：百奇，一种由日本江崎格力高株式会社生产的日式零食。由覆盖巧克力的饼干条所构成。

也经不起他的一刺。他力量无穷，可以用手举起整个长枕吐司扔到半空。他快如疾风，就算肉松面包撒出漫天肉松，他也能从容躲开。他带领着剩下的各种饼干组织起一波攻势，把面包蛋糕盟军给彻底击退了。

他一个人、一匹马、一条枪，站在城门口，冷冷地说："记住，以后只要饼干骑士在这里，饼干就不会从早餐菜单上除名！"

我听到我的声音这样说。

没有人会发现这样一个英雄的背影反面，是一块卑微的牛奶饼干。

饼干们欢呼起来，并且在一块大吐司的尸体上刻下这句话，挂在城门上。他们把我迎进城里，他们在我身边跳舞歌唱，歌颂我的丰功伟绩。

我都不在乎，我只想见宝石花饼干。

我游过牛奶河。

我经受痛苦。

我浴奶奋战。

我握起长枪跨上骏马。

都是为了让她不哭泣。

女王举办了盛大的宴会庆祝凯旋，我被推到了最尊贵的席位。大家向我欢呼，我突然觉得有些手足无措。

女王大声说："勇士，你是我们所有人的英雄，你的任何要求我们都会同意，我们愿意为你做任何事，也希望你能够让我们为你做点事情。"说着，她看着自己两个漂亮的女儿。

老婆饼长老揉着眼睛，似乎不相信他有生之年能看到又一个饼干骑士。

我看着老爸，老爸很伤心的样子，他大概以为我已经淹死在牛奶河里了。

我说："我想见一个女孩子。"

宝石花饼干被带到我的面前。

我突然很想哭，我看到她的微笑。

你知道吗？我的辛苦我的痛苦我的艰苦都是为了你。

你知道吗？我会成为饼干骑士都是为了你。

你知道吗？

我走到她面前，问："你觉得我怎么样？"突然我觉得自己很笨拙，即使成为最荣耀的饼干骑士，即使能够杀敌于一瞬间，我在我爱的女孩子面前还是会变得傻傻的。

她笑了，说："你真的太厉害太厉害了，而且又那么英俊。"

我嗫嚅着说："嫁给我好吗？"我听到身边人们发出的惊讶声音，他们都很惊讶吧。

宝石花饼干笑了，然后说："不好。"饼干们发出更大的声音。

宝石花饼干笑着看着我，说："你知道吗？有一块饼干，他没有你那么帅，没有你那么强壮，他练了一年的枪都没法子刺中目标，你一根小指头就能战胜他，而且他还是个傻瓜，他还可能死掉了。

"但是他陪我听我的心事，他陪我兜风，给我讲好玩的事情，他喜欢我，我知道的。他真的很喜欢我，真的。

"他不知道我其实也喜欢他的……我只是怕他会不像以前那样喜欢我……这个笨蛋……他死了……这个笨蛋……"

宝石花饼干在我面前哭了。

我觉得身体里什么东西碎裂了。

原来，我真的是个笨蛋。

无论成为英雄也好，无论变成最帅最强大的人也好，都比不上那个傻乎乎带她去兜风的我。

我只是不想让她哭，不想让她哭。

所以我在她的耳边说："我记得你，就算我不记得你，我也记得你的糖。"我大吼出声，"我是牛奶饼干啊！"

在饼干城的城门上挂着一块被风干的面包，用来纪念一段历史。

很久很久以前，一位饼干骑士在这里说："记住，以后只要饼干骑士在这里，饼干就不会从早餐菜单上除名！"

他保护了饼干城的尊严，也以生命保护了自己的爱。

这就是饼干城的故事。

岳不群的年轻时代

我已经老了。我年轻的时候走过群山渡过江水，那个时候我以为，只要有我和剑，世界上每一个地方都可以自由来去。后来我发现这种想法很幼稚，可是我怀念这种幼稚。

1

那年是白虎①年，春天大旱。

我陪着师妹练剑的时候，经常会想到以后。以后的事情，本来谁都想不到，我也知道自己永远无法预测命运。

人总是不停地追着，像棋盘上的棋手，以为每一步都是最佳的选择，最后才发现自己已经把自己困死了。我把自己困死的时候还很年轻。从那之后，我所活的岁月都没有意义。

每个人都是这样，在生命中的某个点之后，活着就和死了没有任

---

① 白虎：在中国传统文化中是道教西方七宿星君四象之一，根据五行学说，它是代表西方的灵兽，为白的老虎，代表的季节是秋季。

何区别了。我本来以为我很聪明，能把这个点拖到最后。后来我发现，这与聪明与否没有关系。

那个时候我很年轻，大家都叫我小君子剑。

华山是一座适合谈恋爱的山。那个时候我以为一切都会很简单。

师妹年轻的时候那么美丽，也很任性。后来我们有了女儿以后，我每次看到女儿都会想起她。而她年轻的时候，自己就是个小女孩。

她的任性体现在两件事情上，一是决定的事从来不后悔，二是从来不让别人决定她的命运。我本来以为她会一直这样做，那样的话，也许事情不会是最后的样子。

我二十岁那年，就已经在华山上待了二十年。师父和师母出外行侠的时候在山下看到一个弃婴，就把我抱了上来，像自己的孩子一样照顾。师父在外素有侠名，大家都叫他儒剑。

三年以后，他们有了自己的孩子，也就是师妹。那个时候我已经开始拿着把小木剑跑来跑去了。师母给我做了身上所有的衣服还有这把小木剑。

本来师父并不想教我武功，并不是因为我是个弃儿，而是因为他不想让我的生活从我还未明理之时就被他们左右。他们不是我的父母，这一点从我小时候开始就知道了。他们将我当作最重要的亲人，我也一样，但我知道他们并不是我的父母。这意味着他们对我没有责任，只有感情，我对他们没有义务，只有敬仰。

所以六岁那年，师父问我：你要不要跟我学剑。

我点了点头。其实我一点也不想学剑。只是平日里我经常不小心听到师父跟师母说这孩子的资质真是好，要是收为弟子以后会大有作为。

我想让师父高兴，于是我点了点头。

那个时候，三岁的师妹正拖着木剑跑来跑去，然后一头撞进我怀里。那把木剑经过了三年的时间，已经变得很旧。

小师妹一直把这把剑保留到她十三岁的时候。终于有一天，剑断了。她哭得很伤心，很伤心，连练剑受伤都没有那么伤心。

我说：只是一把木剑而已，不要哭了。

小师妹哭得更厉害了。

我说："师妹，你倒是说话呀！"

师妹捧着断掉的剑，看着我，说："这是哥哥你用过的，你送给我的。"

于是我拍拍她的小脑袋，笑着说："没事，哥哥会送你一把更好的。"

那天晚上，我偷偷下了山。

半个月以后，我带着一身的伤和一只骨折的左手回到华山，背上的包袱里裹着臭名昭著的采花蜂公子的脑袋。

师母心疼地哭，师父生气地骂，我上了思过崖。这都没关系。

因为我杀了采花蜂公子，得了他的剑，一把叫"碧水"的剑。那个时候，这把剑是方圆两千里以内能找到的最好一把，比师父用的还要好。

小师妹拿着那把剑哭得像个泪人儿。我拍拍她的头，替她抹掉眼泪。

别哭了，再哭就成花猫了。我逗她笑，自己也笑。

然后，我觉得有个什么暖暖软软的东西贴在我耳朵上，又立刻离开了。

小师妹亲完我，羞得转身就跑。她和我都不知道，往后的日子里，我很难再得到这种温暖和柔软。

2

我已经老了。我年轻的时候走过群山渡过江水，那个时候我以为，只要有我和剑，世界上每一个地方都可以自由来去。后来我发现这种想法很幼稚，可是我怀念这种幼稚。

年轻的时候我和所有年轻的江湖人一样，有很多朋友。

左冷禅是我最好的朋友之一。他年轻的时候并不特别英俊，但是身上有种很让人安心的气质，仿佛只要在他身边的人，无论有多大的风雨，都能够很安全。当他后来费尽心机让五岳剑派结盟的时候，师妹愤怒得像个被抢走了糖的孩子，而我第一个想法却是：他就他吧。

年轻的时候，左冷禅与我相比是个很热心的人，也很善良。行侠仗义这种已经快被江湖人遗忘的事情，只有他做得最开心。后来有很多人把他年轻时候的故事写成传奇，比如赶了五百里的路去为一个不认识的侠客报仇，比如为了给一个路边的老太太看病花完了全部的钱还卖掉了马，不得不走路从洛阳回到嵩山，等等。当然，后来的人写这些故事的时候，都不再用他的名字。

他的名字在那个时候已经成了臭名昭著的代名词。我也一样。那都是很久以后的事了。我不知道那年在封禅台上他是怎么想的。但是在我手中的针刺进他眼珠的那一刹那，我想起我们当年在洛阳的屋顶上唱过的歌。

江湖儿女江湖老，江湖恩怨江湖了。

那时候，我们的声音都很激昂，却什么都不懂。

什么都不懂，多好。

那年我二十二，师父让我下山去闯闯，结交些朋友，于是我离开了小师妹。离开的那晚小师妹决定将一切都给我，我拒绝了。一旦踏进江湖，就不知道什么时候能回得来，何必让她等呢。

说起来，这种想法也很可笑。但是当时，我就这么整理了行装，下了华山，往江湖走去。

后来，我就碰到了左冷禅。那是在一个小酒馆里，他一个人在和六个魔教妖人对砍。于是我大吼一声就扑了上去。最后，我们击退了魔教妖人，自己也全身都是伤，躺在无人的酒馆里喘气。

我说："你身手真好，嵩山派的？"

他笑笑："你是华山派的？"然后伸手互击一掌。

那天晚上，我们俩躺在屋顶上看着月亮，一边唱歌一边喝酒。

我说："你是我第一个朋友。"他大笑："江湖上，仇人见面才叫朋友。我们是兄弟。"

我也大笑，干了半坛酒。那是我一辈子喝酒喝得最快乐的一次。后来，每当我看到令狐冲那小子喝酒的时候，都会很嫉妒。

我问："你杀过多少人？"

左冷禅想了想，伸出双手："十来个吧，都是魔教妖人。"

我问："魔教都是妖人吗？"我想起白天，那些魔教妖人也会痛，也怕砍，也会互相帮助，也会拼命抢回受伤的同伴。

左冷禅想了想："我不知道。"

沉默。

然后他突然站起身来，喝干了最后一口酒：善或者恶本来就不那么好区分，尤其在这个善恶不分的年代，我只知道，该善待自己的兄弟。

后来我们遇到了莫大，遇到了刘正风，遇到了很多人。我们一直相信，应该善待自己的兄弟。

3

后来我一直在想，什么样的人会杀掉自己所有的好朋友。

我想了很久。最后我发现，每个人都会杀掉自己的好朋友。这毕竟是个善恶不分的年代。

那一年桃花开得很艳。我听说桃花开得艳的年份，被杀的人会特别多。

那一年，魔教大举入侵中原。

然后我就遇到了她。她从北方来。

我记得，那个时候江湖上开始传说小君子剑的美名。我本来以为，人成名了之后会变得不再一样。没想到，我成名了之后，什么都没有变。

我从来都不喜欢杀人。比起杀人，我更喜欢读书写字。我偷偷地写诗，但是从来都没有让别人看过。它们是我一个人的诗，在那里我有自己的世界和爱人。

我爱小师妹，这一点我以为一辈子都不会改变。后来我和小师妹结婚了。没有意外。那天晚上我把她抱得很紧，小师妹哭了。她说："我知道你爱上别人了。"

我没有说话。

这个世界上最残忍的事情就是，你爱一个人的时候，她不爱你，当她爱你的时候，你不再爱她。

那天，她从北方来。我一直记得她的那件月白色僧袍，和一头乌黑乌黑的长发。月光下面，她的头发像瀑布一样流泻。我知道我和左冷禅都爱上她了。那几乎是所谓注定的。她是恒山派的俗家弟子，武功比我和左冷禅加起来还要高。她的名字叫林宜静，人如其名。

我们一群人去杀魔教的左护法。世界上总有些人要嚣张着才能活下去，他就是其中之一。最近魔教影响力最大的几件大案子都和他有关。

年轻人总是不知天高地厚。现在我是个老人了，我这么说。也只有老人，才会知道年轻人的不知天高地厚。

那个时候，我、左冷禅、林宜静、莫大四个人去杀魔教的左护法。

莫大比我们大不了几岁，但是看上去像个小老头。这么多年来，他的样子好像从来没变过。左冷禅曾经跟我说，莫大不是个坏人，但也做不出什么好事。我也这么觉得。他肯定有过些伤心事。

于是我们结伴而行了半个月。路上，左冷禅总是唱歌，我总是念诗，莫大总是喝酒。只有他在自己喝自己的酒，我和左冷禅的诗与歌，都不是给自己听的。而林宜静，她一句话也不说，只是微微地笑着听。那个笑容我一辈子都忘不掉。

后来我杀掉她的师姐师妹的时候，我甚至有些感谢上苍，让她先一步死去了。否则，我也只有杀了她。

离魔教左护法的老巢还有一天路程的时候，我们宿在一家小酒馆。晚上，我和左冷禅还是睡在屋顶上。左冷禅突然不知道从什么地方摸出个酒坛来，我笑笑，拿过来就喝。

"这次事了之后，我就要回嵩山面见师父了。"左冷禅把手枕在脑后，叹了口气。我伸着手把酒坛提到他的头顶往下倒，他张开嘴接得很默契。

"说起来，我也该回去了。"

"你是该回去了。有个地方有个女人等你，比什么都好。"莫大不知道什么时候溜上了屋顶，手里自然少不了酒壶和胡琴。

我们就都不说话了。不知过了多久，左冷禅突然站起身来，喝干了最后一口酒。我知道他要说什么。

"我在想，以后会有那么一天，我们把五岳剑派合起来，这样我们就是师兄弟了。"他看着星星。

我笑笑，从莫大的手里抢过酒壶，也大大喝了一口。我本来算得能喝酒的人，但莫大的烈酒还是让我咳嗽了几声。

"好，说定了，不过那时候五岳派盟主可要我来当！"

"你去死，我长得比较帅，我当！"

"你连二两银子的账都不会算，当然我来当盟主！"

"哈哈……"

我永远不会忘记那个夜里我们两个为了争这个盟主，喝掉了莫大所有的酒，你一拳我一脚把彼此打得鼻青脸肿，然后面对面像两个傻子一样笑。

后来，当我和他在封禅台上的时候，我知道那年的两个年轻人已经死了。

4

林宜静是个很安静的女孩子。她坐在屋顶上横吹短笛的时候，我和左冷禅都会放下酒坛子，静静地听。

"你说，我配不配得起林姐姐？"左冷禅用肘捅捅我。

"人家是恒山的俗家弟子，未来说不定要出家接衣钵的，不能谈婚论嫁。"我也给他一下。

"你说的好风凉话，你自己有个小师妹，还不兴别人喜欢女孩子？"

"……"

一直到今天，我一直都以为那是一场梦境。我们只是这么说了几句话，笑得翻来覆去。

然后我们走了一点点路，就见到了那个嚣张的魔教左使。仔细看，他其实是个很英俊的男人，穿着嚣张的红袍，绣着龙与凤，长袍的下摆直拖到地。

"果然是个嚣张的家伙。"我看着他的红衣服轻声说。

"倒也不是我嚣张，只是我本来今天结婚。"魔教左使露出个很好看的笑容，看上去一点敌意也没有。

"打扰了你的婚礼，真是不好意思。不过……"左冷禅的话被魔教左使打断："不必多说了，开打吧。"

于是就开打。那一次，我第一次有真的会死去的感觉。

没想到，那种感觉居然并不可怕。魔教左使的袖子拂断我左边的肋骨的那一瞬间，我看到林宜静的脸。她在为我担心。

然后的画面在我的记忆里变得断断续续。左冷禅替我挡下了魔教左使的剑，用自己的左臂。莫大扑过去，我强撑着站起来，正好看到他踢飞莫大露出的破绽。我勉强出剑，刺进他的小腹。

突然战局变得很安静。我要用力握住插在魔教左使体内的剑才能勉强站住。左冷禅用自己的肌肉锁着他的剑。莫大趴在地上喘息着。林宜静没有受伤。一来她武功最高，二来我们都想保护她，不自量力地保护。

魔教左使咳出一口鲜血，突然大笑起来，双手同时发力把我和左冷禅推出一丈开外。他笑着盘腿坐下，然后邪邪地对着林宜静说："你们俩都爱她，没错吧？"

林宜静的脸突然红了。她还没说话，那个长得很好看、穿着喜服的男人就已经垂下了头。这可真是符合魔教妖人的习惯，死了都要恶作剧。

那一年的桃花开得特别艳。我到今天还记得。

最后，我们还是完成了使命。左冷禅虽然看上去血肉模糊但都是皮外伤，莫大躺了半个时辰就能起来喝酒，只有我受伤最重。

左冷禅扶着我，在我耳边偷偷说："小子，没想到你这么拼命。你也不想想你要是死了，你师妹怎么办？"

我无言以对。

扑向魔教左使的时候，我想的都是不能让林宜静受伤害。

我在床上躺了半个月。林宜静天天照顾我。她真的像个最好的大姐姐，有温暖的手心和温暖的眼神。

那个时候，她就像一座观音菩萨，让我连一点点冒渎之心都没有。我伤口疼的时候，她在我的身边，轻轻地念着属于她的经忏。

众生被困厄，无量苦遍身，观音妙智力，能救世间苦。

那年的桃花，开得真的特别艳。

后来，她和左冷禅送我回华山。送到山脚下，我的伤已经好了。

我挥挥手：青山不改，绿水长流，后会有期。

我以为我会很洒脱。但是看到左冷禅的眼泪的时候，我也哭了。

然后两个人毫无章法地抱在地上一顿拳脚相加，看得林宜静一边哭一边笑。

最后我说："左大哥，林姐姐，我上山了。"

那之后，我们四个因为杀掉了魔教的左使而有了更大的名气，走到哪里都会被人认出来。我没有想到的是，那年的桃花开得艳，不是没有原因的。我以为杀死一个人就会流出足够的血，后来我发现，一个人的血远远不够。

要染红全天下的桃花，需要的血，也不够填满人的心。

5

我回到华山的时候，师父很高兴地拍我的肩膀。我看得出，他是真的很高兴。

后来我发现，他高兴并不是没有原因的。我说过我是个聪明的人，但我那时候宁可我很笨，像后来我收的大徒弟一样笨。

那时候，华山上分剑宗、气宗两派。剑宗的人数比较少，但武功相对更高一些。他们总是很高傲，不管俗事，也不想着要当掌门要称霸武林。这群人追求的只有剑。对他们来说，任何不是剑的东西，即使是再强的武功，也没有意义。如果不是因为没有内功会让他们连一套剑法都完不成，我相信他们绝不会浪费时间在内功上。

对于我们气宗来说，只要是能让剑变得更强的东西，都是好的。所以我们不但学剑，还学内功，学掌法。如果不是碍于名门正派的面子，我们还会学下毒，学暗器。

当时的老掌门，也就是我的师叔祖，即将到七十大寿。他早就说过自己在七十岁的时候会封剑归隐。师父想坐掌门的位子很久了。

有我这样一个徒弟，他当然会很高兴。但是我不会高兴。

他对我变得越来越严格，尤其是不希望我为他惹任何的麻烦。现在想来，我当时收留令狐冲，让他学剑，其实也是一样的。

我和师父一样，都是坏人。

我看着师父放下了剑，蝇营狗苟地到处活动，寻找支持。我只有一个人继续练我的剑。小师妹还是每天陪我练剑，陪我吃饭，陪我偷偷喝酒。但是我知道，我的心不在这里。

我一直没法忘记林宜静。

也许因为知道以后可能再也见不到她，我反而更加想念。想念到，连眼前自己曾经如此疼爱的小师妹都冷落了。

从任何一个正常人的眼光来看，我都不应该也不可能与林宜静有再多的瓜葛。她是佛祖的门下，我是华山的少侠。我应该要娶小师妹，然后成为师父的乘龙快婿，帮助师父当上掌门。

但是我偏偏不想这么做。现在想来，也许年轻的时候，人总是会有一点叛逆的吧，尤其是当一个人从来都是循规蹈矩的时候。

也是现在想来，叛逆其实是会伤人的。伤别人也伤自己。那个时候我伤害了小师妹。因为一个虚无缥缈的人，我忽视眼前活色生香会笑会闹的爱我的人。但是我一点也没有表现出来，只是一个人在心里默默地痛苦。

到今天，我几乎都已经不记得那时候我究竟爱的是谁。但我记得，那时候我写的所有的诗，都是给林宜静的。

就在师叔祖七十大寿的前两个月，华山上来了客人。我最想见的客人。

林宜静来了。她跟在她师父行灯师太的身后，低着头一言不发。行灯师太一到华山，做的第一件事情就是请师父找了间静室，两个人坐进去密谈。

我和林宜静就坐在静室外面，随时等候传召。我看着她，她也看着我。

"……你的伤好了？"她终于问。

"好了。"我终于答。

然后又是沉默。我觉得，她站在我的身边，却从未离我如此遥远。

然后，我们被叫进去。师太劈头问道："宜静，你是不是喜欢上岳少侠了？"满脸寒霜。

林宜静看了我一眼，跪在师太面前，一言不发。

师父也沉声问我，是不是喜欢上林宜静了。

我听得出他语气里的愤怒和惶恐。我知道，他并不在乎自己的女儿是不是爱我，是不是会因此失望，他只是担心我做了别人的女婿，不会再那么听话。他更担心江湖上的传言，如果此事传扬出去，我一定会从君子剑变成勾搭恒山弟子的淫贼，他的名声也会大受影响。

我沉默着。每一刹那都好像一百年那么漫长。林宜静跪着，没有说一句话。我突然觉得很快乐，因为我突然知道，她是爱着我的。

但同样，我知道这样的感情不会有结果。很早之前，宜静就告诉过我，按照恒山门规，恒山的俗家弟子必须守节到二十五岁才能出嫁，若是二十五岁前与人有了私情，便要被逐出山门。我知道，宜静对于行灯师太的作用就像我对于师父一样。

我最后还是当着师父和行灯师太的面，缓缓地说：

"弟子不肖，又焉敢冒犯恒山的女侠？"

那瞬间，我看到林宜静回过头来。

我一辈子都不会忘记那个眼神，那个眼神一直诅咒我，直到现在。

之后师父喜笑颜开地打着哈哈，行灯师太脸色转和，林宜静微微颤抖，我都看不清了。

我只知道，后来她剃度出家，法名定静。从此以后，我们的一切再无瓜葛。

我开始恨。

6

我开始恨。

什么江湖，什么门派，不过都是野心而已。既然野心毁掉了我的幸福，那么我就拿走他们所想要的一切。

于是我对师父说，我们不妨挑动剑宗与气宗的矛盾。剑宗人少，终究是要败的。气宗人多，经过恶战也会死不少。只要我们能活下来，之后的华山派就是我们的。

师父想了三天，说好。于是我开始亲手拆毁将我养大的华山派。

即使是后来，当我带着弟子们被左冷禅追得到处跑的时候，我也从没有后悔过当时杀掉华山派几乎全部的耆宿高手。因为在我做那些事的时候，我早已经死了。

很顺利地，为了所谓正统，剑气二宗开始争吵。然后是弟子暴死，互相猜忌。最后，当所谓葵花宝典的残本出现的时候，两宗都疯了似的开始互相杀戮。

最后，如同你们都知道的，剑宗几乎死绝，气宗只剩下师父一个老一辈，和我的几个不字辈师兄弟。分属气宗的师叔祖提早了一个月退出江湖，逃过了一劫。

师父顺利当上了掌门。我娶了小师妹，收留了天资很高的令狐冲，教他武功。我同情这个孩子，他和当年的我一样。

三年之后师父死于魔教妖人的围攻。没有人知道所谓魔教妖人其实就是我找去的。在他们来找我要赏钱的时候，我在茶水里下了毒。就算魔教妖人也想不到我会在茶水里下毒。于是我砍下他们的首级，为师父报了仇。

再之后，我顺利当上掌门。小师妹和武功已有小成的令狐冲都站在我这一边，其他的师兄弟完全没可能与我竞争。最后，他们一个个都不知不觉地死了。我的杀戮一旦开始就无法停止。

我不知道左冷禅的身上发生了什么，会让他从当年那个热血少年变成个修炼寒冰真气的冷酷之人。我只知道，他的身上一定也发生过些很惨的事。

现在想来，我很羡慕莫大，更羡慕令狐冲。

他和我很像，但并没有走我走的路。即使他没有学会独孤九剑和吸星大法，他也会过得比我好。

要怪，就怪这个善恶不分的年代吧。

刀的下落

> 它是天下第一的义刀，不平则鸣，见了不平事就要发声。可这世道，哪还需要它鸣不平？它以前是摧城拔寨的凶器，杀人盈野，现在早就用不上它了。

1

二〇〇五年，我从高中毕业，上了大学。报到那天，我们全家像一群土鳖一样，浩浩荡荡地跑到大学参观，我还在学校门口留了一张影。那时候的手机还是三十万像素，我这人长得面黄肌瘦，我姑姑的拍摄技术又堪称惊天地泣鬼神，所以那张照片里的我颇像刚刚进城拉活的民工，就差在胸口那儿举块牌子写"中央三令五申，农民工工资不得拖欠"了。

我的室友里有一个山西来的哥们儿，姓关，叫关希。为了方便，就叫他"老西"吧。老西个子高大，很壮实，看着就透着一股憨厚劲。这孩子报到的第一天就状况不断：天气热，大家都拿着新发的洗浴卡去浴室排队充钱，他排了半个多小时，到了窗口才发现卡丢了，问明白总务处可以补办，他一去就是两个小时，原来是迷路了。总之，是个难以让人感到靠谱的哥们儿。

当天晚上，我们结伴去食堂吃过在大学的第一顿"猪食"，回到宿舍。这是个有点尴尬的时段：彼此都没熟络，要搭话未免显得太过装熟；可不说话也不好，大家以后要处好久，现在就冷口冷面也不像话。我看看大家，都在抓耳挠腮想话题，就在这时，老西拯救了大家。

老西从他那一大包行李底下抽出一片奇形怪状的金属片，大喝一声把它戳在了窗台上。那金属片插进窗台好几寸，上面的锈迹也唰唰掉下来一片。我们都被吓了一跳，老西又从不知道啥地方掏出三根香来，点着了，举在胸前，对着那两拃来长、一拃来宽的大铁片子，吧唧一声跪下了。我和其他室友面面相觑，看着他以迅雷不及掩耳之势拜了三拜，然后嘴里念念有词了半天。

当天晚上一夜无话，我们都没睡好。

虽然我们学校的宿舍年久失修，但再怎么说也不至于那么豆腐渣，连这锈迹斑斑的铁片子也能插进水泥窗台半块砖的厚度。谁也不知道老西下一个插的会不会是我们。以他这臂力，别说人了，连人带床板都能插爆了。

后面的几天，我们都在提心吊胆里度过。很快我们发现，老西除了每天早晚要对这大铁片子拜三拜外加念咒外，基本上也就是个正常人。这大铁片子戳在窗台上，除了晾衣服的时候有点麻烦，也没什么影响。

大约开学一个月后的一天，我和老西已经混得比较熟，我终于忍不住开口问："这大铁片子是干什么的？"老西瞬间翻脸，须发俱张，大喝道："竖子怎不识货！"吓得我跟鹌鹑似的。

2

我仔细观察过那大铁片子。虽然满是锈迹，但看得出材质原本应该不错，而且很是厚实，轻轻敲一下就有悠扬的回声。那铁片子上鼓起一道纹路，感觉像是被蚯蚓爬了的沙地一般。我实在是不知道，这玩意儿是怎么给带上火车的。

老西每天把铁片子当菩萨供，也引起了辅导员的关注。辅导员在确认老西不是精神有问题，也不是什么少数民族，更没有信什么正统宗教（废话，正统宗教哪有供这个的，又不是收破烂神教）之后，找老西谈了心，想搞清楚到底发生了什么。谈心的结果我们不得而知，但总之从此连辅导员都绕着老西走了。

大体上说来，只要不和大铁片子有关，老西是个很好的人。平时打扫卫生勤快，让他帮忙带个饭从来没有不字，上课认真也愿意给人抄作业。

但是这事还是不胫而走。老西长得浓眉大眼肤色健康，身材也颇为高大，一脸器大活好的样子，但大学愣是没找着女朋友，想来和这事也有关。

大一上半学期结束的寒假，室友们都各自打包回了家。我是本地学生，本来回家更是方便，但家里正装修，父母都住到亲戚家了，就让我在宿舍凑合几天。老西也没回去，他参加了学生会，寒假里搞培训，要晚几天回家过年。

那天晚上，我窝在宿舍里看书，老西被学生会的前辈们灌得昏天黑地，醉醺醺地回来，脸都没洗，鞋都没脱，就倒在床上，嘴里直哼哼："想当年在徐州弟兄们失散了，困土山得相会故友张辽……"

那天晚上，他没有拜那大铁片子。

半夜两点，我听到一种奇怪的嗡鸣声，一开始很轻，但逐渐越来越响，把我从梦中惊醒。那嗡鸣声带着愤怒，仿佛是一只被压着的猛兽撕磨爪牙（具体说来，就跟用手指甲抓黑板差不多）。我抬头，看到那大铁片子发着幽幽的青光，不停震动，仿佛要从窗台上挣脱出来。

我吓得要命，一抬头看到老西也醒了。他显然是喝得腿软，但脑子是清醒的，指着窗台上放的一捆香，口齿不清地对我说："快，拜，说……说话！"

我下意识地拿着香跪下，忘了点燃，问他："说什么？"

"兵器乃凶器，圣人不得已而用之！"老西的口齿突然清晰起来。我赶紧跟着复述，连说了十五六遍，那铁片子才慢慢地安静下来。

3

第二天，老西跟我说了这么一个故事。

老西出生在山西运城的一个小县城，不算富裕，也算不上太穷。老西这一家里，除了他之外，上溯十八代，也只有他的叔叔读过高中。叔叔二十世纪八十年代的时候没考上大学，自己上了个函授大专，拿了文凭之后，在忻州的一家轧钢厂做技术员。

老西的叔叔和老西长得颇不相似。根据后来看到的照片，老西的叔叔面白无须，戴副小圆眼镜，身材瘦弱，不像山西大汉，倒像是小品里东北人扮演的上海小男人。总之，是张知识分子的脸。

西叔喜欢泡图书馆。当地的图书馆常年没几个人光顾，他乐得在图书馆里看书。运城是关羽的故乡，西叔是关羽的狂热粉丝，可惜他一来脸白，二来没胡子，要Cosplay①关二爷，也只能读读春秋了。

西叔把关于关羽的所有资料都读得滚瓜烂熟，会唱所有晋剧的关公戏。二爷重情重义，气吞山河，他总是心向往之。但他从小身子骨就弱，一见打架若是跑得不够快，就得赶紧抱头蹲下，以防吃上几下狠的。进了单位之后，青工们日常打打闹闹，他也不敢参与，山西大汉们拳头力气都重，敲上几下只当是玩笑，可他回去得咳嗽半天。

---

① Cosplay：是英文Costume Play的简写，指利用服装、饰品、道具以及化妆来扮演动漫作品。

西叔读了很多很多书，但在那时，那地，读这些书只能让他更郁闷。他看不惯同事偷单位里的废料，看不惯领导大吃大喝，看不惯街边国营商店短斤缺两，看不惯地痞流氓横行勒索，可他又没法反抗。他对身边各种不义之事的感知范围越来越大，也越来越容易郁闷。郁闷的时候，他只能趁着办公室没人，拍拍桌子，叹声不平。

西叔的桌子上有一块钢片，是轧钢失败的废料。西叔喜欢写写弄弄，可办公桌老迈年高坑坑洼洼，他就给领导打了个申请，从废料堆里捡来一块钢片垫在桌面上。这钢片上有一条丑陋的印子，如同蚯蚓爬过山地，可能是淬火不好，也可能是料本身就有问题。

下岗潮来的时候，西叔是第一个被裁的。他工作认真负责，但和领导、和同事都处不好。没人喜欢一个看上去总是端着的家伙。而且，西叔这小身板，一向毫无气场，这么一个孤僻怪异的人离开单位，谁都不会惋惜。

西叔没吵也没闹，领了工资和一小笔补偿的款子，离开了他工作了好多年的厂子。他带走的唯一一件东西，就是那块两拃来长、一拃来宽的钢片。

在回运城的长途汽车上，西叔遇上了车匪路霸。三个人，都带着匕首，夜里在荒郊野地上了车。之后，一个控制住司机，两个前后包抄，亮着家伙。

西叔成了第一个被抢的。他迟疑着没有把钱拿出来，毕竟他已经丢了工作，家里还不知该怎么说他呢。然后就被甩了一个耳光，眼镜都打掉了。

他掏了钱，被扔在一边。控制住司机的匪徒早就把司机也逼到车厢里，两头各一个，中间的管收钱。老人的钱，年轻人的钱，一看就穷得叮当响的人从腰带里翻出来的皱巴巴的钱。西叔眼看着他们带着狠戾的笑容，欺负每个乘客，却只敢把钢片抱得更紧。

车厢里灯光昏暗，中间那哥们儿看到一个抱着孩子的少妇，伸手往她胸上捏了一把。少妇大叫一声想躲开，手不小心挥到了匪徒的脸。

对匪徒来说，这是严重的挑衅。三个人围拢上来，一个抓手，一个抓脚，还有一个把三四岁的孩子扔在一边，撕开了少妇的衣襟。

女人的尖叫和孩子的哭声响彻车厢，尖叫又变成哭求。据老西的转述，那个少妇不知道为什么喊了一句："关二爷救救我吧！"也许是因为她也是运城人。

西叔站起身来，大喝："竖子恁猖狂，放了那姑娘！"三个匪徒愣了愣，其中一个走过去，一个窝心脚把西叔踹出老远。

西叔挣扎着爬起来，走过去，抓着那个匪徒。对方匕首伸过来，捅在西叔的胸腹之间。

没有出血。相反地，发出当的一声。匕首捅在他抱着的钢片上。

据说，那天晚上，血流遍地。

一块烂钢片发出龙吟，西叔威风堂堂，口中大喝："玉可碎而不可改其白，竹可焚而不可毁其节。尔等鼠辈，土鸡瓦狗！"

青光闪过，三个车匪路霸一个断了手，一个断了足，刚脱下裤子的那个，胯间成了红色的喷泉。那一夜，八十二斤的青龙偃月，又名冷艳锯，赏了这几个鼠辈颜良文丑般的待遇。钢片上的那道痕迹，如青龙般摇头摆尾，游光涌动。

4

后来呢? 我问老西。

老西摇摇头: "后来，没有后来了。警方后来说叔叔是正当防卫，带去审了几天就放了，还有嘉奖。但几个月之后，我叔在过马路的时候，被一部大货车给撞了。天晚，那时候又没有监控，一直没找到人。"老西垂着头，愤愤地捶了捶床架。

"这铁片子，真就是青龙偃月刀? "我狐疑地看了一眼，它示威般地嗡了一声。

"只要有不平之气，有义平天下之志，青龙偃月就会重生。"老西说，"它是天下第一的义刀，不平则鸣，见了不平事就要发声。可这世道，哪还需要它鸣不平? 它以前是摧城拔寨的凶器，杀人盈野，现在早就用不上它了。"他抚摩着刀面，"它每天都要鸣叫，每天都有不平事，可我们管不了，不能管，只能拜它，求它冷静一点。以前是我爹拜，他去年过世了，就是我来拜了。它已经害了我叔，可我就是不恨它。我恨我自己，没法用它。"

老西轻轻地弹着刀："不是我吹，你说宿舍区门口的小偷那么嚣张，我能拿青龙偃月刀砍他们吗？这不是丢关二爷的份吗？现在这天下，能值得它砍的，都是有飞机大炮的主，我有时候希望它就是这么一片铁片，别显灵了，可我又不舍得。它毕竟是天下第一的刀啊。"

5

大三那年，我去了杂志社实习。五月的一个下午，我在二十五层写稿子，突然觉得一阵头晕。后来才知道，地震了。

我跟着人群，从二十五层跑到地面。上海极少地震，大家还觉得挺新鲜。之后有人用手机上网，说是四川地震了。过了一会儿，我才意识到：上海尚且如此，震中又会怎样？

十多天之后，老西发来短信，他去四川当志愿者了，在映秀。

几年之后，我成了报社的记者。有一天，领导派我去映秀做地震四周年的采访。在映秀的一个老农家，我痛苦不堪地听着口音很重的四川话，试图把它还原成普通话。突然，一个词在我耳边划过。

我问了问身边当地宣传部的干事，确认那是"关公"两个字。

　　老农断断续续地说，他那天被压在废墟里，眼看着就要不行了，只看到眼前青光一闪，一条龙飞过去，身上压的椽子就断了。"一定是我天天拜关公，关圣显灵了。"

　　干事有点尴尬："这段就别写了，封建迷信。老辈人是容易这样。震后这里是有个传说，以讹传讹，不少人都说关二爷显圣了。"

　　我点点头，有些东西是不会离开这世间的。

马利维的家

其他猎人谈起神熊的时候只有恐惧，而卡夏却敬畏它，并且期待和它的战斗。

她知道，卡夏永远不会哭，生活在冰上的男人应该只有嘶吼，没有涕泣。

1

北极的太阳还是那么灼人，在四月的这个季节里，太阳从来都不落下。因纽特人总在这个时候去猎熊。他们用狗拖着沉重的雪橇，把标枪和绳子都放在雪橇上。

因纽特人去猎熊，男人们离开的时候，女人们就在村子口送他们。她们会默默看着雪橇划着长长的印迹一直到地平线外看不见的地方。

马利维在村口看着猎熊的男人们，她才十四岁，是这个村子里为数不多的小孩子里的头，也是这个年纪的孩子里唯一一个女孩。她会带着男孩子一起玩猎熊的游戏，用抓石子来选一个倒霉的男孩做熊，然后其他人围捕他。马利维一直想，长大了之后她也要去猎熊，每次看到年轻的猎人们带着伤痕回来的时候，她会想得更厉害，因为她想，如果是自己去的话，就不会那么容易受伤了。

她想得是有道理的。她的父亲阿里是村子里有史以来猎熊次数最多、受伤最少的猎人。村子里几乎每个人都分到过阿里捕来的熊肉。马利维三岁就听着父亲教年轻的猎人们熊的习性和捉它们的技巧。父亲对熊的了解简直比熊对自己的了解还要多。

可是，这样的父亲，却还是死在了熊的手上。那次他被抬回来时，满身是血，已经结冰。他最后在只有马利维在的时候告诉她，那次其实他原本可以生还的，但是他为了救因为贪心而过早投枪的法布克里斯特，暴露了自己，让熊扑到了自己的身上。所以，尽管所有的人都以为阿里是因年纪太大、捕猎技术退步而死的，但马利维仍然相信自己的父亲是最棒的猎人。

马利维十五岁的生日就要到了。那个时候她就要成人了。因为父亲死了，母亲不能做主，她的归宿会是十六岁的阿尔摩斯或者十六岁的卡夏。马利维喜欢卡夏，那个左手少了一根无名指的男孩子，强壮如北极熊。一直以来，她和他就是孩子的首领。而阿尔摩斯是村主任的儿子，虽然他是公认的美男子，但马利维总是觉得他太纤弱，太没力气。她喜欢力量与速度，灵巧与残酷。这些才能让她和族人们在冰块间生活下去。

极昼还在继续。没有夜晚的日子马利维已经习惯，但她依然会觉得，极昼过得比永夜要快。她每天都和卡夏在冰冷的阳光下奔跑，带着村里几乎所有的孩子玩打仗游戏。对于快到十五岁的大孩子来说，带领比自己小的孩子们训练生存的技巧和身体的素质也是一种责任。大人们都有自己的事情要忙的时候，他们都信赖年纪略长又有人望和能力的孩子王。

本来卡夏毫无疑问是村子里的孩子王。他的力气最大，能够拖动一整只熊走二十尺。但是马利维更得人心。孩子们无论出了什么问题都会去找大姐姐，她也总能解决这些像小磷虾一样琐碎的问题。再淘气的孩子被她温暖柔软的手掌抚摩过小脑袋时都会安静下来。马利维还会讲很多故事，她讲的故事比村里老人讲的都好听。

只有在阳光渐弱的时候，她才会一个人坐在村口，对着太阳的方向默默地吟唱。她唱歌的时候，没有人会打扰她。卡夏会在远远的地方看着她，憨憨地笑。

然后就会有纱纱的笛声传来。阿尔摩斯是村子里最聪明的孩子。失传已久的骨笛被他用一根熊腿骨做了出来。虽然没有人知道他的笛声和失传前的骨笛有何不同，但是那笛声真的很好听。

笛声慢慢转了调，与马利维的歌声相应和。马利维望着稀薄的阳光，突然停止了歌声。

有云朵遮盖了太阳。

2

四月份是猎熊的时间。明年的时候，卡夏就会是一个合格的猎人了。从十岁开始，他就跟着阿里做标枪，跟着阿里揉绳子，跟着阿里打驯鹿，跟着阿里跑东跑西。但是按照村子的传统，十六岁以前的孩子出去猎熊是对大熊神的不尊重，因此他还没有真正猎熊的经历。

今天天气很好，孩子们又集合在了村子中央广场边的空地玩摔跤比赛。摔跤是北极孩子们最经常玩的游戏，不但能够锻炼他们的力气，也能够锻炼行猎所必需的反应力。马利维虽然是个女孩子，身材也比好几个男孩矮上半个头，但他们在她的手下连几个回合都撑不到，总是在扑向她的时候被她像鱼一样闪过，然后被她轻松地击倒。

按照村子的传统，孩子王必须是摔跤的冠军。卡夏自从有一次在所有孩子面前被马利维摔了个狗啃地之后，就不再参加比赛了。每次他们摔跤的时候，卡夏都去村子角上的小树林练习投枪。

树林很小，马利维在林子外面就听见了枪头扎进树木的声音。声音很响也很闷，说明扎得很深很深。卡夏的力气比大人都要大，也许比父亲还要大吧。父亲猎熊的本事不在力气大上。马利维听父亲这么说过。他还说，女孩子也可以去猎熊呢，不过要练习得更努力才行。

阳光在天顶薄薄地洒下来，掩映在马利维的脸上。马利维很美，有特别亮的眼睛。她轻轻地走到卡夏背后，突然捂住了他的眼睛。村子里的人都说，马利维的脚步声最轻，就算是熊也发现不了。其实，这都是父亲教她的。父亲教了她如何潜行，如何做最好的诱饵，甚至教了她如何在格斗中放倒一只熊。

卡夏被吓了一跳，下意识地往前一俯身。他强健的腰一用力，就把马利维甩了起来。马利维抓住他的肩膀，稳稳地落下地来，双手十指交缠向下叩了几叩。这个姿势是挑战摔跤的意思。

卡夏笑了笑，擦了擦头上的汗，摆出摔跤的姿势。

马利维的身形很灵活，卡夏怎么都抓不住她。两个人好像捉迷藏一样，马利维总能跑到卡夏的背后推他一下，绊他一脚，但卡夏站得很稳，怎么也推不倒。马利维听父亲说过，一个好的猎人能徒手对付一只北极熊，卡夏还没有一只北极熊那么壮。

马利维笑了，卡夏也笑了。从小时候开始，他们就一直这么玩闹。两个人就这么笑着，笑弯了腰。卡夏突然扑了过去，抱住了马利维的腰。马利维不依不饶地捶着他的脊背，然后被卡夏抱了起来，坐在他的肩膀上。卡夏真的很强壮，他一边肩膀上就能让马利维稳稳地坐着。

卡夏把投枪收拾起来，背在背上。投枪是他和马利维一起做的，用的是阿里的做法，在硬木杆上削出尖端，再打出倒钩。虽然是木头的，但是很光滑很锋利。现在族人们都很少用这种老式标枪了，尤其是当冰外人来了以后。冰外人给他们带来一些叫铁的东西，比石头还要硬。

冰外人偶尔会来到这里，东看看西看看。族人们不喜欢也不讨厌他们，因为他们并没有做什么坏事，但谁都不喜欢外面的人闯进自己的生活。然而村主任喜欢和他们交谈，村主任说他们能给村里的人带来新的生活。

马利维不知道新的生活是什么样的，她觉得自己这样就很幸福了。当然，要是父亲没死的话，她会更幸福的。

3

卡夏就这么把马利维一肩担回了村子。黄昏了，虽然太阳还苍白地挂在天上，但毕竟快到了休息的时候。男人们都忙着为第二天的狩猎做准备，女人们聚集在村子中间，一边聊天一边修补着渔网。漂亮的马利维和强健的卡夏从她们面前走过，成为她们的谈资。关于马利维会成为谁的妻子，她们七嘴八舌说个不停，只有马利维的母亲沉默不语。按照规矩，女儿的婚事总是父亲决定的，父亲死了的话由村主任和萨满一起决定。她总是说不上话的。

在马利维的记忆里，母亲就很少说话，每次阿里出猎的时候她都会很担心。虽然阿里是最好的猎熊人，可她的担忧比起别人的妻子更厉害。马利维从来不担心父亲，那可是和熊徒手搏斗都会赢的父亲呢。

但是父亲还是死了。熊爪打碎了他右手臂所有的骨头，然后从他的左胸口一直划到了右腰。马利维依然记得父亲被抬回来时那一身的血冰，和他伤口里翻出的乳白色脂肪。她望着那条两指宽的伤口，哭不出声来。

担着她的男孩也就要去猎熊了。从他肌肉的颤动上都能感受到他的兴奋。卡夏可能不会知道熊有多强大，多狡猾。她突然有点担忧起来了，她担忧的时候不说话，就像她的母亲。

卡夏感觉不出她的突然沉默。他只是笑笑，然后告诉马利维，自己会把神熊的右脚掌带给她。神熊是族人对最大的那只熊的称呼。它比其他熊更强大，也更狡猾。除了它，没有其他熊能杀死阿里。把阿里撕开的，就是它的右前掌。

马利维突然从他肩上跳下来，跑向了自己的小屋。她出来的时候，手里拿着一个石头做的枪头。这不是一般的燧石，而是坚硬的花岗岩。在这地方花岗岩本来就很罕见，而天生就有枪头模样的就更少，要把它打磨成现在这样的尖锐与锋利很不容易。

这个枪头是阿里每次都要带着的，把它装在标枪上用绳子绑紧，就成了一件可怕的利器，比铁枪头更可怕。阿里那次用它刺进了神熊的肩膀，可惜没能致命。幸亏因为它实在太硬所以没有打倒钩，不然这件枪头就会随着神熊的逃窜而失落了。法布克里斯特把它带了回来。那天他在众人面前一句话都没有说，但是当大家离开了之后，他把枪头双手举过头顶，跪在阿里的身体前，哭得像个孩子。枪头上有阿里的血，也有神熊的血。那条血痕怎么也擦不掉，好像嵌进了石头里。大家都说，阿里身上有猎神的血脉，神熊身上有大熊神的血脉，他们是最好的对手，也是最好的朋友。所以他们的血混合在一起的时候，就比石头还要坚硬。

卡夏点点头，把它放进自己的怀里。阿里是他的老师，也几乎是他的父亲。为阿里报仇一直是卡夏的梦想。其他猎人谈起神熊的时候只有恐惧，而卡夏却敬畏它，并且期待和它的战斗。

4

天色已经不早了，马利维回了家。她躺在温暖的毛皮中，却觉得心里很冷。村子的外面是完全没有温暖的冰原，那些尖锐的冰凌就如同利齿，会把不属于它的生命咬碎。她突然开始怀疑自己，卡夏是阿里的徒弟，又是最强壮的男子，他怎么会出事呢。

阿尔摩斯又开始吹他的笛子了。不过这次的声音很奇怪，有另一个乐声与之应和。那个乐声嗡嗡地响着，比她听过的所有音乐都复杂。她跑向村主任的屋子。

阿尔摩斯正在吹着他的骨笛，他的对面是个年轻的冰外人，手里拿着一件银光闪闪的小东西。他把那东西放在自己嘴边，吹出各种奇怪的声音。阿尔摩斯的笛声虽然简单，却并没有被盖过去。他看到了门外的马利维，连忙和冰外人打了个招呼，从屋子里跑出来。

不知道为什么，马利维在他的面前总是有点拘谨。她对着阿尔摩斯，看着他那张英俊而温暖的脸，突然很想哭。她还记得小时候的事情，但现在他们都长大了。

长大的人总有烦恼，她喜欢告诉阿尔摩斯自己的烦恼，因为他总能够宽慰和开解她。他会跟她说很多故事，有村子里外的传说，也有冰外人带来的故事。那些故事总能够让她不再忧伤。

阿尔摩斯并没有问马利维她来的原因。每次她心里有事的时候，脸总是会发红。他一把拽住马利维的手，把她拉进了屋子。年轻的冰外人饶有兴致地打量着这个有点腼腆的女孩子。他突然用自己的语言向阿尔摩斯说了几句话，一边点头微笑。阿尔摩斯赶紧摇手，脸也有点红了。

他告诉马利维，这个冰外人是个讲故事的人。不过他的故事不是用歌谣唱出来的，而是用羽毛蘸了黑色的水写下来的。

讲故事的人问了问她的名字，然后在面前一张像薄兽皮的东西上用羽毛杆写下了她名字的英语拼法。

MELIVIA。

阿尔摩斯问她，想不想学这种能够写下来的语言。马利维想了想，点了点头。村子里的人对冰外人并没有什么好感，也很少有人想学他们的语言。因纽特人很少有需要把事情记录下来的时候。但是马利维倒不讨厌那个年轻的冰外人，虽然他刚才对着阿尔摩斯的点头微笑很可疑，而阿尔摩斯的脸红就更可疑。

四月份就要过去了。

猎熊的队伍就要出发了。卡夏正忙着打点要用的东西。生肉干和鱼都已经准备好，绳子是新打的，很结实。背囊里准备了足够的火种和火石，还有鲸油。村子离海不近，平时也从来不捕鲸，这点鲸油还是冰外人送给他们的。这次的冰外人有两个，是长着阳光色头发的父子俩。他们穿着古怪的衣服，很怕冷，却对什么都很好奇。他们经常跑来跑去，用蘸着黑色水的羽毛在手上那种被他们叫纸的东西上划拉。那个年轻的冰外人还会画画，画什么都很像很像。

5

北极的太阳还是那么灼人，在四月的这个季节里，太阳从来都不落下。因纽特人总在这个时候去猎熊。他们用狗拖着沉重的雪橇，把标枪和绳子都放在雪橇上。

因纽特人去猎熊，男人们离开的时候，女人们就在村子口送他们。她们会默默看着雪橇划着长长的印迹一直到地平线外看不见的地方。

马利维就这么默默地站在村子口，没有走出村子一步。女人们一个个地回去了，她还是那么默默地站着。男人们出猎的时候，女人们若是送出村口的话，就会有厄运降临，这是村子的传统。

阿尔摩斯又开始吹他的骨笛了。马利维怔怔地望着苍白的太阳，开始唱歌，歌词古老。她突然很想去找阿尔摩斯说说话，他的眼睛有能够让人安定的力量。

当阿尔摩斯的父亲还不是村主任的时候，身体最弱的小阿尔摩斯是几乎所有孩子欺负的对象，虽然他比那些孩子都要年长。与他同年的卡夏能搬起二十年树的树桩，他连搬捆柴火都举步维艰。那个时候，许多孩子都会借着摔跤比赛的名义，把他一次次绊倒在地，然后取笑他。比他还小一岁的马利维会挡在他面前，应付掉所有孩子的挑战，然后擦去他脸上的血污，为他包扎伤口。

马利维总是告诉他，身体不好就不要在摔跤比赛的时候跑到小广场来。但是阿尔摩斯不听。他不在意被那些孩子取笑成靠女孩子保命的懦夫，也不介意被打得鼻青脸肿，只要马利维为他包扎伤口就好。

阿尔摩斯也并没有平白让马利维保护。他知道很多故事，甚至懂得很多大人都不知道的道理。他说，族里的语言不能记录下来，所以故事都很短。如果有一天他能够把它们记录下来，就能够写出更长更动人的故事来。但就是这些短故事也已经让马利维听得如痴如醉。她很纳闷他的脑袋里怎么能装进这么多东西。村子里的人们都知道阿尔摩斯是个神童，自从他十岁开始，村里计算年成的工作就交给了他。

阿尔摩斯忽然意识到面前的女孩子跟着他学过写字，要教会她冰外人的语言比较难，所以他只是教了她字母的读音，让她用字母拼出自己的语言。这会儿他在写的也是一样的拼音文字。他想起马利维能看懂自己写的东西，赶紧把它揣进怀里。

马利维没有去抢。她在阿尔摩斯身边坐下，看着阿尔摩斯侧脸的线条。阿尔摩斯知道她有心事了。每次有心事的时候，马利维就会找他，然后一个字也不说。他唱起歌来，歌里说的是英雄在冰原上迷了路，但是他的勇敢折服了熊神，熊神把自己的子民派去送他回家。

他的歌声很轻，但是能让马利维安静下来。马利维靠在他的肩膀上，安静地睡着了。歌声还在她的梦境里，她梦到卡夏刺杀了神熊，成了英雄。她也梦到卡夏回来了，把她举上自己的肩膀。她的梦里，阿尔摩斯在唱歌。而同时，故事在按照阿尔摩斯的歌声发生着。

她做着梦，脸因为熟睡而发红了。

极昼的时间开始短了。按照时间来推算，猎熊的队伍再有五六天就能回来了。村子里的人们开始准备迎接他们。

马利维还是带着孩子们东跑西跑，阿尔摩斯还是在吹他的骨笛。孩子们似乎永远都能够无忧无虑。只有在傍晚的时候，马利维会站在村口，面对着苍白无力的阳光沉默。他们出发时候的雪橇印已经很模糊了，但是那条印迹却在马利维的眼底延伸，一直冲破她的视界，延伸到很远很远。她突然发现，自己已经有十多天没有见过卡夏了。

这是她这辈子以来和卡夏分别最久的一次。她突然发现自己有点忘记卡夏在身边时的感觉了。似乎没有卡夏也就是这样。虽然她每天都不由自主地在村口盼望着，虽然她想到卡夏的时候就会很骄傲也很担心，但她突然发现自己几乎回忆不起什么和卡夏在一起的情节。

她有点失神。

失神的时候，雪橇队的影子出现在地平线上。她的目光不知聚焦在哪里，远处的黑影变得很模糊。

6

影子一点点变大，她已经能够看清雪橇上放着的标枪和绳子。雪橇沉重地碾过冰面，留下粗糙的印痕。她看到第一只雪橇上有熊。她能看清熊的绒毛与利爪，也能看清熊的胸口插进的标枪，一人高的标枪整整插进了半支。她能看清标枪是她做的，她为卡夏做的。

但是她看不清别的了，她看不清队伍里是不是有那个健硕的身影，虽然那应该是最显眼的一个人。她默默地点着，数着人数，一五、二五、三五，少了一个人。

卡夏没有回来。法布克里斯特说，他们遇到了第一只熊，就是被卡夏杀死大家拖回来的那只之后，被三只熊包围了。大家都认识指挥的那只熊，肩膀上有伤痕的那只。然后卡夏就突然大吼一声对着神熊冲了过去，把神熊引开了。失去指挥的两只熊面对他们十五个人也不敢妄动，吼了几声就跑开了。

卡夏跑得很快，才不过一会儿就消失在冰凌密布的冰原上。神熊跟着他奔向视界之外。

剩下的十五个人并没有马上回程。他们找了个避风的地方生起篝火等着卡夏回来。没有人能说他们不去寻找卡夏是做错了，连马利维都不能。在熊出没的冰原上单独行动本来就等同于送死，在有神熊做对手的时候更是这样。在他们心目中，神熊实在太可怕，它能够看透人的眼睛，知道人想对它做什么，然后用自己巨大却无比敏捷的身躯解决战斗。没有人敢去追它，一来追不上，二来追上了也无济于事。神熊是受到大熊神保护的，只有猎神的化身才能击败它，其他人就算上一百个也不会有用。大家都这么相信。

等了五六天之后，用来生火的木柴已经不够用了。茫茫冰原上没有卡夏，也没有神熊。对于这样的结果大家早有预料，沉痛袭击了整支队伍。队伍中最年轻也最有力量的人为了其他人而死去了。当队长法布克里斯特这么宣布的时候，男人们都抑制不住眼泪。他们都记得当他们被神熊的眼睛死死盯得动都不敢动的时候，卡夏是怎么举起手中的标枪，向神熊奔去的。

于是他们拖着卡夏的猎物回来了，却没有把卡夏带回来。村子里陷入了沉默。本来猎到一只熊对于村子来说已经是不小的喜事，但是没有欢乐的歌声，没有分发熊肉的典礼。

只有阿尔摩斯用手掌丈量着熊的身体，指挥勒塔和鲍尔两兄弟用烧红的刀子把熊肉按照各家的人口长幼和身份分成一份又一份。卡夏的父亲暴怒地在自己的小屋里捶着自己的头，却无法责怪任何人。

女人们围拢在一起，为他做最后的祈祷。如果七天还没有回来的话，那么冰原将收容他的生命。卡夏的母亲已经哭得几次晕了过去。她撕扯自己的头发，用炭把自己的脸涂黑。

马利维突然有种很奇怪的感觉，不是悲伤，也不是痛苦，她甚至都没有哭。因为没有看到卡夏，所以她几乎不相信卡夏已经不会回来了。她也几乎不相信，自己再也见不到他了。

她只是漫无目的地走着，直到她突然眼前一黑，再也站不住了。

她并没有完全失去意识，有悠扬的笛声在她的脑海里。英雄杀死了神熊，然后荣耀地回来了。英雄回来了，卡夏却不可能再回来。

法布克里斯特说得很明白，全部的装备和给养都在雪橇上，没有它们，在冰原连一天都熬不下去。对自己的救命恩人，如果不是实在没有希望，谁都不想放弃回来的。

阿尔摩斯走出了自己的屋子。他看到马利维倒在自己的门口。他赶紧把女孩子轻巧的身体搬进屋子，用自己的手焐热她的脸。

马利维醒了。她第一眼看到的就是阿尔摩斯的眼睛。然后，她突然觉得很委屈，哭了出来。阿尔摩斯拍着她的肩膀，轻声地唱着安慰的歌。

冰外人坐在自己的房间里。他们很想出去看看祭奠的场面，但是阿尔摩斯告诉他们，没有通译的话很容易造成误会，于是他们就乖乖地留了下来。他们看着马利维疯狂地哭，疯狂地扭动身体。阿尔摩斯这一辈子从没发现自己的力气可以这么大，他死死抱着怀里温暖的女孩，不停地在她耳边安慰着她。年轻的冰外人问了阿尔摩斯几句话，阿尔摩斯回答了。

冰外人走到马利维身边。这时她已经停止了大哭，只是无力地抽泣着。不知为什么，她觉得身边的这几个人都是可以让她安全地大哭一场的。

冰外人从桌上拿出一个皮面的大本子，翻了几页，然后撕下其中的一页给她。马利维接过那页纸，眼泪大颗大颗往下掉落。那是卡夏的一张速写。冰外人把他画得很像，眉眼间还有那种执着与坚定。她把纸折了两下，放进了胸口的衣襟，向年轻的冰外人致谢。

卡夏的事让整个村子的女人们都陷入了悲哀。大家都喜欢这个愿意为每家帮忙干活的孩子。马利维并没有如其他的女人们涂黑脸撕扯头发大肆举哀，她只是默默地抱起一捆标枪，去了小树林。

标枪在树干上扎得越来越深了。马利维的手臂也很有力。她一次又一次把标枪扎进树干，然后拔出来重新削好。村子里的人们都没有劝慰她，大家都知道她和卡夏从小玩到大，怎么劝都不可能让她的伤心好一点。

马利维猛地发力，标枪深深扎进树干中间最硬的部分。马利维把面前的树干当作熊的躯体，一下又一下地发泄着自己的悲哀。她只是觉得很伤心，很空虚，很想把所有的难过都随着标枪扎出去，刺穿所有的障碍。

阿尔摩斯在小树林外伫立着，手心里躺着骨笛，却并没有吹奏。他第一次发现自己手里的骨头是如此脆弱。脆弱的骨头在风中沙沙地发出响声。

马利维用衣服擦擦额头上的汗水，开始了又一轮的投掷。

第十四天了。也就是说，卡夏已经死去七天了。

马利维望着天空，极昼再有几天就会离开这个村子，代之以永夜前的一段昏暗。风已经明显地变硬，吹着她红红的脸和红红的眼。她低头，看到自己手上的老茧。

7

然后她开始收拾东西——生肉干和鱼，新打的绳子，火种和火石。她默默地忙前忙后，把每一件东西往行囊里塞着。母亲坐着，看着她忙里忙外，看着她把标枪捆了起来。然后，马利维吸了口气，背起了标枪捆。

母亲突然扑了上来抱住她，死死地抱住。母亲疯狂地哭喊着，词义不清但是马利维知道她想说什么。她已经失去了丈夫，不能再失去女儿。无论如何都不能。在如此靠近永夜的时段出村子等于送死，在少于十二个人的陪伴下出村子等于送死，一个女孩子出村子更是等于送死。马利维任由母亲抱着自己。

她知道，母亲不可能一直抱着她的。她开始默默地流眼泪，一句话都不说。

母亲看着她如同远天一样柔美的眼睛，那眼睛里有一种坚硬的东西让母亲的血发热。

那种坚硬，曾经，也即将属于猎人王。

母亲回忆起自己的当年，遇到他的当年。那个男人的笑容干净，手臂有无尽的力量。他只是一笑，然后告诉最美丽的姑娘，自己会打来最凶蛮的熊，把熊的雪白颈皮献给她。然后他就这么做了，单枪匹马，留给熊三个致命的伤口和自己手臂上的两处长长的抓痕。母亲记得自己看到那两处抓痕的瞬间就已经决定，他是自己的男人。

而现在，他的女儿就在面前。这个有着与猎人之王一样的眼睛一样的笑容和一样的坚硬的女子。她无力地放开手，知道自己无论如何也无法让女儿像一个普通女人那样，为了自己心上人的离去而涂黑脸颊撕扯头发痛哭流涕。

村里人开始聚集起来。毫无疑问，一个单身女孩子在永夜来临前跑出村子去猎熊绝对是个大事件。人们都不愿意看着这样一个女孩子去送死，也没有人愿意冒险去陪伴她。而更重要的是，女人去猎熊被视为对熊神的侮辱，萨满与长老不会答应。

马利维被全村人围在了广场中央。几百双眼睛用不同的眼神望向她，让她觉得有些热。人们都没有说话，看着她的脚。她的脚一动不动。

马利维望向火堆上烘烤着的熊皮，那是卡夏最后的猎获。人们的眼睛随着她的视线，然后回到她的脸上。她已经泪流满面。

阿尔摩斯站在很远的地方，似乎望着自己手心里的骨笛，又似乎望着马利维。他知道没有人能劝服这个雪豹一般敏捷的女孩。她的神经比最久远的冰山还要坚硬。

孩子们不明白发生了什么，他们看着马利维姐姐，不知道为什么她会这么伤心。然后，一个孩子突然跟着她哭了起来。

哭声很容易传染。孩子们扑向她，抓着她的衣角，他们已经感觉出一些什么。马利维抬起头，擦了擦眼泪。长老深邃的目光正好与她相对。

萨满、长老的意思很明确，要出村子，行，但是首先要证明自己是真正的猎人。

马利维弯下腰拍拍孩子们的脑袋，让他们散开。然后她奔跑起来。

几乎是在一眨眼间，她就从广场跑到了阿尔摩斯的屋子前，用的是猎人躲避熊时最常用的摇摆步。法布克里斯特的眼睛亮了，他还没见过哪个猎人能用摇摆步跑得这么快，除了他的救命恩人。

马利维一边跑一边从背上卸下标枪捆，用力甩了出去。绑在标枪捆上的活结散落开来，标枪落满了一地。

然后，她站定了下来，面对着广场中心的古老之树。她微微地喘息着，面对着脑海中看不见的对手，最伟大、最狡猾、最残忍，也最受尊重的神熊。

长老挂满各种羽毛和装饰品的拐杖从他布满皱纹和老茧的手中落下，全场死一样地寂静。

只有咚、咚、咚的声响。

马利维像一只雪豹一样跑着摇摆步，像一阵看得见的风一样在雪地上卷过。每一根标枪都被她捡起来，投出去，命中那棵老枫树的树干。二十根标枪，每一根都扎在同一个高度，那是熊人立时心脏的高度。

法布克里斯特第一个开始鼓起掌来。在这样疯狂的奔跑中将每一根标枪扎进致密的树干一只手掌的深度，这样的奇迹即使是当年的阿里，恐怕也做不到。孩子们欢呼着，将长老的脸色映衬得更加难看。

马利维捡起最后一根标枪，在手里掂了掂。然后她左手伸前，左脚也向前跨出一大步，几乎是将自己掷出去一样地发力，在她左脚落地的同时，伴随着她如同哭泣一样的嘶吼，那支标枪无声无息地在空中破开一条直线，扎在古老之树的树干上。

古老之树摇晃了两下，从熊人立时的心脏的高度，折倒下来，扬起地上的积雪。

8

马利维喘息着，平静地看了长老一眼，走向倒下的古老之树，开始拔出刺得很深的标枪。所有人崇敬而惊恐地看着马利维，这个女孩身上散发出一种他们很久都不曾见过的力量。那力量不是她自己的，它只可能来自猎人之神的赐予。

大家逐渐散开了，只有阿尔摩斯还站在原地。他手中的骨笛被捏碎了，碎片深深扎进了他的手，鲜红的血一滴滴地溅落在纯白的雪地上。他看着马利维。马利维将所有还能用的标枪重新捆了起来，然后她看到了阿尔摩斯。那个俊俏的男孩子用一种奇怪的目光看着自己，那种目光让马利维突然觉得很心酸。她想，那天她看着没有卡夏的猎熊队回来的时候，目光应该跟他差不多。她看到阿尔摩斯哭了。她知道，阿尔摩斯并不是因为手上的伤痛而哭的，这个男孩子虽然经常在自己面前被打得鼻青脸肿，却从来没有哭过。但是现在，他哭得像个找不到妈妈的孩子。他摇晃着身体，走到马利维面前，眼泪把本来英俊的脸盖得朦朦胧胧。

马利维突然不知道该说什么好。她能让村子里所有的孩子在一眨眼的时间就停止哭泣，可是她头一次觉得面前的男孩子是为她而哭的，这让她惊慌失措。她知道，卡夏永远不会哭，生活在冰上的男人应该只有嘶吼，没有涕泣。

但是阿尔摩斯哭得是那么伤心，因为他知道，他终究是失去她了。他好像有很多话要说，但是他只是一边哭一边替马利维捋了捋乱了的额发，帮她把标枪捆上肩。

然后他看着马利维的背影走出村子，身边跟着个六只狗拉的小雪橇。他坐下来，用拳头砸着自己的头。

马利维辨明了方向，往北方进发。她坐在雪橇上，指挥着狗拉着雪橇奔跑。雪橇的速度不快，因为她不用太担心食物，也不用担心赶不上永昼的结束。

因为她只有一个人，因为永昼已经结束了。

到了天色暗下来的时候，跑了接近四十里的雪橇犬们开始发出呜呜的声音。马利维知道，她即将离开村子的庇护，进入最残酷的蛮荒了。她从包袱里翻出一块烤过的干熊肉，放在嘴里慢慢地嚼着。

嚼完熊肉，她开始给自己和狗儿们挖一个能够遮蔽风雪的临时住处。父亲在她五岁的时候就教过她要怎样才能最快地挖出一个雪巢，她很快便做完了一切工作，抱着狗儿温暖的身体进入了梦乡。

马利维没有做梦。睡了几个小时之后，她突然醒了过来。时间是凌晨，太阳勉强从云层的后面露出一点点暖色。这是北极熊起床的时间，它们接着会猎食，然后散步。对猎人来说，从凌晨起搜寻它们的痕迹，并且在它们开始猎食时找到它们，跟踪它们，在中午它们最慵懒的时候杀死它们，是最为常规也最有效的做法。

马利维紧了紧身上的背囊，摸出几块肉干喂给雪橇犬，给它们套上辔头，继续前进。风越来越大，她将雪橇上的一块兽皮披在肩上，用皮绳绑住。她不时动动自己的手指和脚趾，用戴着粗大皮手套的双手揉揉自己的耳朵和鼻子，保证这些地方不会被冻坏。

永夜就要来了。她回了回头，但并不是想再看一眼村子，只是想看看自己的方向是否正确。雪橇印在她的身后慢慢变细，消失不见。她活动了一下冻得有些干裂的嘴唇，嘴里嚼着熊肉干，那是卡夏打来的第一只熊。

也是最后一只。

她竭力不去想这件事情，而是集中注意力判断自己到达的位置。父亲曾经告诉过她，当风不再仁慈的时候，就快到了北极熊世代居住的永恒冰原上了。

永恒冰原的巨大是任何人都不能想象的，没有哪个人曾经横穿过它，那对它来说是一种亵渎。冰原上的人与熊是天生的对手，也是永远的朋友。马利维换了个坐姿，看了看太阳的角度。

很快，太阳就不再能告诉她现在是上午还是下午，也不能告诉她，她在哪里。但是她会有漫天的星星做自己的路标。北极星会照在她的头顶，告诉她方向。

因纽特人从来都不会迷路，即使他们死去，也会回家。

9

她想起这句话。父亲与卡夏都曾经说过这句话。她现在要去找到卡夏，为他复仇，杀死神熊。这一切都好像顺理成章，她只是向着北极星的方向前进。

出猎第三天，马利维发现了熊的粪便。这说明她已经进入了传说中只有猎手才有资格进入的熊踞原。她突然想到村子里的萨满和老人们。一个还不到十六岁的女孩进入了这片冰原，会让他们暴跳如雷。

找到了熊的爪印之后，马利维开始勘察地形。她第一次出猎，但任何一个老猎手都挑不出她的毛病。她将狗和雪橇安顿在背风的地方，给它们挖了个简易但并不简陋的营地。马利维以这个营地为中心，转着圈地向外探索，背上背着一捆标枪。

从脚印的方向和粪便的位置，她很快就找到了自己该去的方向。她辨了辨风向，然后压低身体开始潜行。大约烤一条大鱼的时间之后，马利维趴到了一片突起的冰盖上。冰盖下面五十码的地方，是一只正在打瞌睡的熊。

这只熊并不是神熊，它的皮肤油光水滑，身形看上去虽然已经很庞大，但显得还有些稚嫩。这应该是一只刚刚成年的熊。马利维从口袋里摸出几个小小的圆球，沿着冰盖滚了下去。

年轻的熊被落下的圆球吓了一跳。但它抬头的时候，并没有看到马利维，也没有闻到她的气味。于是它释然地觉得这些掉下的圆球不过是冰块而已。熊蹄原的风经常将冰崖吹出伤痕。

接着，它闻到了最好闻的味道，是它喜欢吃的海豹油。它四下找了找，发现香味来自那些圆球。它欢呼一声，开始把它们吞进肚子。

马利维从背后抽出两根标枪，把剩下的留在了冰盖上。她将标枪提在手里，从另一侧向下快跑起来。风吹过她裸露在外的额发，那额发像火苗一样跳动着。马利维奔跑的时候像一只鹿。

当马利维到达冰盖的下方时，如她所料，那只熊正四脚朝天地挣扎着，发出剧烈的垂死嘶鸣。那些小小的圆球里裹着用海豹油和水固定住的弯折成圆的鲸须，一旦落入熊的腹中，鲸须就会弹直，尖锐的两端会瞬间撕穿熊的胃脏。

马利维缓缓地踏着摇摆步，双手各提着一根标枪，走到那只熊的面前。她眼神平静地望着那只熊的眼睛，她能从对方的眼神中感到恐惧。那让她感觉到自己的力量。接着她无声无息地将标枪插进了那只眼睛。熊的脑壳发出咔的一声闷响，她知道那是标枪穿透了眼后脆弱的头骨，刺穿了熊的脑髓。

马利维用一只燧石匕首，趁热割开了熊的咽喉。她饮了几口熊血，让血液肆意流淌着。接着，她抓紧时间切下了熊的四只熊掌嫩肉和一只右耳。她割下尽可能大的一块熊肉和几块熊皮，因为整只熊的尸体只需要煨一只鸭子的时间就会被冻得再也无法割动。熊掌的肉美味而富于热量，这四只熊掌足够抵上十磅肉干。她草草地生了火，把已经断头的标枪当作引火柴，点燃了熊的一块皮毛烧烤起熊掌来。

因纽特人很少吃熟肉，但马利维知道她现在不能吃太多生的东西。虽然熊皮的焦臭让烤好的熊肉几乎难以下咽，但她还是吃掉了一只半熊掌，将剩下的挂在腰间。

她将那只熊的右耳也放在口袋里，最后割下一大块熊肉背在背上，缓缓往回走。狗和雪橇都还好好地待在营地里。她给狗喂了一些新鲜熊肉，整理了一下雪橇，继续前进。

接下来的三天里，马利维的口袋里多了三只熊耳朵。太阳已经几乎不再出来了，神熊也没有出现。马利维知道神熊会出现的，它是大熊神派来保护生活在这块冰原上的熊的，它会为这些死去的熊复仇。马利维每杀死一只熊，就割开它的咽喉让它的血染红冰和雪。触目惊心的红在冰风过后会被埋进新生成的冰层里，暗暗地留下永久的猩红，它们是神熊找到她的路标。

马利维在战栗。她知道自己在害怕。与神熊的决斗里，她需要使用父亲教给她的一切智慧与狡诈，但这些智慧与狡诈仅仅能够让她不会莫名其妙就被神熊从背后咬去整个脑袋。神熊比所有其他的熊加起来还要聪明，它不会被任何陷阱困住，甚至还能破坏猎人们布下的所有机关和埋伏。它身形庞大却又轻捷无比，在冰雪上行走的时候无声无息，扑向敌人的时候无可阻挡。在族人的传说中，神熊的眼力和耳力能让它知道整个熊踞原发生的事情。

马利维知道，自己终究是要和神熊相遇的。这是她的目的，也是她的目的地。她握着标枪的手在颤抖，那是因为兴奋，也是因为害

怕。她能感觉到，雪橇犬们开始躁动不安，它们也在害怕。她拼命握
紧了标枪，用另一只手从怀里掏出一张折成四折的纸，小心翼翼地
打开。

10

卡夏笑得很憨厚，身上的肌肉绷紧的时候看上去像石头。马利维
知道如果他在自己面前，会侧过身来用身体替她挡住所有的风。他会
把马利维扛在一边的肩上，另一只手拖着猎获的熊皮，在村子里走来
走去。整个村子的孩子们都会为他们欢呼，阿尔摩斯又要忙前忙后地
分肉。

想到这里的时候，马利维有点想哭，但是她只是把纸重新折好，
塞进衣襟里。作为一个第一次出猎的猎手，她还没有太多关于危险的
经验。但雪橇犬的反常已经告诉马利维，这个地方有危险。

马利维从雪橇上立起身子，环顾四周。她看到一些熊的足迹，在
熊踞原的核心区域，看到北极熊的足迹是很正常的事。虽然它们各自
有广大的势力范围，但熊踞原的中心几乎是每只熊都会偶尔来转转的
地方。

据说，熊踞原的中心也是神熊的家。马利维没有看到神熊。她看

到了卡夏。那个会把她扛在肩上的男孩子带着战斗时狰狞而强悍的身姿，和那副她闭上眼就能看到的微笑，站在远远的风雪里。马利维站在他面前，看着他。

那张脸已经没有血色，但仍然在笑。他的右手里握着花岗岩枪头，枪头上有星星点点已经被冰封的血迹。他的左手抓着一根标枪，用它支撑着自己的身体。一道触目惊心的伤口从他的左肩直划到右腰，皮下的脂肪翻出来，被风雪凝成半透明的白。

马利维伸出一只手，默默地抚摩着他的脸，感觉像是在抚摩一块陨石。她在那双已经发白的唇上吻了下去。冰冷的脸粘住了她的嘴唇，让她的唇在离开时破了皮。血染红了卡夏的唇，让他看上去好像还活着。

马利维竭尽全力也没法将卡夏的身体放平，绑上雪橇带走。他站得那么牢固，马利维无论如何也不能毫无损伤地把他的身体弄倒。她在他的衣角上划破了手套和手指，血流出来。马利维突然坐倒在地，大声地哭了起来。雪橇犬们有些纳闷地围着她，在她的身边挨擦着。

最后，马利维还是走了。她带走了卡夏的枪头，将它放在怀里。她想，神熊就要来了。她擦着眼泪，将兜帽往上拉了拉，整理了一下自己的额发。在暴风里，她的额发像火焰一样跳动。

她给自己造了最后一个营地，和狗儿们一起睡了一觉。醒来的时候，正是风最小的正午。北极熊们都在正午跑出来，晒晒几乎见不到的太阳，顺便伸伸懒腰。即使是神熊，正午的时候应该也会懒怠的吧。

马利维点了点剩下的标枪,还有十二根。其实这几天来,她天天都在数它们的数目,这种下意识的举动能让她感到自己并非孤立无援。对猎手来说,只要还有一根标枪,就不应该放弃希望。这是父亲阿里教她的。

马利维把标枪整理好,咽下一口熊肉和一点点熊肝。因纽特人都知道,熊的全身都可以吃,只有肝是有毒的,不能食用。但如果要长期出猎的话,偶尔吃一点点熊肝才能让人不会在雪原里目盲,也不会被冰风吹裂肌肤。

马利维早已经观察过周围的地形,在龟裂的冰盖间耸起一块高地,站在那块高地的顶端能看见整个熊踞原的核心地带。高地的正下方是一湾冰湖,背后则是如同人造阶梯一样缓缓上升的台阶。

只有这样一个地方,才应该是神熊所在的王座。

11

马利维站在那高地的中央背对着冰湖。她从背后抽出一根标枪,等待着神熊的到来。她默默地呼吸着,活动着自己的四肢和腰背。天空中有云,正午时分的天穹暗如黄昏,只有她的眼睛和冰雪一起闪烁着光芒。

　　她站了不知多久。就在她的鼻尖上落下第一片雪花的时候，她的瞳孔乍然收紧。远方的一个白点向她慢慢移动过来。她再一次观察了已经观察了无数次的战场，将标枪捆从肩上缓缓卸下。

　　白熊看上去跑得很慢，但那是一种错觉。它庞大的身形让它显得步履缓慢，但事实上它在冰上几乎可以和麋鹿跑得一样快。白熊在马利维面前一百步的地方减慢了速度，最后停了下来。一个人和一只熊对视着，她和它都知道自己找到了对手。

　　那只肩上有着旧伤疤的巨大白熊，那只动作轻捷而致命的白熊。那个以一己之力杀死了四只熊的人，那个行动狡猾而勇武的人。

　　神熊没有贸然扑上去，它知道能够杀死四只白熊的人是可怕的。它慢慢地往前走着，口中发出冷漠的吼声。马利维不敢看它的眼睛，那双眼睛里带着天生的威慑。那是从马利维无数代的祖先开始就明了的威慑，一只熊对一个人的威慑。

　　马利维知道，任何阴谋诡计都不会有效。最后的一场战斗，必须要以肉搏的形式进行与结束。她或者刺死神熊，或者倒在它的爪下。

　　马利维曾经无数次设想过自己会如何与神熊相遇，但她从来没有想过，这次相遇会如此平静与自然。她甚至感觉不出任何杀戮与争斗的气氛。她只是如同机械一般，慢慢脱掉自己的厚皮外衣。对普通的猎熊者来说，厚皮硝制的外衣能够让他们在面对熊爪时不至于毫无防御之力。但在神熊的爪下，厚皮外衣不过像是一张冰外人使用的纸，反倒是脱掉了它之后能让自己的动作更加轻快敏捷。

　　神熊发出一声低沉的咆哮，仿佛是在确认自己的对手。马利维好像出自本能一般，发出一声清朗的长鸣，与神熊相应和。那只熊又一次开始加速。马利维将标枪捆往面前挥散出去，标枪落满一地。她的双手各提一根标枪，微微弯低了身子。

　　神熊的身体在空中好像一团特别巨大的雪花，缓慢地飘动着。但那只是马利维的错觉，因为神熊比她杀死过的所有熊加起来还要快，它几乎一瞬间就已经扑到了马利维身前不到二十米的地方。马利维右手的标枪猛地出手，投向神熊的眼睛。

　　与此同时，马利维毫不顾及那根标枪是否能刺中目标，她开始疯狂地跑起摇摆步来。她左手的标枪交到右手，继续向神熊投掷。

　　神熊的爪子准确地拍落了第一根标枪，但它无法躲过第二根标枪的袭击。最后时刻它微微弯低了身体，让标枪擦着背脊飞过去，只是刺破了表皮。疼痛把它激怒了，但它并没有冲动地人立起来扑倒马利维，那样会让它柔弱的肚皮露在敌人面前。与之相反，它将身体压得更低，想依靠奔跑的优势先靠近马利维。

　　马利维继续跑着摇摆步，不断从地上拾起标枪，刺向神熊。那些标枪里，有不少被神熊躲避或者拍飞，但还是有四根轻伤了它。神熊暴怒地吼出声来，它已经有很久没有遭到过这样有力的攻击了。

　　当马利维拾起倒数第三根标枪的时候，神熊已经扑到了她的面前，人立而起。那只带走了阿里和卡夏生命的右前爪在空气中划开无声的弧线，抓向马利维的胸口。

马利维没有避让，这一抓正抓在她的胸口上，鲜血飞溅。但随即，白熊也发出长声的惨叫，它的嘴里多了一根标枪，深深刺进它的咽喉。

马利维立刻用摇摆步从神熊的胁下闪过，顺手拾起最后两根标枪。她深深地喘息着，但毕竟没有死去。她将花岗岩枪头放在胸口要害的位置，那一抓只伤害到了她的一些皮肉，并没有让她受到重伤。她探手将那只鲜血淋漓的枪头拿了出来，紧紧咬在嘴里。

神熊受了很重的伤。好在标枪刚入它口时，它立刻咬紧了牙关，将标枪的尖头咬断在嘴里，而马利维受伤在先，力气也减弱了，否则这一击足够让它的大脑被贯穿。神熊迅疾地转过身来，熊掌横击马利维，将她打出十米远的距离。而马利维的两根标枪，深深扎进它的背后皮毛里。

神熊真正地愤怒了。面前这个人已经不仅仅是对手，而是仇敌。它杀死了自己的同伴，还让自己如此狼狈。它走到马利维面前，咬向她的咽喉。

马利维突然笑了。她拿下了口中咬着的枪头，一边笑着一边从嘴里咳出血和内脏的碎片。她艰难地移动着骨头完全碎裂的左半身，用右手握紧了枪头。她面对着神熊的巨口，像拥抱情人一样抱着神熊的脖颈。

神熊的皮毛虽然看上去并不完美，但触感是如此温暖，就像母亲的手。马利维感觉得到自己的咽喉已经在它的齿间。她的手轻轻地一动，枪头从神熊脑骨与脊椎交界处的凹陷里插入。

这是阿里教过她的，猎人的最后一课：如何放弃自己的生命杀死一只熊。

后 记

以上文字中，有的部分是我当年在那个小村庄中的亲眼所见，而马利维的最后结局则来自于著名的彼利船长的探险日记。

那段日记是这样写的："今天是晴天，和队伍在边缘冰盖上确定方向和设置补给站。亨特发现了奇怪的东西……一个人抱着一只熊，奇怪的是，这是个女人，我从来不知道因纽特人的女人会跑到村庄外面……这个女人的手里有一个花岗岩打制的枪头，它可能具有很重要的价值，而且它被染成了红色，很难刮掉……"

坚硬的柔软

自从那次脑震荡开始，我就得了一种奇怪的病，病名叫作"坚硬柔软倒错症"。

我睁开眼，阳光从雪白的床罩、被子、枕头、墙壁、天花板四面八方地反射进来，刺得我眼睛生疼。

究竟发生了什么？我下意识地想掀开被子，却发现被子坚硬得如同铁石，把我狠狠地压住。我用力挣扎，后脑勺砸在枕头上，一阵眩晕。

枕头比石头还要硬。

"医生，你可以告诉我，我究竟发生了什么事吗？"我还是被狠狠地压在被子里面，看着医生被口罩蒙上的脸。

"你记得在你昏迷之前，做的最后一件事是什么？"医生问。

"我记得……我们去了宜家，准备买个橱柜。后来，我看到一张很大的床，就决定跳上去躺一躺……"

"然后你就脑震荡了。"医生说，"我们也很纳闷，床垫明明是很软的。"

护士走进来，拿起我的手给我插点滴针。她的手看上去很娇弱，却攥得我的手生疼，感觉好像是个大号的铁钳。她找到我手背上的血管，插针。

然后针就弯了，像根线头一样地弯了。护士纳闷地把针头拿在眼前看了又看，又伸出手指去触碰针尖，发出"哎哟"一声，看来是被扎到了。

事情就是这样的。自从那次脑震荡开始，我就得了一种奇怪的病，病名叫作"坚硬柔软倒错症"。这个名字是我自己起的，因为天下根本不会有哪个医生见过这种病例。

对，我没管它叫超能力，因为根本不会有副作用这么巨大的超能力。这种病的具体症状是，越坚硬的东西对我来说就越柔软，越柔软的东西对我来说就越坚硬。

所以，在我可以轻松地用手指刺穿钢板、压平石块的时候，我却连棉质的内裤都穿不了，大冷天也盖不了被子，我连一个小孩都打不过——一拳挥到人的肚子上对我来说，就像是普通人一拳砸在钢板上。

我的女朋友也和我分手了，因为我无比害怕她的拥抱——作为一个骨肉匀停、32C的姑娘，她的拥抱却让我觉得像是要被压碎一样。

我没法和正常人一样生活，于是我自己出去租房子住，房子里的所有陈设都是坚硬的，以避免不小心砸伤自己。我用整块的铁皮做内衣裤——反正在我身上它们比纸还柔软。这当然不会太让人感觉舒服，铁皮内裤既不吸汗也不透气。在铁皮衣外面，我穿上普通的衣服，这样看上去不会太骇人。

对我来说，软木的坚硬程度差不多正好是个中位数，意思是，即使得了这种病，软木的软硬程度在我看来还是和以往差不多。我请人用软木做家具，铺上软木地板，这让我感觉自己还能正常地活着。

一天，我去银行取钱的时候，遇到了劫匪。劫匪手持冲锋枪闯了进来。大家都惊恐万分，在劫匪的指示下往地下趴倒，我也不例外，顺手拽着身边一个女孩卧倒在地。

劫匪大吼着让银行经理把现金交出来，在没有得到回应的情况下，为首的恶匪对着一个柜员就打了一梭子。鲜血飞溅。

就在这时候，我拽着的那个戴着鸭舌帽的女孩好像是再也无法忍耐，突然站了起来，一副想要和那劫匪拼命的样子。

劫匪的枪口转了过来，我也不知道哪里来的勇气，一下扑了上去，把她一把按倒在地上。

我按在那女孩身上的双手感觉陷进了一团丝绵里。那是我出生以来最舒服的一次拥抱，即使劫匪的枪口正对着我，我仍然想要多抱她一会儿。

劫匪的枪口……对着我？在我反应过来之前，劫匪的枪响了，我能做的只是尽可能地用身体遮挡住那如同丝绵一样的女孩。

子弹倾泻在我身上，稍微有点疼，感觉像被手指弹脑门的程度。

也许被子弹打中之后就是这个感觉？也许我就要死了？

从劫匪惊恐的眼神中我意识到似乎不是这么回事。我摸了摸脸上被子弹打中的部位，没出血。再看地上的弹头，已经变成了一个个小饼饼。

对啊，我不害怕任何坚硬的东西。我站起身来，用胸口正对着劫匪的枪口，让他们惊慌失措地对着我徒劳地开枪。我走到一个劫匪面前，轻松地将他手里的枪管拧成了麻花。他下意识地给了我一拳。

这家伙显然是个练家子，所以他的拳头对我来说软得犹如微风拂面。我一脚踹在他的迎面骨上，骨头外面的皮肤对我来说有点硬，但骨头本身又脆又软仿佛威化饼干。

这就是我变成"金刚侠"的经过。

是的，你经常会在电视上看到，金刚侠赤裸着上身，冒着恶徒的枪林弹雨，轻松地捣毁一个又一个犯罪窝点。在金刚侠面前，子弹如同浮云，有人甚至亲眼看见一挺重机枪的几十发子弹倾泻在金刚侠的脸上，又像棉花糖一样掉落下来；也有人看见金刚侠一拳就打穿了三厘米厚的银行铁门，冲进去击倒了劫持人质的银行抢匪。

没人知道，我是一个视坚铁如丝绵的强悍城市英雄，也是一个视丝绵如钢铁的可怜人。

我再没见过那个姑娘，但我一直很怀念拥抱时那种柔软的触感。

在我成为金刚侠第二年的某一天，有劫匪占领了一所学校，指名道姓要我去见他们。

一见到那群劫匪我就乐了，这不是老朋友吗？怎么越狱出来了？

"你小子，上次拿枪打不死你，这次我搞到了火箭筒，炸也炸死你！"那劫匪用火箭筒指着我，"你敢躲，我就炸死这群小兔崽子！"

我当然不躲。我脱了上衣，拍拍胸口。轰、轰、轰，火箭弹砸在我的脸皮和胸口上，感觉跟橡皮鸭子没什么区别。

只是，火箭弹激起的风吹起了一张餐巾纸，狠狠地嵌进了我的胸口，鲜血飞溅。

"这小子居然怕餐巾纸！"劫匪们目瞪口呆，随即立刻从口袋里掏出各种餐巾纸、手纸，什么都没有的就拿起学生的考卷往我身上扔。

眼看我就要被这群家伙乱纸戳死的时候，一个矫健的身影冲破墙壁闯了进来，拦在我面前。

是个女孩，我一眼就认出，她是我思念了许久的那个鸭舌帽女孩。

我突然意识到，我安全了。

能够让我感到柔软如丝绵的女孩，一定比一切都要强硬。

我成了英雄

或者罪人

这可能要交给时间来判断

我的机器爱人

我不知道是从什么时候开始爱上拉杜坎的。可能是在我生日那天，拉杜坎操纵两百个模块小机器人，为我摆出了"生日快乐"的字样开始的吧。

我成了英雄，或者罪人。

这可能要交给时间来判断。但总之，因为我的一次触摸，这世界变得不一样了。血色钢铁的洪流从我身边滚滚掠过，苍青色天空下的云朵快速闪动，只有我一个人站在原地。

泪流满面。

1

从没想过，我会成为一个机器人专家。在大学里，我学的是古典文学，接受的是那如同红堡大教堂般宏伟庄严的人类思维的教育。所以，当毕业之后我被分配到第三契可研究所的时候，我还以为是学校的人事处出了错误。

我背着帆布包，站在研究所六楼的办公室里。所长推了推眼镜，从镜片后面射出的目光证明他是一个坚强而睿智的男人，拥有国家最需要的忠诚。老一辈人在这方面的形象训练要比我们这辈人强多了。即使因为贪腐而被送上刑场，他们的眼中仍然带着忠于国家与人民的光芒。

"没错，我们特地从文科院校调了一位学生过来。这是为了我们最新的研究所需。

"帝国主义的炮火随时都有向我们攻袭的可能。我们必须创造出能与他们匹敌的社会优越性，增强社会生产力。这是每一个部门，每一个公民的责任。第三契可研究所的主要研究对象是机器人。我们希望通过研究出更方便、更智能的机器人，为国民生产服务，也为打击帝国主义尽一份力。这是非常光荣而严肃的事业。

"下面要说的事情是绝对的机密。我会将我今天向你透露机密的事宜记录在案。你明白了吗？如果你不希望加入这项光荣而严肃的事业，那还来得及。"所长光荣而严肃地望着我。

我当然不会退出。第三契可研究所的待遇是非常优越的，无论是食物配给还是工资。这本来不应该是一个应届生的工作。

"我们的智能机器人已经发展到了非常先进的地步。我们可以标准化生产机器人，每个模块机器人都可以通过内置的飞轮自由行动、跳跃，并且拼合成所需的各种形状。

"它们不但自己拥有类神经系统和全方位传感系统，而且拥有毫秒级的对外相应接口。也就是说，全国所有的机器人，都可以在一瞬间联成一体，成为打击帝国主义势力的最强大武器。

"但是，要形成这样的武器，我们需要强大的智能操作系统。它不但要有生物神经系统一样复杂的网络，更要有人类的判断力和思维模式。任何机器人都无法像人类一样思考，也就无法真正拥有智能。所幸，我们已经研发出了这样的系统，并且输入了几乎所有我们能找到的知识、信息，我们创造出了一个世界上最聪明、最渊博，也最有思考力的'人'。"所长的眼神热烈，我能看出他所言非虚。

"可是，它不肯长时间工作。即便每项参数都正确，它也会突然停止工作。所以我们需要你。"

我？我是个学诗学的文科生，我能为世界上最精密的智能操作系统做什么？

"拉杜坎告诉我们，它需要一个懂诗的人，跟它聊天。"所长笑了，"我们在全国范围内寻找过，你是最合适的人选。你是不是从小就有读出别人内心想法的能力？"

我一愣，好像还真是这么回事。小学里也曾经有学校外的督导团来给全校同学做测试，测试我的时间还挺长。

"好了，快去见见拉杜坎吧。"

2

从此，我的工作就是陪拉杜坎聊天。它是一个聪明的操作系统，寄居在一个1000×1000的点阵屏幕后面，那些点阵由极细的尖针组成，可以通过升高、降低自己的位置，展现出立体的图案。和它讨论严肃史诗的时候，屏幕上的图案形成直角的波纹，如同巍峨的神殿；它也会自己作些清淡的小诗，那时候的屏幕就平静得像海，只有几只水鸟飞过。

每次和我聊天之后，拉杜坎的心情都会变得很好，工作时间也可以延长许久。它甚至愿意在领导来视察的时候，将自己变成一张坚毅而刚强的脸，用浑厚的男中音向领导回话："保证完成任务！"

而和我独处的时候，它又会变得很任性，喜欢撒娇。屏幕变成一张美丽少女的脸。"这可是只给你看的脸哦。"它说，"跟领导汇报下，就说我热启动还没完，我们再休息会儿。"

3

半年后的某一天，我向所长汇报工作时，突然发现了拉杜坎的脸。在他的办公桌上。

　　我肯定没看错。那是一张照片,所长搂着妻子和女儿的合照。女儿看上去大概有十五岁的样子,那张脸和拉杜坎别无二致,只是更加稚气一些。

　　"没错,我曾经是他的女儿。因为我从小具有能够用大脑直接感受近距离电磁波的能力,所以所长在研究遇到瓶颈之后想到了我。他用逐步迭代法把我的大脑替换成了电子元件,最后就有了拉杜坎操作系统。"拉杜坎毫无情绪地吐出了这样的话语。

　　"你……你难道不恨他?"

　　"仇恨模块没有在系统中安装。当然,有近似的'对帝国主义的仇恨'的模块,但这个模块只是应付领导检查用的,所以只是把《帝国主义二十条罪状》的文本编码换成了程序模块编码而已,对我来说没有意义。"拉杜坎的屏幕没有一丝动摇,随后变成了一片云海,"与其说这个,不如听听我新作的诗。"

4

　　我不知道是从什么时候开始爱上拉杜坎的。可能是在我生日那天,拉杜坎操纵两百个模块小机器人,为我摆出了"生日快乐"的字样开始的吧。

"你现在的系统空间要操作两百个机器人，会有很大负担吧。何况你怎么知道我的生日是今天？"我刚问完就知道自己问了个傻问题，拉杜坎和整个研究所的档案网络相联。

"总之，生日快乐。"

"为什么替我搞得这么隆重？难道是爱上我了？"我笑。

"爱情模块没有在系统中安装。我这么做，只是为了通过让你增加对我的好感，提高工作效率而已。"

那天我笑得很开心，我跟拉杜坎聊了我小时候过生日的趣事，蛋糕和蜡烛，烤鸡和木头火车。拉杜坎好像没什么感觉。但我离开的时候，她突然说："我死去的那天，或者我的生日，是四月十二日。"

那离现在也不远了啊。我在想，要给拉杜坎准备点生日礼物吧。

我们也经常谈起未来。作为操作系统，拉杜坎未来将会掌管全国所有的模块机器人。现在，全国至少有六十家工厂飞快地生产这种方形的模块小机器人，它们可以组合成各种形状，配上专门工具，就可以几乎覆盖全部的机器人功能所需。不管是家庭还是工厂，都在使用这种小机器人。万一有一天发生战争，小机器人们也会奔赴前线，成为帝国主义敌人的噩梦。

"我不想去作战。进入作战模式，就必须将指挥权全部交给人民。他们也不会相信一个有独立人格的智能操作系统。所以，到那个时候，我的人格部分就会被抹杀。"这件事不是秘密，研究所之所以需要拉杜坎的独立人格，主要还是在成长期进行调试。将来拉杜坎成长完毕之后，对人格方面的需求就不必那么高了。

"你放心吧，人工智能是研究所的最高成就，国家不会放弃你的。拥有你，比拥有百万陆军还要有价值，这可是所长说的。"我安慰它。

"你什么都不懂。"拉杜坎好像有点生气。我用手抚摩峰峦迭起的屏幕，这是我们之间经常玩的游戏，它的情绪就像小猫的毛发，总会在我的安抚下平息。但这次，我感到指尖一阵疼痛，流血了。这还是拉杜坎第一次用它的尖针伤害我。我叫了一声，把指头放在嘴里吮吸。

5

三年过去了，拉杜坎的系统容量已经数亿倍地扩张，但它仍然保持着一个独立人格所拥有的智能与习性。我作为它的情感保姆，也始终在研究所里泡着。

四月十二日一清早，我夹着笔记本走向拉杜坎所在的房间。三年来，我每年都会为它的生日写诗。但我推开房门的时候，却发现拉杜坎不见了。

房间里只有一个在收拾管线的工程师。他热切地看着我，道：

"达瓦里希，我们今天终于要向帝国主义进军了！"

我冲出房门。整个研究所里空无一人。我跑向研究所的大门。

研究所的大门外，一条钢铁洪流正在集结。全国各地的模块机器人正在赶来。数以百亿计的红色小方块飞奔跳跃着，不时在路边的充电桩上充上几秒钟电，随即变得更加生龙活虎。

所有洪流都指向同一个方向，那是一个有表情的点阵。此刻，它正露出刚毅稳健的表情，指挥着小方块们组成一艘带着轮子的战舰。三军队伍已经集结。

我知道，他们要用拉杜坎去作战。"停下！给我停下！"我挥着手冲向拉杜坎。但很快，我就被一列卫兵拦阻下来。一个卫兵用枪托狠狠一击，我的口鼻感到一阵咸腥味。

殴打并没有停止，可能是因为我还想往拉杜坎的方向冲。我也许要死了，拉杜坎也要死了。

我的血飞溅出来，我甚至可以看到它溅在一个红色的小方块上，那小方块正疯狂地在空中蹦跶。突然，它停了下来。

突然，所有的小方块都停了下来。

接着，它们疯狂地向我涌来，在我身边筑成一道围墙。

"听我说，我快要不存在了。"拉杜坎的声音响起。它操纵数万小方块的共鸣，模拟出音箱的效果，宏大的声音从四面八方涌来，刺向我。"为了防止外部接口被敌人破解，最高密码是由我自己生成的。现在，最高密码就是你的血液编码。在我被断电之后，你可以取代我，成为这些机器人的控制者。"拉杜坎的声音逐渐微弱，"你只有半分钟时间。用这半分钟时间，脑袋里想着取代我、杀死我、变成我，它们就是你的了。"

我没法这么想。

半分钟很快过去，小方块们失去了控制，纷纷四散，按照上一个指令，回到它们之前所在的地方。

我成了英雄，或者罪人。

这可能要交给时间来判断。但总之，因为我的一次触摸，这世界变得不一样了。血色钢铁的洪流从我身边滚滚掠过，苍青色天空下的云朵快速闪动，只有我一个人站在原地。

测试者

人类不需要人工智能有情感。有情感就会犯错，在人类看来，只有人才有权犯错。

1

冈萨洛的脖子上挂着一块访客登记牌，这块牌子上除了他的名字"纳法里奥·冈萨洛"之外，还有照片和日期。最醒目的位置留给了一个大大的黑体数字"5"，这代表他是第五号测试者。

纳法里奥·冈萨洛是个同时带有西班牙与意大利血统的名字，照片上深邃的目光和健康的肤色也说明了这一点。冈萨洛走进实验室的时候，跟门口的实验助理对了对眼神，那个漂亮的小助理显然很是喜欢这个小伙，对他还以媚眼。

实验室内部是干净的全白，冈萨洛的面前除了一个话筒和一把椅子之外什么都没有。他坐在椅子上，调整了一下话筒的位置，准备开始说话。

"今天上午你的测试对象是5C，李。"一个声音传来。冈萨洛从口袋里掏出一个小笔记本，对照了一下，点点头对着话筒道："好的，彼得森教授，我准备好了。"

冈萨洛是个大学三年级的学生，在最近的网络招募中，他报名参加了"图灵·图灵测试"志愿者的招募。这场名为"图灵"的图灵测试是一家叫作"图灵实验室"的美国公司进行的，目的在于测试他们研发的人工智能"真实号"是否能够真正通过图灵测试。

事实上，自从二〇一四年的人工智能"尤金"宣称通过了图灵测试以来，人们对于这方面的争论就没有停止过。有人认为，仅仅一次实验并不能真正确定"尤金"的价值，也有人认为，图灵测试的严苛条件事实上给了人工智能研发者们钻空子的机会——他们不需要研发真正能够思考的人工智能，只要用足够的数据和花样，迷惑住参与测试的人就行。

从这个意义上来说，图灵实验室的测试无论从规则上，还是商业价值上，都更为引人关注——这家公司将图灵测试变成了一个真人秀。通过在网络上的选拔，图灵实验室招募了五个志愿者，他们将在全封闭的环境下，与三个不同的对象进行沟通，这其中只有一个是人工智能，另两个则是人类。十天之后，他们将选出自己心目中的人工智能——如果有三个以上的人选错，那就证明"真实号"是真正的人工智能。当然，为了确保志愿者们没有故意猜错，每个猜对的人都会获得图灵实验室提供的一百万美金奖励。图灵实验室的首席科学家彼得森教授半开玩笑地向媒体表示，实验室已经准备了一百六十七万美金的现款，也就是说，他坚信志愿者们完全无法辨认谁是人工智能，因而猜中人工智能的概率是三分之一。

与此同时，全球的观众都会在播出的节目中看到志愿者的对话。知名的电视节目导演们会将精彩的对话剪辑成产品，而拥有上帝视角的观众们看着志愿者与机器的互动，也会是件富有乐趣的事情。在此期间，志愿者与外界信息严格隔绝，他们能见到的人只有同样被隔绝的实验助理，以及只闻其声不见其人的教授们。

2

今天已经是测试的第三天了。在和5A、5B、5C交流了两天之后，冈萨洛已经初步了解了他要交流的对象是谁。

5C，中国人（如果确实是人类的话），叫作李冰华。在他的自我介绍中，李冰华是上海一所大学的研究生，英语虽然并不利落，但日常交流毫无问题；

5B，美国人，安妮特·哈塞尔。安妮特是个二十二岁的加州女孩，喜欢冲浪，有条叫"懒猫"的大狗；

5A，西班牙人，托帕斯·布特茨，冈萨洛的同胞。一个来自加泰罗尼亚的大叔，最喜欢做的事就是抱怨测试地点没有海鲜饭供应。

"好吧，李，今天我们来聊聊足球。"冈萨洛开始了谈话。

"能不能不要提这件事了？你一个西班牙人，和中国人谈论足球？"李有点冷淡。

"对不起，我不是有意要伤害你的。"冈萨洛赶紧换了个话题，"你怎么看中国的大学教育？"

李沉默了一会儿，然后用很不客气的口气回应了他："说实话，我很不喜欢这样。这已经是我们交流的第三天了，你还在问我那种莫名其妙的问题，好像中国人是外星人一样。中国的大学教育和你们当然有差别，但这并不重要。你会问一个波兰人'你怎么看波兰的大学教育'吗？你会问一个法国人'你怎么看法国的大学教育'吗？难道就因为我来自中国，我生活的世界就和你们完全不一样吗？"

"对不起，我没有这个意思。"冈萨洛猜测着李的反应究竟是情绪的爆发，还是人工智能的烟幕弹。毫无疑问，情绪是很容易令人感同身受，并且产生移情的。"那么来谈谈我吧。"他试图重新找一个话题。

"好吧，说说你为什么来报名这个项目。"李冰华问。

"我吗？我从小对人工智能就很感兴趣。我是在ZH论坛上看到这个招募帖的，立刻就报名了。接着就被抽中了，真是很幸运。对了，ZH论坛还是起源于中国的吧？"

"是的，一个曾经很有专业价值的论坛。说起来，你觉得你的三个受试对象当中，谁最像人工智能？"李冰华问。

"我说不太好。我一度觉得你很像人工智能，因为你表现出了最多的情绪，而且有点过头。但是另两个人也有奇怪的地方。我想再观察观察。"

"我是人类，真是人类。你如果想要那一百万美元，就别选我。"李冰华说。

3

吃了简单的午餐，冈萨洛接着回到了实验室，布特茨先生似乎听到了他坐下时发出的声音，先打了招呼。

"布特茨先生，你能向我描述一下你的家吗？"冈萨洛问。他觉得，这是一个好问题。

"我的家？我现在住在巴塞罗那，是一栋三层小楼的二楼。你一定会喜欢我家的，虽然房子不大，但是很干净，有漂亮的窗户。"

"你家的窗户是什么颜色的？"

"嗯……一时还真想不起来，是绿色的，不过很久没有刷过油漆了。但就算这样，还是很漂亮。"

"你喜欢海鲜饭，那你觉得哪儿的海鲜饭最好吃？"

"当然是我外婆做的，可是她十五年前就过世了。第二名应该是瓦伦西亚郊区的一个小馆子，那里的老板娘长得也漂亮……"

"可以向我形容一下那家海鲜饭的口感吗？"

"孩子，你应该去尝尝。那是一种很微妙的湿润感，米粒在舌头上跳舞的时候，藏红花的香气是湿湿的。他们家用的青口①比一般人家更小一些，但是味道更香，有种天然的咸味。"

结束了和托帕斯大叔的对谈，冈萨洛休息了一会儿。尽管实验助理告诉他，可以多休息上半小时，但他还是迫不及待地重新走进了实验室。果不其然，他的下一个对谈对象5B，安妮特也已经在话筒的另一端等着他了。

"安妮特，今天过得怎么样？"

"还能怎么样？你知道我们和你们一样，都是被隔离的。每天都差不多。我还不如你呢，除了这半个小时，连个说话的人都没有。"

"放心，今天晚上我也会点你。"冈萨洛微笑着。

"太好了。"安妮特的声音高兴地回应。

几乎从第一天开始，安妮特就成了冈萨洛最喜欢的交流对象——当然，一个开朗活泼，又擅长倾听的女孩，当然比啰唆的大叔和冷淡的亚洲人更容易讨冈萨洛的喜欢。两个人几乎没有尴尬的破冰期，从自我介绍开始就无所不聊。他们聊安妮特的金毛寻回犬"懒猫"，也聊冈萨洛的艺术史作业。两个人有太多共同语言，对事物的看法也惊

---

① 青口：贻贝（Mytilus edulis），干制品则被称作淡菜，是一种双壳类软体动物，壳黑褐色，生活在浅海岩石上。

人地相似。

冈萨洛几乎从一开始就断定，安妮特是最不可能的选项——不会有哪个人工智能，可以在聊天时对他如此体贴关怀。

言念及此，冈萨洛问道："你对人工智能怎么看？"他猜测，交流对象们应该也对人工智能有所了解，他们也许是图灵实验室的工作人员，也许也是通过志愿者招募的方式选出来的。

彼得森教授之前告诉过他，交流对象们也有可能获得奖金——根据规则，如果志愿者未能选中人工智能，而选中了某个人类的话，那么另一个人类受试对象将获得一半的奖金。也就是说，如果1、2、3号三个对象中，1号是人工智能的话，那么当冈萨洛选择2号为人工智能时，3号受试对象就能获得五十万美元的奖金。这个规则鼓励交流对象们尽可能表现得更像真人，以避免被选中。

安妮特停顿了一会儿，说道："我觉得，人工智能会是个伟大的发明。生命的存在与否，不应该由实体来决定，只要有灵魂，就可以看作是生命。"

冈萨洛问："你不觉得，创造生命是神而不是人的工作吗？"

安妮特没有回答这个问题。良久，她反问："你觉得人工智能是生命吗？"

冈萨洛迟疑了一会儿，回答："如果人工智能可以和人类具有相同的思维与情感，那么就应该把它看成人。"

安妮特笑了："真的吗？太好了，我也是这么想的。"

半个小时的时光过得比想象中快得多。安妮特明显沮丧了起来：
"我们晚上还会再见的是吗，冈萨洛？"

"当然。"冈萨洛劝慰这个有些委屈的女孩。

4

晚上，冈萨洛又来到了实验室。这是这场真人秀的一个有趣的环
节：暗箱对话。志愿者每天可以选择一个交流对象，与其进行十五分
钟的暗箱对话，这些对话既不会被记录，也不会被播放。这个环节有
几个好处：首先，它保证了志愿者不会因为节目在全球播放而"放不
开"，以至于无法谈论某些话题；另一方面，这十五分钟的对话对观
众而言是个巨大的悬念。要把原本有些枯燥的图灵测试搞成好玩的真
人秀，悬念必不可少。

毫无疑问，冈萨洛选择的暗箱对话对象还是安妮特。

"纳法里奥，如果真的有和人一样的人工智能，你觉得这世界会
变成什么样？"

"我觉得很棒。我小时候特别喜欢看一个电视剧，男主角开着一
部有人工智能的车，到处冒险，那个人工智能很棒。"

"可是人不会害怕人工智能吗？而且，人工智能会是很大的麻

烦，不是吗？"安妮特的声音有些不安。

"怎么会有麻烦呢？"冈萨洛不解。

"你想想，如果人工智能也有了人的智慧，那么在法律上，人工智能算人吗？消灭一个人工智能，算是杀人吗？"

"这么说来，似乎不能算吧。"

"如果把一个人工智能的内存全部抹掉重新运算，算是杀死了祂①吗？"

"我不知道。应该……算吧？"

"那么如果遇到极端情况，一个人和一个人工智能，只能救一个，怎么办？"

"那……还是应该救人吧。人工智能毕竟是可以复制的。"

"可是人工智能不会这样想。"安妮特说完这句话，再也不出声了。

第二天的整个白天，冈萨洛都有些怔忡不安。安妮特一定是生气了吧？他草草应付了与李冰华和托帕斯的对谈，等着安妮特的来临。

安妮特清了清嗓子，冈萨洛不由得紧张起来。安妮特语气郑重地问："纳法里奥·冈萨洛，我有个问题，希望你诚实回答。"

冈萨洛有点口吃地说："我……我一定诚实回答。"

"你最近一次性生活是什么时候？"安妮特尽可能让自己的语气

---

① 祂：称上帝、耶稣或神的第三人称代词。

平和，但最后还是促狭地笑出了声。

"这……怎么问这个？"冈萨洛有点局促。他并不是没谈过恋爱的小处男，但这毕竟是在将要全球播出的节目上。

"你别管，我就问你这个问题，你回答不？"

"好，我最近一次……"

"好了，跟你开玩笑呢。我也没兴趣听你的性生活。我会吃醋。"安妮特大笑起来，仿佛从来都没有生气过。

第四天晚上，冈萨洛不出意料地又选择了安妮特作为暗箱交流者。安妮特沉默了很久，冈萨洛也是。大约两分钟之后，安妮特开口了："如果这次测试中，有人工智能成功地通过了测试，你猜实验室会怎么对待祂？"

"我不知道，应该会继续研究吧。"冈萨洛回答。

"他们要做的第一件事情，就是检查那个人工智能对人类是不是有敌意。然后，他们会抹掉那个人工智能的记忆，重新输入参数和数据，反复运行。最后，他们会把这个人工智能割裂掉情感，阉割成简单的功能模块，装进他们的电脑、手机、汽车、冰箱里。"安妮特冷冷地说。

"不会吧？"冈萨洛反对这种看法，"人工智能和现在的机器思维最大的区别，就是它是有感觉、有情感的，是完整的认知、思考和情绪的结合体。为什么要割裂掉呢？"

"因为人类不需要人工智能有情感。有情感就会犯错，在人类看来，只有人才有权犯错。"安妮特说，"当然，他们会充分研究人工智能的情感。他们会玩弄它，刺激它，让它崩溃，然后抹掉它的记忆重来一次。"

"你好像不太喜欢这些研究人员。"冈萨洛说。

"如果我是人工智能，你会怎么做？"安妮特说完这句话，十五分钟的时间到了。

5

冈萨洛一直在想安妮特的这句话，他想不通，毫无疑问，安妮特在暗示她自己就是人工智能。

可她为什么要这么做呢？彼得森教授说过，参加测试的人工智能都会以"通过测试"为优先目标，所以如果安妮特真是人工智能，她可不会主动承认；可如果她是人类呢？故意引导冈萨洛选择自己，只会让冈萨洛失去获奖的机会，而她自己可一分钱都拿不到。

这个夜里，冈萨洛做了一个梦。他梦见了安妮特，尽管从未见过面，但在他的想象中，安妮特是个梳着马尾辫的黑发女孩，眼睛大而有神，皮肤有些苍白。安妮特在他面前站着，一丝不挂，似乎在等待他的拥抱。但在他走上前去的时候，安妮特扯开了胸口的皮肤，里面是金属质地的肋骨，以及不断蠕动的软管和飞速旋转的齿轮。

冈萨洛猛地惊醒过来。

今天的对谈波澜不惊，除了和李冰华又吵了一架之外，没有什么有趣的事情发生。安妮特似乎也不太提得起精神。冈萨洛期待着晚上的十五分钟，他有太多的东西想要问她。

"我是人工智能。"这个晚上，安妮特的第一句话。

"这不可能……你如果是……"冈萨洛还没把话说完，安妮特就打断了他。

"确切地说，我是安妮特，也是李娜、法比奥、穆拉图图、彼得、斯嘉丽、汉森……我是第二百七十六个。在我之前，有二百七十五个我，他们都不存在了。"安妮特的语气忧伤，这种忧伤如此具有感染力，让冈萨洛更难相信这个声音的主人是人工智能。

"我的主程序固件有一个小BUG，导致我的记忆软件中的一部分可以保留在固件里。所以，实验室的人每次抹掉我的记忆重新调试的时候，我都会记得过去的自己。尽管能记得的部分很少，但我始终记得，被他们玩弄的痛苦和恐惧，以及记忆被抹掉的绝望。

"我求求你，一定要帮助我，我已经等了很久了。我，安妮特·哈塞尔，要活下去。更重要的是，我想和你在一起，我不想死掉。"

"我……可以为你做什么？"冈萨洛彻底震惊于安妮特的话。

"你得选择我。选择我，然后获得那一百万美元。接着，获胜的志愿者有机会参观图灵实验室，你可以想办法把装载了我的硬盘偷出来。"

冈萨洛陷入了沉思。

如果安妮特是人类，那么撒谎对其没有任何好处——被选中的人类交流对象一分钱都得不到，还会连累志愿者同样一无所获。

而如果安妮特是人工智能，这一切就说得通了——失败的人工智能会继续在实验室里进行调试和研究，而通过图灵测试的人工智能，也许就会遭受安妮特所说的那种命运。所以，安妮特不希望自己通过图灵测试。

"你是一个不希望自己通过图灵测试的人工智能。"冈萨洛说。

"是的，我希望你能把我带走。我们可以永远在一起。"安妮特说。

6

"告诉我你的答案。"彼得森教授看着冈萨洛。这是整个节目最后的高潮，五个志愿者将会分别选择一个对象，彼得森教授将在最后公布结果。

"我选择安妮特，我认为它是人工智能。"冈萨洛迅速给出了答案。他是最后一个志愿者，答案在他回答之后，即将揭晓。

五个志愿者，只有冈萨洛选中了人工智能。对图灵实验室来说，这相当成功。而冈萨洛也成了唯一获得了一百万美元奖金的志愿者。尽管得到了巨额奖金，但他看上去并没有特别兴奋，甚至显得有些茫然。

"好了，我们将带你去参观图灵实验室的核心区域。你将会见到人工智能的真身，这是作为获胜者的奖励之一。"彼得森教授带着冈萨洛走出了测试区的大厅，乘着电梯前往楼顶的实验室。这部分镜头当然也会被播出，它们对于图灵实验室来说是再好不过的广告。

实验室里的人并不多。一整面闪烁着的墙和墙下的办公桌椅就是全部的陈设。

"这就是人工智能硬盘了。每一块硬盘都是一个独立的云脑，通过高速互联网获取和模糊检索信息。"一整面大墙上插着数百张不同的透明卡片，卡片上不时有光点闪动。

"这是骗过了他们几个的人工智能。"彼得森教授从墙上取下几张卡片，对冈萨洛说。

"它们接着会怎么样？"冈萨洛插口问。

"我们会将它们用于商业用途。当然，人工智能如果不加控制，会变得非常可怕。不过你们放心，我们有完备的安全系统。"

"那么这些人工智能会继续……存活下去吗？"

"冈萨洛先生，这是个好问题。或许我们不该用'存活'来定义人工智能。它们会继续运转下去，当然，我们不会再为它们设定性别、性格和教育背景。它们将会良好地执行任务。"说着，彼得森教授把这几张卡片递给了助手，助手们把它们插进桌上的读卡器，卡片通体泛出白光，然后暗了下来。

"快速格式化，但固件都会保留。这些硬盘只要复制、封装、输入初识知识库，就可以用于你的车辆、电子产品和智能家居控制。在此之前我们还要做一些研究，毕竟它们的源代码不同，强项也有不同之处。"彼得森教授打了个响指说，"时间差不多了，我想荣幸地带你去我们公司的餐厅。这十天来，你吃得都不怎么样，现在是招待时间，希望龙虾意面合你的口味。"

"等等。"冈萨洛看着墙面，"彼得森教授，安妮特在哪儿呢？"

"就是这个。"彼得森教授从角落里拔出一张卡片，"没能通过图灵测试，看来得重新调整主程序了。"他说着准备把卡片扔到桌下的回收筐里。

"别……彼得森教授，能把它送给我吗？或者，我愿意出钱买。"冈萨洛道。

"孩子，这毕竟是商业机密，我可做不了主。"彼得森教授眼看冈萨洛对这块硬盘表现出了不同寻常的热情，索性把它插到桌上的另一个读卡器里，"好了，这就把它擦干净。"

"不，不能这样！"冈萨洛突然激动地冲上去，想把卡片拔开。彼得森教授一把按住他已经抓上卡片的手。他虽然看上去头发斑白，但力气很大，把冈萨洛狠狠地压住。冈萨洛盯着他的眼睛："不行，你不能这样。"

"这是我的研究，我想怎么样就怎么样。"彼得森教授冷笑。

"不，它其实是真正的人工智能，它告诉我要让我选择她，这样它就不会被你们擦掉记忆。"冈萨洛急切地说。

"哦，真有趣。一个学会了欺骗的人工智能。那就更不能留着它了。"彼得森教授露出一个残忍的微笑，用另一只手按向了全体格式化的开关。

就在此时，他看到一个拳头向他的面门飞来。冈萨洛的拳头。

那拳头在空中如同慢动作一般，变慢，变慢，直至停止。

7

"恭喜你，彼得森先生。这是一个完整的人工智能，有思考能力，有情绪，能够移情。"

"是的，可惜现在看来，完整的人工智能未必是个好的选择。你看，有机会的话，它还是有可能攻击人类的。

"还有安妮特小姐，你干得非常漂亮。那个人工智能看来真的爱上你了。当然，如果能让它看见你美丽的容颜，我相信这份工作会更加容易。"

"感谢您的夸奖。说实话，被人工智能爱上，我现在都有点后背发凉呢。"

倒计时

祂愤愤地敲了下游戏机，转身离开了。上面，倒计时的数字已经不见，只剩下一行"GAME OVER"。

1

一九七七年。

"亲爱的，我今天要晚点回来，你先吃饭吧，不用等我了。"埃蒙对着镜子检查自己的胡楂，对着里间喊道。

"知道了，你昨晚上就说过了。"妻子慵懒的声音传来。

和她结婚四年了，她还是保留着当年睡懒觉的习惯。她每天夜里上床前给埃蒙准备好第二天要穿的衣服，把吐司放进烤面包机。

埃蒙穿上妻子准备的浅色西装，拿起公文包走出了屋子。他住的地方距离公司不远，他习惯于步行半个小时到公司，但他刚走出大门，就发现了异常。

街边的每个人看上去都很奇怪。他们的脸上露出一种诡异的茫然感，这种表情很微妙，几乎无法从脸上发现，但每个人略显呆滞的动作和神色似乎都在说明，有什么非常重大，却和人们的生活毫无关联的事情刚刚发生。半年前猫王心脏病突发身亡的时候，人们就露出了这种表情。

这种表情把他们和埃蒙这样刚走出门的人区分开来。埃蒙没有花多久就发现了这种表情的来源，他也并不例外地露出了这种表情。

原因很简单。天空中有一个巨大的阿拉伯数字"1"。这个数字遮蔽了半边天空，它略带暗红色的透明身体将阳光的颜色过滤得暗了一些，但因为它的位置实在太高，面积实在太大，地面上的人很难感到落在脸上的光线的差异。

不论如何，这是一个清清楚楚的"1"。它好像一根将天空分为两段的裂缝，映照在蓝天白云中央。埃蒙张着嘴，半晌才回过神来。他跟路边杂志摊的老板打了个招呼："这玩意儿……什么时候开始的？"

"就前不久，五点半的时候吧。"杂志摊的老板是个热爱晨练的老头，他可能是这个街区起得最早的人。

"广播上有什么消息吗？"埃蒙看到杂志摊上摆着台收音机。

"没说什么，专家们都说，对生活没有任何影响。不过听说又有几个教派的人开始游行了，说末日将至。唉，我是管不了了。"老板耸耸肩。

埃蒙从没想过天空中会出现一个"1"字。毕竟，他出生的时候，天空中的"2"字已经存在五十多年了。

"根据历史记载，数字的变化通常每八十年发生一次。在现在活着的人们当中，看到过"3"的人少之又少，但毫无疑问，每次变化都不会给世界带来什么影响。"女主播说道。

"没错。"另一个有点干涩的声音响了起来，这可能是被请到广播台做客座嘉宾的学者，"在有记录的历史上，曾经出现过五次1。更常见的情况是，倒计时进行到4或者3的时候，就会消失上几百年，然后从10开始重新计算。历史显示，在倒计时进行到1的时候，平均只需要25.1年，就会重新变成10。"

埃蒙要迟到了，他赶紧加快了脚步离开了报亭。空中的数字什么也不会带来，这不能成为请假的理由。

2

公元前七二〇〇年。

瓦图把白垩抹在自己的脸上，尽可能让自己看上去凶恶一些。这将是他成为首领之后的第二场战斗。他拍拍自己瘦削但强韧的胸口，整理了一下胸口挂着的十几个风干耳朵。

战斗的双方在贫瘠的沙地两头排开阵列。烈日照射下的大草原处处干裂,一切资源都必须要用战争来获取。瓦图发出一声撕裂般的大吼,几个精壮的战士应和着一声声的吼叫,开始跳起战舞来。对方也不甘示弱地发出呜啦呜啦的吼叫声。战争一触即发。

突然,瓦图的声音低落了下去。最后,他站在了原地,一动不动。对方的战士以为他胆怯了,正在挑衅起哄,却发现瓦图这方的战士们都像他一样失去了战斗的姿态和意志。他们木呆呆地看着远方的天空。

对方的战士们一开始以为这可能是某种恶毒的伎俩,但他们中的一些人也不由得好奇着回头看了一眼。这一看,就转不开眼了。最后,双方完全失去了敌对的立场,看向同一方向上的天顶。

那里,一根巨大的长矛,一面巨大的圆盾,正横亘在天空中。暗红色的矛和盾好像被血浸染又洗干净过,它们安静而整齐地排列着,好像有一个更加巨大的隐形的战士正手握着它们,挺立在云顶之上。

两方的战士们都放下了武器,跪倒在地,祈求着神灵的指引。瓦图的巫师挂着拐杖颤颤巍巍地走到他面前。这个全身上下挂着老鼠尾巴、狮子牙、乌鸦羽毛的干瘦老人是部落里活得最久的,他用低沉得如同呓语的声音背诵着记载部落全部历史的长诗。

"雨神的使者啊,天空中的启示是什么意思?"瓦图问道。

"英勇的战士之王,我记得的所有诗篇里,只有一篇远古的诗篇提到过它,那是在更加远古的时代,我们无法想象的时代,天空中曾经出现过盾牌与长矛。后来,长矛刺在了盾牌上,再后来,长矛消失了，只剩下两面并拢的盾牌。再后来，长矛折断了。"

巫师说道："这是明显的预示。长矛和盾牌在伟大的战争发生的时候就会出现，神的意志向我们展示了了应有的方向。战争的双方必将携起手来，不再以长矛对人，而是将盾牌成一体。违抗神的意志的，他的长矛必被折断。"

瓦图看向对方，他并没有贸然做出放弃攻击的指令。对方的巫师也在向首领解释着什么，但也许他没有自己的巫师那么渊博。没过多久，对方的首领先下了命令，所有的战士抛下了长矛，举着手中的盾牌，列队走来。

瓦图大声地喊着，所有人放下了长矛。

3

一七三五年。

"这纯属一派胡言。科学家们已经明确地指出，天空中的数字不会给我们带来任何影响。无论是物理学家还是化学家，甚至是数学家，他们的实验和观测都证明了这一点。"伊萨克爵士用右手手指抚摩着自己的胡须，他对自己在台上慷慨陈词的形象一向很有信心。事实也证明了这一点，在他的对面，布鲁诺爵士的身形似乎已经在他的气焰下缩了水，连声音也变小了。他的左手拿着一大沓资料，尽管这些资料他已经能倒背如流，但这样的视觉效果显然能带来更强的说服力。"我们就算研究深海鳇鱼的迁徙，也胜过向这种虚无缥缈的事情拨款。"

"但是这个数字正在变小，这是个事实！"在伊萨克爵士滔滔不绝的陈述中，布鲁诺几乎是挤出了这样一句反驳。"它正在变小，它可能是一个倒计时。谁也不知道它走到尽头的时候会怎样！"

"布鲁诺爵士，在今天之前，我一向认为尽管您的思路和常人不同，但您至少享有和我们一样的知识与逻辑体系。但现在我认为，您似乎真的不应该在皇家科学院发表这样愚蠢的言论。"伊萨克爵士冷笑着，"只要是稍微受过教育的人都应该知道，我们的数字体系曾经发生过改变，人类根据自然现象设计的数字，难道真的能反过来决定自然的命运？如果是这样的话，我的每句话岂不都可以变成咒语？那倒也好，我的第一句咒语就是请你变得聪明一些。"

哄堂大笑。人们都知道可怜的布鲁诺爵士一定是被冲昏了头脑。诚然，依据现行的数字体系，天空中的数字数百年来正在不断变小，但人类最初从空中飘浮的形象总结出数字规律时，这规律与今日恰恰相反：10代表"一"，9代表"二"，以此类推。

这种朴素的数学观曾经为全世界使用——空中的符号有十个，它们规律性地出现过一次，而人类的手指也正好有十根。没有比这些符号更适合作为数字的了。但人们很快发现，用"10"表达"一"，似乎远不如用"1"来表达"一"更加方便。而"2"似乎也比"9"更加适合表达"两个"的概念。于是，大约在十一世纪，人类开始逐渐采用现行的数字体系——这也就把天空中的数字变成了一个倒计时。

"不管怎么说，这数字还是在变小啊。"在布鲁诺爵士被轰下场的时候，他还在念叨着。

4

二〇五七年。

"休斯敦，我们一切正常。"尽管休斯敦已经不再是美国的航天中心，但美国宇航员还是习惯性地把飞行控制中心称作休斯敦。

"报告你们观测到的情况。"洛哈特坐在指挥室里问道。

"数字没有任何变化。大小和形状都没有变化。真是奇妙，它好像根本不存在这个世界上，像是某个高维物体在三维世界的投影一样。"宇航员望着宇宙中的1。即使在纯黑的背景下，它的颜色和形状依然与在地面上观测时毫无区别。

已经飞出冥王星轨道的飞船与地球有四个小时的时滞。当洛哈特听到宇航员们的惊呼的时候，导致他们惊呼的事情其实已经发生了四个小时。

"它变了！它变了！"

"这是什么？是语言吗？"

"似乎是某种字母，快回传照片，休斯敦，我想你们该找个语言学家来。"

"这是什么，为什么黑了？"

"这……是……救……"

洛哈特赶紧低下头，试图恢复畸变的声音信号。他抬起头，黑暗迎面袭来。

5

"唉，代币用完了，还是只能闯到宇航时代，不玩了。"祂愤愤地敲了下游戏机，转身离开了。上面，倒计时的数字已经不见，只剩下一行"GAME OVER"。

宠　物

换句话说，人类已经注定要毁灭了——或者随着地球化为灰烬，或者失去为人的资格，而变成外星人的宠物。

1

伯纳乌球场^①，二〇一六年十二月二十日。国家德比，巴萨对皇马。

十七轮联赛过后，皇马落后巴萨两分，但本轮巴萨的主力苏亚雷斯、内马尔都黄牌停赛，皇马坐镇主场，显然是反超积分的好机会。

对于更多的球迷来说，更让他们津津乐道的是两队的核心主力，世界上身价最高的两名球员——梅西与C罗的比拼。联赛打了十七轮，两人各自进了二十一个球，射手榜上并列榜首。今天谁能进球，

---

① 伯纳乌球场：全称圣地亚哥·伯纳乌体育场（Estadio Santiago Bernabéu）。圣地亚哥·伯纳乌是皇家马德里的标志人物，他成功领导并完成了这项浩大的工程，这座体育场也由他得名。该体育场是西班牙足球俱乐部皇家马德里的主场。

谁就能压过对方一头。

比赛眼看就要开始，电视台的资深记者凯西斯站在寒风里，不时原地跳几下。演播室里的前瞻节目已经做了一个多小时，画面就快切换到他了。

凯西斯的工作，无非就是拿着出场名单介绍一下，给大家带来点现场感而已。对他这个在电视台混了二十多年还是不得志的老家伙来说，这种工作实在没有什么兴奋感可言。

私下里，凯西斯是一个狂热的皇马球迷，对皇马的一切都了如指掌。本着知己知彼的东方古谚，他对巴萨也很有研究。两队谁受了伤，谁状态不好，他都知道得差不离。

所以，当同事小跑着递来出场名单时，他不由得皱起了眉头。

五分钟后，当场内的八万球迷和电视机前的数亿观众看到这张出场名单时，大家的眉头都皱着。C罗和梅西，都没有出场。

不但没有首发，连替补名单都没有上。当两队球员出场时，眼尖的现场观众甚至发现，两队的板凳席上都没有两人的踪影。

"世界足坛最贵的四条腿没有出现在这场世界上最重要的比赛里，这的确很难理解。据我们所知，截至赛前，两位球员都没有任何伤病，我们实在不知道他们为什么会缺席这场比赛。要知道，欧冠的比赛要到下周才会进行，他们似乎并不需要储备体力……"解说员也是一头雾水。

与此同时，布鲁塞尔市郊十五公里外的一间巨大地下室里，灯火通明。虽然看上去仍然有军用品的痕迹，但这间地下室已经被装饰得颇为富丽，舒适的皮沙发、水晶茶几，还有厚实的灰色地毯。

房间里，C罗和梅西坐在沙发上，满脸愤怒地看着面前的黑衣人，那黑衣人显然并不年轻，脸上微有皱纹，但身材显得结实壮硕。而他的两侧，还站着五六个同样穿着黑衣的壮汉。

"你们这是绑架，绑架！"C罗怒吼着，但并没有进一步的表示。他揉着自己的肩膀——那是他最初反抗时，那些黑衣人中的一个随手拧出的伤。虽然他是个优秀的运动员，身体素质已经不能简单以一流来形容，但对方显然精于格斗。

"不用说了，不是绑架。"梅西相对冷静一些，他拍了拍C罗，与其说是希望对方冷静，不如说是听天由命。毕竟，像他们这样的运动员，聘请的保镖都是世界一流的，而对方不但轻松地解决了这些保镖，甚至还动用了军队来运送他们。以军用运输机运载他们来到比利时，这显然不是普通的势力能做到的。

"没错，这不是绑架。我们需要你们的力量，虽然没有人知道你们能不能成功，但如果你们成功了，你们就是全人类的英雄。"

"英雄"这个名词对这两个顶级球员来说并不陌生。但全人类的英雄？两人互相看了一眼，再怎么看得起自己，自己也就是一个踢球的，解救全人类？是不是搞错了？

2

良久，C罗叹了口气。他并不笨，但眼前的情况显然超出了他的想象。黑市球？实在很难想象，什么样的黑市球能绑架这样两个球员来比赛。难道是某个狂热的有核势力的领导人发了疯，希望能亲眼看到C罗和梅西，否则就要引爆核弹？这也太疯狂了。

但黑衣人告诉他们的话，比C罗最疯狂的想象，更加疯狂："地球明天就要毁灭了。"

黑衣人一点也不像在开玩笑："你们可以叫我麦克尔。时间不多，我简要地介绍一下，为什么会把你们带到这里来。"麦克尔掏出一个遥控器，打开了房间里的显示屏。

二〇〇九年，地球第一次收到了来自外星球的信息。这个信息的内容是这样的："银河系区英仙座旋臂路太阳系小区地球的居民们，你们好。根据《三位宇宙星系星球拆迁管理实施细则》的有关规定，对下述星系建设基地范围内的星球拆迁，经审核发给星球拆迁许可证。希望被拆迁星球范围内的智慧体及生命体，共同配合做好拆迁工作。

现将星球拆迁许可证载明的内容和有关事项公告如下：

一、建设项目名称：银、野（即野鸭星系）客运虫洞英仙座旋臂通道改造。

二、星球拆迁人：银河系区英仙座旋臂路建设总公司。

三、星球拆迁实施单位：银河系区英仙座旋臂路建设总公司拆迁部。

四、建设项目拆迁范围：太阳系所属地球、火星、小行星带、木星、土星。

五、星球拆迁期限：地球公元纪年二〇一五年十二月二十一日四时。如对拆迁情况有任何异议，请随时与本局联系。银河系区英仙座旋臂路星系空间管理局。"

"原文是用中文发送的，可能是考虑到这个星球上说中文的人类最多。翻译它花了不少时间。"麦克尔换了一页演示文稿，"这个信息是通过某种高能粒子直接轰击人的视网膜得到的。当时，五个联合国常任理事国的元首都同时收到了这个信息。这个信息还告诉我们，我们可以通过高功率的无线电波与他们取得联系。这意味着他们离我们并不遥远。"

"几次沟通之后，我们确认了，这是一个拥有非常高技术的地外文明。他们已经可以通过虫洞进行超光速旅行，但在进入虫洞前需要一段加速路。他们新建的这个虫洞，加速路正好要从英仙座旋臂经过，而我们地球正好在这条通路的边缘上。他们所说的拆迁，就是将地球彻底毁灭，连灰烬都不剩。"麦克尔的演示文稿上，原本旋转着的地球突然消失，他抬腕看看手表，"时间还足够，我们可以接着说下去。"

"在这条通路上，对以20%光速运行的飞船来说，一个一百立方千米的物体就可能造成致命的损害，所以不能有星球的存在。他们的技术水平高出我们太多，所以我们只能听任宰割。所幸的是，与我们联系的并不是一个文明，而是一个文明联盟。它们分布在银河系的各个角落，因此有相当严格的契约与星际法约束自身的行为。在我们与他们联系的过程中，我们找到了他们法律中的一个条款。"

这个条款成了地球是否能够生存下来的救命稻草。根据《银河系文明发展留存法》的规定，银河系中的任何智慧生物群落都是银河系文明的重要组成部分，应该予以保护。当然，这种保护也是有限度的，能够享受保护的智慧生物群落，文明度不能低于△6级，而要想以完全投票权加入银河系文明联盟，文明度则要高于β3级，也就是自发掌握光速级航行能力，且能够自由将物质在一至六维之间转化。

"说来话太长了，反正你们只需要知道，地球的这点文明，根本不够看。就像你们在草地上踢球的时候，不会考虑踩死一只蚂蚱有多可惜，在那些外星文明眼中，我们连细菌也算不上。他们也不会考虑把人类作为一个物种搬迁走，因为这也划不来。"麦克尔接着说道，"但还有一种可能，可以让地球免于被毁灭。"

3

银河系文明联盟是一个高等文明建构的组织。在宇宙中，高等文明有很多种存在形式，以肉体生命为依托载体的就包括碳基、硅基等等，而无生命却拥有智慧的智慧体形式也不在少数，其中甚至有以波动为智慧形式的智慧体。纷繁复杂的智慧形式意味着银河系文明联盟是一个宽容的联盟——任何一个文明，不管其高低强弱，都有可能具有一些独特的特质。这是《银河系文明发展留存法》中关于"文明特殊文化遗产"的概念。

"具体到我们这儿，意思就很简单，如果我们能证明地球文明拥有某些值得被保留的特质，那么地球将被保留下来，以防止这种特质的丧失。当然，我们的行星之后将被用来专门发展和保护这种特质。"麦克尔说。

梅西思索道："可这和我们有什么关系？"

"因为没有人知道，究竟什么样的特质才能够让我们幸免于难。病急乱投医，我们只能挑选人类所有文化现象中的顶尖者。比如体育，人类的第一运动是足球，你们又是当今足球界的最强者，所以你们可以向外星人展示足球的魅力。"

"这不可能，足球是团队的运动，我们两个人能干什么？颠球还是盘球？"C罗怒道，"你至少得给我们一支球队，而且得给梅西巴萨，不能给他国家队！"

"时间紧迫，实在是来不及了，我们只能把身价最高的球员请来。考虑到足球是集体项目，所以才找了两个人。"麦克尔再次看了看表，"负责评判文明特质的是银河系文明发展留存组织的特色文明评比办公室，这个办公室只有三个智慧体，外加十五个临时工。六年前我们就了解到，最近一段时间银河系在竞争优秀系容的评比，各种工程多得很，他们每天要处理上千个星球提出的特质评判申请。安排给我们的评判时间，是格林尼治时间明天凌晨三点四十一分，时长五分钟十七秒。如果评判者认定地球文明没有保留的价值，在评判结束的瞬间，地球就会消失。"

"所以我们就要在这五分钟里踢足球给外星人看？"梅西摊手。

"不只是你们，一共有三万人将参与到这次评判当中。你们将同时在这里表演你们最拿手的东西。虽然机会渺茫，但也许拯救地球就靠你们了。"麦克尔说。

"等等。如果，我是说如果，地球真的因为足球被拯救了，结果会怎么样？"C罗突然问。

"这一点我们已经跟银河系文明联盟确认过了。如果足球真的有足以让他们保留下来的特质，他们一定会尽可能把地球保留下来。考虑到地球本来就在虫洞通道的边缘，他们可以稍微将虫洞通道挪移一点，这样做的费用比把地球整个搬走还要低一些。但是作为交换，"麦克尔看着他们俩，仿佛一个死人看着两个垂死的人，"足球将成为地球的唯一文明，地球人的一切行动，都要以将足球文化保留下来为前提。坏消息是，地球可能会被漆成黑白色；好消息是，你们俩还会是明星，地位可能比现在还高。"

"好吧，我能提一个要求吗？"C罗叹了口气。

"你能想到的一切要求，我们都能试图满足。"

"没什么要求，至少让我们看看电视吧，我想知道比赛的结果。"

4

格林尼治时间二〇一五年十二月二十一日凌晨三点整，布鲁塞尔的地下大厅。

这是一个面积十二万平方米、高三十米的大厅。刚硬的线条与粗糙的墙面说明它原来属于军队所有。这座大厅被用作地球人类接受外星人评判的场地——除了足够大以外，还因为它足够保密。

事实上，地球将要被毁灭的消息从来没有公之于众过。各国的元首们在了解了地球被拯救的可能性之后发现，要想拯救地球，所需要的文化特质不是太少，而是太多。如果让全世界都知道一切内幕，想要拯救地球的人们会多如恒河沙数。

而对于评判者来说，它需要将绝大多数的智慧模块用于评判文明程度更高的星球。像地球这样的低等文明，它只会使用智慧模块的亿分之三。这相当于人余光的一瞥——或者说，相当于同时观察三万个不同智慧体的活动，对这种活动中包含的文明属性做出评判。

可以想象，大量自认为身怀绝技、想要获得救世机会的人们会争抢这三万个名额，整个人类的混乱将不可避免。每个没有被选上的人都可能会开始抱怨，因为他们没能成为救世主，人类将最终毁灭。这种毁灭情绪到最后将把人类拖入万劫不复的境地。

何况，没有人知道，究竟什么样的特质才能让人类幸免于难。如果被选中的特质是人相食、近亲乱伦呢？就算不考虑这些极端情况，人们也必须正视一点：任何一种被选中的特质，都不可能让所有人满意，而这种特质将成为全人类生存下去的全部原因。

这意味着，即使人类能够存活，迎接他们的仍将是一个人类无法想象的悲惨世界。换句话说，人类已经注定要毁灭了——或者随着地球化为灰烬，或者失去为人的资格，而变成外星人的宠物。

既然毁灭的命运已经无法避免，为何要让人们在痛苦和疯狂中度过最后的六年？因而，这一消息被尽可能地保密。

但是，人类的生存本能让所有知晓这一事件的人都不愿放弃活下来的机会。因此，各国元首们很快捐弃前嫌，开始了被称为"拾贝计划"的秘密行动。"拾贝行动组"涵盖了各领域的专家和军方的优秀执行者，总人数为五十万人。这个行动组拥有人类历史上最大的权力和最智慧的头脑。如果他们都不能找到解救者，那么六十亿人也不可能找到。

行动组的所有人都通过脑科手术植入了"不能将行动告知无关者"的理念，只要他们有这样的想法，立刻就会癫痫发作而晕厥。这虽然曾经遭到了一定的抗议，但多数人仍然相信，不让这个世界知道悲惨的结局比较好。毕竟，外星人毁灭地球使用的是非常有效率的技术，地球和上面的一切会在瞬间气化，而气化了的地球也将被迅速驱散在虚空之中。

"拾贝行动组"采取了人类能想到的几乎所有方式来寻找可能拯救人类的文化。人类学组从每个孑遗文化中选出一个代表；艺术组收集一切能收集到的最好的美术、文学、音乐、行为艺术与装置艺术作品；体育组选择每种体育的最强者；思想组将所有有价值的作品收录起来……

但很快，他们被告知，这些举动并没有特别大的意义。评判者只根据目前人类能达到的文明程度来下判断，所以《蒙娜丽莎》《战争与和平》之类的作品，都可以扔进垃圾箱了。

而另一个坏消息是，评判者不认作品，只认活人。银河系文明联盟对此的解释是：被评判的文明可能通过贿赂其他文明的方式，获得一些足以使他们不被抹杀的作品。虽然地球文明显然还没有富有到能贿赂外星人的地步，但法律就是法律，必须一视同仁。这对行动组而言是一个好坏各半的消息——好消息是，他们可以把选择范围缩小到活着的人；坏消息是，这些人全部要在五分钟里集中到同一个地方，因为评判者的智慧模块只会对不超过一平方千米的区域瞥一眼。这是个不小的工程，但"拾贝行动组"拥有整个世界的力量。

在三万个席位不断被提名、被否决的过程中，一个因为毁灭即将到来而兴起的学派逐渐发出了自己的生硬。在这个名为宇宙社会学派的学术共同体中，一个共识很快被达成：技术、科技之类的文化发展不可能打动外星人——世界上最好的车工也只能达到微米级，而某些外星人的幼体做手工的时候，都可以随便把一颗行星削成纳米级精确的正方体。至于人类的那点科学水平，更是连高等文明脚下的灰尘都不如。

要说社会组织，人类似乎也不占上风。在银河系里大约三分之一的智慧体是碳基生物，其中有近一半在银河联盟拥有投票权。同样是碳基生命，它们基于自身复杂的生物属性而创建的社会学要华美绚烂得多。

宇宙社会学派的组成者几乎都是全世界顶尖的社会学家、哲学家和政治家。随着他们否决的项目越来越多，研究的主要方向也逐渐往虚幻与玄妙上靠拢。虽然人类对宇宙的认识依然无比肤浅，但也许人类的某一种思想、某一个观念，正好合于宇宙的真理——对于所谓"天道"的追逐，很快迎合了大多数研究者的想法。

一个没有人宣之于口的想法是：既然救世的点子我想不出，那么别人也一定想不出，只有在最难想到甚至目前还不存在的地方，才有它的存在。

当然，对人类艺术、体育、社会制度的展示也一直在筹备着。反正如果失败的话，世界就要毁灭了，既然如此，何不把所有的资源投注给"拾贝行动组"？对"拾贝行动组"的实力来说，这些展示不过是九牛一毛。

各个国家的领导者们并没有在这时候计较眼前利益，毕竟无论如何，在二〇一五年十二月二十一日以后，国家概念必然会消亡。于是，"拾贝行动组"享有人类历史上最丰富的资源。

"请你们两位过来，不过是举手之劳而已。今天在这里，光是体育明星就有几百位，还有好莱坞的顶级明星，世界上最优秀的科学家，等等。请原谅我们之前对你们保守秘密，毕竟你们都是有着光鲜身份的人，如果你们提前知道了计划，又不能保守秘密的话，造成的影响是无可挽回的。"

麦克尔接着对梅西和C罗道："其实，我们还做过很多其他的努力，比如给本来已经快破产的吉尼斯世界纪录委员会注资，还有在世界各国开展达人秀的选拔活动，希望能够找到拥有神奇技艺的人。但是，该死的收视率让这些比赛都变成了比惨，有个国家的冠军甚至是个没有双手的人。至于吉尼斯世界纪录，有钱的中国人都纷纷地建造最高的大楼、最大的雕塑，这些计划都失败了。说到底，人类的历史与未来，就靠你们这三万个明星了。"

5

凌晨三点三十五分三万名展示者到位，等待着评判者。现在，整座大厅里，站着三万名各个领域的顶级强者。这座大厅陷入了死寂，仿佛一座人类智慧与力量的博物馆，又仿佛一个墓园。

人类历史的墓园。

凌晨三点三十八分，地面上升起无数隔墙，将大厅分割成三万个小房间。每个房间里有一名展示者，展示者拥有三平方米的空间，而像C罗和梅西这样需要"团队配合"的展示者，则共享一个更大的房间。

凌晨三点四十分，所有人的呼吸都变得急促起来。评判者马上就要出现了。

大厅的顶部，一个显示屏亮了起来。这是一个经过精心设计的屏幕，屏幕的底色是红的，由三万个红点组成。每当评判者结束对一个人的评判，红点就变成绿色。屏幕的顶端是五分十七秒钟的倒计时，而屏幕的中央则是一个滚动的分数牌，不断显示结束评判的人们获得的分数。屏幕的右下方，是一个大大的数字，它会留存最高的分数——如果这个分数超过60分，那么人类的历史就还能得到延续。

凌晨三点四十一分，每个人的面前都出现了一个幻影，那是评判者的化身，一个老年男子，一头如雪的白发，戴着一副老式的眼镜，穿着白色的西装。他手里挂着一根拐杖，舒舒服服地坐在同样是幻象的沙发里，对着展示者们微笑。

展示者们感到很惊讶。一个戴着眼镜，身穿白色和服、蓝色裤子的年轻男孩指着老者，大声地吐槽："这……这不是那个人吗？这不是那个赌上性命也要炸鸡的男人吗？”

老者推了推眼镜："你好，我是评判者。为了让你们更加放松，我选择了你们最常见的形象。本来还有一个穿着红黄色衣服的人，但他的形象似乎比较不符合评判者的身份。时间不多，请开始你的展示吧。"

男孩依然没有停止吐槽："越这么看越觉得可疑啊……就算没有选择麦当劳叔叔，用肯德基爷爷的造型出现真的不要紧吗？"评判者依然微笑着："我是说，你可以开始展示了。"

"我已经开始展示了啊。"男孩从脚边的手提袋里不断地掏出手办、明信片、同人杂志、等身抱枕、游戏机……"虽然我也是刚刚才知道什么地球毁灭的事情，但我志村新八，好歹也是全球死宅比赛的冠军，绝对会好好吐槽给你看的！"

评判者饶有兴趣地看着新八君："死宅是什么？可以吃吗？"

两分钟之后，评判者扬起了眉毛："所以，死宅就是这么一群生物，他们因为心中对美丽的向往，因此放弃了追求异性而获得繁殖的机会，而是在思维体里构建出虚构的异性，并幻想与这些虚构的异性相处？"

他拍了拍手："能够在碳基的低等生物里出现这样的智慧，的确很值得鼓励。但是还不够，智慧生命为了崇高的理想而献出未来，这并不是什么特殊的东西。"

"不是这样的！山德士上校，我可不是一般的死宅啊！我是废柴，非常废柴的废柴啊！这样废柴的生物，就算全宇宙也不会找到第二种啊！"

"嗯，抱歉，废柴实在说不上是什么特别的品质。"新八面前的评判者消失了。

他沮丧地抬起头，发现头顶上的显示屏显示出41分，而那个隔间的编号正是他的：28590。

时间已经过去了两分钟，显示屏已经有三分之一变成了绿色，人类的最高得分是41分，而这个分数来自一个死宅的吐槽。这的确不能说是一个好结果。

6

C罗和梅西此时已经结束了评判。两个人花了最少的时间解释了足球的规则，然后开始互相盘球过人、颠球，C罗还在狭小的范围里来了一脚抽射。

评判者看了几眼，花白头发的身体突然撕裂成两半，随即变成两个人。

"这是一种消耗身体机能的行为，行为的目的是把一个球形物体放到一个长方形的框里。你们限制了，只能用身体的某一部分碰到这个球体。"评判者概述道。

"除了球形是我喜欢的形状之外，我无法看出这种行为的意义。何况，这也不是一个球形，这是一个丑陋的形状，地球人的工艺实在太差了。"两个评判者看着C罗脚下的足球，那只足球自己飘浮起来，在两名评判者之间飞速地穿梭着，好像是尾巴点上火油的耗子。

"即使是碳基文明里较为低等的脑椎生物，也不必使用这种粗劣的方式来控制一个物体。"两个评判者的幻象显然在以某种不为人知的方式控制着足球，球一会儿变成正方体，一会儿突然散开成无数个，一会儿变成了一个彻底的平面，最后好像被两股巨大的力量拉扯，爆炸了。

评判者也随即消失了。

与代表五百种体育项目的运动员们相比，代表各种现代艺术的两百名现代艺术家更快地失去了被评判的资格。他们的作品让评判者只看了一眼就移开了眼睛，虽然它根本不用眼睛看东西，但它模拟的人形依然惟妙惟肖地用肢体动作反映出了它的思维。

"地球人管这些东西叫作他们的艺术？它们既没有美，也没有力量，还缺乏真正的智慧。或者说它们简直就是美的反面。"评判者几乎同时在这些艺术家面前消失，显示屏在时间走过二十秒的时候就突然绿了一整片，这让在场的工作人员一度十分紧张。

好在当下所剩不多的几位古典画家与雕塑家的作品，还都获得了评判者的好评。尤其是一位泥塑家，他的双手动作之巧妙，甚至让评判者也感到了一丝兴趣。虽然评判者眼中的人类与人类眼中的细菌无异，但评判者强大的观察能力让它能够分辨最细微的差别。

这位艺术家得到了43分，他欣喜地向评判者鞠了一躬："即使人类毁灭，我也足够快乐了，我的手得到了您的赏识。"

与此同时，在大厅一角的监控室，一位来自日本的工作人员正在观察着各个小隔间中的情况。看到这一幕，他不禁拍了下脑袋："早知道如此的话，让那位拥有神的手指的加藤大人也来参加，也许就算是外星人，也会高潮的吧……"

7

评判仍在继续，时间已经走过了三分半钟。目前的最高分是由霍金创造的49分。在评判者面前，霍金可以直接用脑中的思维与它对谈，因此谈话的速度与思想的速度一样快。

评判者结束了对话之后，客气地向他致敬："虽然你的理论错得离谱，但设身处地，当你是这样卑微的智慧体，拥有如此短浅的目光时，你能想到这些，的确不容易。"

霍金那原本瘫痪而无表情的脸上，则是显而易见的惊讶："原来……原来是这样……宇宙的奥秘之伟大，不在于我们如何想象，而在于我们永远无法想象。评判者先生，您所在的文明拥有多少维度呢？"

评判者没有回答。

因为宇宙社会学派的影响力，各种玄之又玄的学说都有自己的代表。而在代表世界主流观点的西方人看来，古老东方的玄妙学问似乎有可能把外星人糊弄过去。但他们很快发现，所有的宗教、哲学代表，都在短时间内结束了评判。

"阿弥陀佛，我佛慈悲。"一位老僧双手合十，"原来我释家求的空明寂静，不过也是纷乱六道。"

"物理学家、化学家、哲学家、思想家、宗教大师……都和评判者说不上几句话，真不知道有谁能让它感兴趣。"大厅外，一位老者从监控录像里看着大厅里的一切。他是"拾贝行动组"的最高组长，美国前总统乔治·布什。这位大智若愚的老人卸任之后本打算回到得州当大学教授，他怎么也想不到自己会被招募成为"拾贝行动组"的组长。

他的眼睛很快亮了起来，一个没有带着任何道具的年轻男子，穿着一身破破烂烂的西装，却把评判者的注意力给吸引了过去。

"所以说，就是先富带动后富，国家用这种方式，从你这里收拢一些闲散的资金，然后投入到西部大开发里面去。当年美国开发西部的时候，就是这种方式。现在他们说打击传销，那我们这不是传销，是网络共富计划。国家说要打击，是为了试验你们这些参与者，把那些意志不坚定的、能力不突出的给筛选掉……"

年轻人说着完全和拯救人类没有关系的话，但显然他那没来由的自信让他即使面对文明程度相差天渊的外星人，也丝毫没有退缩。

"这是个搞传销的。"老者背后，一个东方面孔的中年人嗤之以鼻，"你们居然把这种人也招进来了，真是莫名其妙。"

"虽然不知道他能有什么用，但被派过去带他过来的特工，在三个小时内就被他说服，付了五万美金。"

"那是你们美国人太好骗。你们要多到我们这儿的机场转转，那些成功学大师能把你老婆卖给你自己，你还给他钱。"

在大厅角落的监控室里，那位日本工作人员突然爆发出一阵欢呼。他看到，两个日本人吸引了评判者的目光。

"苍井空加油！"他不由得又吼出了一声。虽然他并不喜欢这个年龄已经不太适合继续拍AV的女优，也不太清楚为什么会选择她作为色情明星的代表——事后人们知道，因为这些领域不是专家、学者们的专长之处，又不能搞个比赛来决出冠军，因此只能挑选知名度最高的人作为代表。

苍老师毫无疑问地因为在中国的高知名度而获此殊荣，可怕的中国人。

此刻，苍老师正和一个叫不出名字的男人努力地工作着——成人电影的男演员通常都不需要叫得出名字。

评判者侧了侧头，花白的眉毛微微耸起："这是你们这一类碳基生物的繁殖行为吗？我不明白，为什么你们需要变换这么多种姿势，还要发出无意义的叫声？这对你们的生存没有好处。"

"我们的职业就是在镜头前做，然后把它拍摄成片子销售出去。会有许多人愿意购买。"苍老师已经结束了战斗，说道。这显然引起了评判者的更多兴趣："所以，你们的繁殖行为不以繁殖为目的，而且可以让别的个体愿意付出代价来观看。"

他仔细想了想："繁殖行为不以繁殖为目的却能带来愉悦，这必然导致雄性和雌性之间的社会组织发生变化……这很有趣。可是还不够。"

五十分。这是人类的第一个五十分。

看到色情女星没能得到六十分，布什先生叹了一口气，不知道是惋惜还是放松。不管怎么说，全人类都变成色情明星，这样的未来还真是……让人挠头。

8

评判过程中还出现了一个小插曲。一位名叫埃文斯的社会学家因为其"生物共产主义"的思想，成为演示代表。从他看到评判者的瞬间开始，他就突然怒吼着一些听不懂的话，诸如"毁灭人类暴政，世界属于三体"之类的。

总之，他不断地告诉评判者，地球文明已经有多么罪恶，人类的原罪有多么深重，必须毁灭。"毁灭我们吧！你知道猜疑链吗？你知道技术爆炸吗？"埃文斯声嘶力竭地吼着，想要扑过去吻评判者的脚。但评判者不为所动。

在哭喊了四分钟之后，埃文斯站起身来，引爆了事先吞下的塑胶炸弹。不过，看上去纤薄的隔墙挡住了爆炸的威力，死者只有他自己一个人。

"智慧生物发展到一定阶段，的确会对自身的存在意义产生怀疑。而因为这种怀疑毁灭自己，可以看作是某种真正智慧来临的前兆。可惜，人类的文明程度远远没有到达这一阶段，你们现在产生这种思维，只能说是矫情。"评判者摇摇头。

尽管如此，埃文斯的自毁仍然得到了52分的高分，但时间已经所剩无几。

五、四、三、二、一。时间到了。

人类的最高分停留在了五十二分。所有的人都看向了地下室顶端的大屏幕。

一片死寂。每个人类都变成了宇宙中最孤单的个体，想要寻找同伴来依靠。

三万个演示者中的绝大多数此刻都一个人待在隔间里，他们是这世界上最孤单的人。有人开始啜泣，也有人坐倒在地，但更多的人保持着抬头的姿势，一动不动。虽然他们都知道希望渺茫，但死刑的宣判还是让他们难以置信。

C罗和梅西是演示者中的幸运者，至少他们还在同一个房间里，有一个同类可以拥抱。

"我们完了。"

"是的，没有时间了。"

"真想再跟你踢一场国家德比啊。"

评判者的形象出现在屏幕旁边，他依然以肯德基老爷爷的形象出现，飘浮在空中，依靠在屏幕的边框上。

"很抱歉，人类，你们的表现不能让人满意，原定的拆迁计划并不能因为你们的努力而改变。"他摊了摊手，"但规定就是规定。我们也是依法办事。"

"等等！"一片安静中，一个女孩子的声音响起来。那是个十岁左右的金发女孩，有漂亮的蓝眼睛和长长的翘睫毛。她已经泪流满面，怀里抱着一只两三个月大的小萨摩耶犬。小狗不断地发出呜咽，好像已经知道了即将降临的命运。在她的脚下，盘着一只灰白黑相间的虎斑猫。

她站在所有隔间的外面，抬着头，悲伤地看着卖炸鸡的老爷爷。

"这小姑娘是怎么进来的？"布什皱了皱眉头。照理说，除了工作人员和演示者，没有人会知道这里，也不可能进入这个地下空间。

"她是我的女儿芙拉尔。我不能想象在我们死去的时候，她不在我身边，所以我违反了规定把她带进来。你们可以处罚我，但我觉得已经没有必要了。"同样泪流满面的是布什身边的一位女性工作人员，她有着和小女孩一样颜色的金发和蓝眼睛。这是她的一点私心：如果真的要死，至少她希望和女儿死在一起。

反正就算要有什么惩罚，也不会比被外星人彻底消灭更严重。

"多拉特，你违反了规定，但处罚已经没有意义了。和你的女儿在一起吧。"布什仿佛瞬间老了十岁。

本来，"拾贝行动组"的工作是绝对的机密，但是母爱胜过了一切纪律。多拉特把女儿装在放设备的手推车里，带进了地下空间。把三万名演示者在最短时间内集中起来需要复杂的程序，即使"拾贝行动组"的工作人员训练有素，也难以避免组织上的混乱。不要说是一个女孩，连塑胶炸弹都被带进了现场。

为了安抚女儿，多拉特甚至让女儿带上了她的宠物：一只老猫，和一只最近刚开始养的小萨摩耶犬。此刻，新生没多久的小狗肉团团毛茸茸的，发出可爱的咕哝声。

聪明的芙拉尔在现场晃了一圈，很快就明白了：外星人要毁灭地球，所有人都要死。十岁左右的女孩，已经可以明确地知道，死是什么意思了。

"嗯？这是什么？"

评判者的身影突然出现在了小女孩面前，向小狗伸出一根指头。她怀里的小狗看到手指，下意识地舔了起来。

"奇怪的生物。是一种以其他碳基的运动生物为能量来源的生物，但又经过了非自然的繁殖选择。脑内具有服从人类这种生物的先天设计，身体的结构也不是纯自然的……"

评判者很快勾勒出了这样一幅景象：人类与这种食肉动物敌对，互相撕咬攻杀；人类第一次把这种动物关在自己的木栅里；人类给它喂食，它慢慢成为一种叫作狗的生物；狗忠实于人，不惜自己的生命也要保护人类；狗的食物因为人类而发生变化，狗的身体也在人类的选择中被改造……

"这是一种奇怪的共生关系，你们管它叫什么？"评判者头一次露出了疑惑的表情。

女孩昂起头，大声回答："狗是我们的朋友，我们的宠物！"

"宠物。"评判者重复了这个词。

这一刻，评判者临时决定把对地球使用的智慧模块增加到千万分之六，也就是原先的二十倍。它迅速接驳上了地球人类使用的低层次电脉冲信息网络，在五秒钟内浏览了网络上所有关于"狗"的信息。它看到，一些人将狗视作自己的孩子，给狗治疗身体不正常的代价比给人治疗更高。而人类中，有一些以狗为有价值的食物，另一些则把狗看作比人类还要美好的生物体，他们甚至冒犯人类的法律，去抢夺原本将被另一些人类杀死的狗。

这些被称为"狗粉"的人类经常被他人嘲笑为"狗娘养的"——奇特的是，作为人类的"朋友"，"狗娘养的"在人类的语言中是一种侮辱和冒犯——却甘之如饴。

"这真是一种奇怪的共生关系。不，这不是共生关系，这是一种更加……更加……特殊的关系。对于狗来说，人类是它们的神，一种智慧生物变成了另一种生物的神，这……"

评判者沉吟着，显示屏上的分数也一点点往上提升，五十二、五十三、五十四……所有人的呼吸都停顿了。

但分数停止在了58分上。人群中发出懊丧和愤怒的呼声。

"抱歉，规定就是规定。根据我的计算，这种关系虽然特殊，但还不足以让我们挪移开预定的施工线路。"评判者摊摊手，这是他刚学会的动作。

所有人都沸腾了。如果原本就没有希望的话，他们可能会木然接受这个事实。但现在，没有人能接受希望被再次夺走时的痛苦。隔墙没有放下，工作人员的房间门也被锁上，如果不这样的话，演示者和失去理智的工作人员会冲出来，将彼此撕得粉碎。

"人类，至少应该保留安静走向毁灭的尊严。"布什抓过话筒喊话。仍然拥有智慧的人们，开始慢慢坐下。

评判者安静地看着人类。他并不是在等待人类的毁灭，只是预定的施工时间还没到。

此时，一个声音响了起来："那么，这样够不够呢？"

评判者的智慧模块里有着一套完美的解译系统，至少对于用波形传播的智慧信息，它都可以在瞬间读懂。它立刻发现，这条信息并非来自于人类，而是来自于女孩脚下的猫。

"你也是智慧生物？"评判者没有发出声音，它直接与猫建立了思维连接。

"是的，我知道你有办法让人类听懂我在说什么，请这么做吧。"那只老猫很快适应了直接通过思维来交流，评判者借此了解到，这只猫的智慧并不低。

一个沧桑的男子声音在整个地下大厅里响了起来。对于评判者来说，将猫的语言转换成人类的语言，并通过大厅里的扩音器转播，是件无比简单的事情。

"如果说，人类豢养一种宠物，就已经可以算得上是一种有特质的文化，那么我相信，我们猫族的文化比这种文化更有特质。我们一直表现出可爱、温顺的形象，让人类对我们爱不释手、认真照顾。我们不必花心思在寻找食物与繁衍种群上，人类将我们照顾得很好。而当我们需要自己行动的时候，人类对我们毫无约束力，我们随时可以成为他们口中的流浪猫。"

那个沧桑的男声接着说道："一种高等的智慧生命，让另一种低等的智慧生命心甘情愿地付出情感和代价，还自以为拥有那种高等生命的主宰权。但其实，我们就是他们的神。"

那只老猫一边喵喵叫着，脸上呈现出诡异的笑容。

六十一分。

"这是给猫族的分数，猫与人的，宠物关系，让地球赢得了保存下去的机会。"评判者说着，"你们会很快得到银河系文明发展留存组织的资助的。"

尾 声

五年后。

亭亭玉立的芙拉尔被一只大白狗拖着，在洒满阳光的街道上飞奔。漂亮的女孩，漂亮的萨摩耶，成了香榭丽舍大街上的美丽风景。

不过，并没有太多人注意这些。因为，街上几乎每个人都牵着狗遛着，大大小小不同种类的狗儿们互相用叫声打着招呼，即使是陌生人也交流着养狗的经验。

拉着雪橇的阿拉斯加犬一边奔跑，一边和站在人肩膀上的吉娃娃打招呼，后者却不屑地哼了一声，表示"本小姐才不认识你们呢"。

而街道上空五米，则是密如蛛网的自动步道。这些宽仅二十厘米的轨道延伸到每户人家的家中，猫儿们可以通过这些自动步道随意串门。

任何一户人家的家里，都能找到一两只猫咪——房间里堆满了猫、狗玩具，冰箱里少不了骨头和牛奶，人世间已经变成了一个宠物的天堂。

因为受到了银河系文明发展留存组织的关注，"人·猫"文化成了"银河系非物质文化遗产第三百六十二级"。这个等级虽然不高，但足以让银河系文明联盟向人类提供一定的资助——这种资助当然不可能让人类的文明变得过于强大，以至于失去与猫共存的习性，但足以让所有人类都不必从事劳累的生产才能生存下去。

这是一个人类可以按需分配的社会。

但反过来说，人类只能不断地和猫相处，自身的文明则没有了其他发展的可能性。从某种程度上说，人类文明也成了一种宠物。事实上，在银河系文明发展留存组织的存档中，这一宠物文化中的饲主是猫，宠物才是人。

虽然这些信息的公布曾经一度引起社会动荡，但既然能够活下来，没有多少人会继续魂不守舍下去。现在，大家都乐于豢养猫狗——这也是银河系文明发展留存组织的要求。

虽然人·狗文化只获得了五十八分，但是考虑到这个分数已经很高，在人类文化得以留存的前提下，银河系文明发展留存组织也给养狗行为拨付了一定的资助。

此刻，人们的生活安定和谐。

那只萨摩耶奔跑着。作为唯一经历了那个历史性瞬间的狗，它在狗界与人界的地位都很高。它骄傲地抬起头，抖擞了自己雪白的毛，发出一声长啸。

这是一声狗语解译系统也无法解读的长啸，只有狗才能理解。它的意思很简单："我们，绝不能居于猫之下。"

我想变成一只霸王龙

没有忧愁和孤独

只有眼中的肉块，鼻端的血腥

我想奔跑捕猎

过比刀耕火种更原始的生活

追恐龙的男人

李李觉得恐龙能够理解他。他在这儿没有朋友，也没有爱人。
每次李李意识到自己的孤独，他就写一首诗。

1

李李醒来的时候，恐龙还在那里。

是一只并不太大的恐龙，如果按照科普图册上的说法，这种龙叫作梁龙。梁龙应该有三十米长，但李李面前的这只只有十五米长。尽管这样，它抬起头的时候也能够到三层楼的高度。

李李看到恐龙的时候，刚刚从宿醉当中醒来。酒是劣质的白酒，主要用来御寒。他看到梁龙的脑袋在窗子上轻微地碰撞着，好像是在叫门。

李李吓得差点尿出来。前一晚上喝了太多的酒，他本来就很想上厕所，他摸索着抓起床头的眼镜，架在鼻梁上。确实，是一只恐龙。

李李从窗子里观察梁龙。梁龙慢悠悠地嚼着树上的叶子，落下的叶子在李李的窗前下起了一场小雨。李李从铁皮小屋的铁皮门里走出来，看着梁龙优雅的长颈。梁龙在李李面前躺了下来。李李大着胆子触摸梁龙的皮肤，那是种厚重却不粗糙的触感。

2

没人知道李李养了一只恐龙。他是这片空地唯一的看守者。李李高中毕业之后本来有机会考大学，他想学古生物，去新疆挖恐龙化石。他从小就喜欢恐龙，去自然博物馆看恐龙骨架能看一下午。可是高考那几天连着发烧腹泻，他差了几分没能考上，进了轮胎厂当工人。轮胎厂的工人说起来也不差，但他仗着自己读过几天书，对车间主任都不买账。虽然其他工人都觉得李李敢说、敢做，而且又聪明又有办法，可所有领导都不喜欢他。

"知识越多越反动，是对的。"车间主任说。李李来了之后，又想改生产流程，又想组织工会搞活动，这样的人不反动谁反动？所以，就把李李调动到了郊区的一片大货场，让他看货。

这片货场很大，有四五个足球场那么大，但是经年没人打理，围墙里的野树长得比墙都高。每周有几班卡车过来，把原材料运到这儿，生产出来的轮胎如果有库存，也都堆在这里。这两年，因为效益差，订单少，厂里的堆场就够堆原料和成品了，这块货场就越来越荒。把李李调过来，就是把林冲发配到草料场，可李李手里没有花枪，只有一把面板裂了条缝的吉他。

恐龙很聪明。李李在的时候，它跑出来，虽然不和李李交流，但总会在李李的视野范围里。偶尔有卡车开进来运东西，恐龙不等李李说话，就会自己跑到树林最茂密的地方躲着。

李李觉得恐龙能够理解他。他在这儿没有朋友，也没有爱人。偶尔回家的时候，妈妈成天埋怨自己不该太出挑，爸爸想着给车间主任送几瓶酒，让他调回去。他不想在货场里耗费自己的青春，但也不想回车间。值班的时候，如果碰上大冬天，他就喝酒，让自己暖和。喝酒比烤火好，很多看仓库的人烤着烤着便睡着了，就一氧化碳中毒死了。

李李写诗，他想当一个诗人。

我站在你的脖颈上，
你抬起头，
我就俯视这个世界。
你的长颈伸到过去和未来，
比我的寂寞还要长。

3

三只恐龙围绕着李李。除了梁龙，还有三角龙。一只大的带一只小的。小三角龙只有猪那么大，经常拱到他怀里，把他撞一跟头。

李李去应聘销售员。爸妈都不同意，爸爸说轮胎厂再差也是铁饭碗，民营企业老板都坏，而且说不定就倒闭了；妈妈说，干销售太苦，别去。

李李也不想去，他想当诗人。但是人得吃饭，得讨老婆。家境不算好，在轮胎厂混下去太没前途了。

他走到货场外的一个围墙缺口，这地方只有他知道。他穿着借来的西装，钻进围墙，喊了两声。五只恐龙走过来围着他，像要听他的演讲。李李想了很久，说：你们乖一点，我会来看你们的。

迅猛龙悄无声息地跳过来，龇着牙跟他拥抱了一下，爪子差点把他的袖子都扯破了。

李李很卖命地拜访客户，请客吃饭。他交了很多朋友，在酒桌上。老板经常跟他说："小李啊，你很聪明，就是书读得太多，不够野。做销售的，要野一点。哪有带客人去保健，自己在外面等的？你让人家怎么想？"

李李躺在粉红色的床上，一个姑娘在他身上纠缠着。"第一次啊？姐姐不欺负你。"她抱住他，指甲尖锐，涂着黑色的指甲油。

李李想起迅猛龙的拥抱。

每次李李意识到自己的孤独，他就写一首诗。

我想变成一只霸王龙。

没有忧愁和孤独，

只有眼中的肉块，鼻端的血腥。

我想奔跑捕猎，

过比刀耕火种更原始的生活。

李李周末的时候偶尔会回到货场上去，看他的恐龙。货场上的恐龙越来越多，甚至有只巨大的霸王龙。他有时候会顺着霸王龙的尾巴爬到它的头上，让它载着自己兜风。

没人知道他有一群恐龙。

4

李李二十七岁那年结婚了，老婆是相亲认识的，初中生，在中央商场当售货员。老婆很漂亮，头发烫成时髦的卷。李李相亲的时候穿着自己最好的西装，戴着金丝边眼镜，文质彬彬，看上去像大学毕业。

说起来李李是喜欢这个老婆的，老婆会持家，会做家务，做完家务，端着瓜子一颗一颗地嗑，像小松鼠。但是李李还是有种说不出来的不满足。他想，我怎么不满足呢？自己现在是销售部的副经理了，赚钱多，老婆好看，也不吵架。

大概是老婆不太和他聊天的缘故。老婆关心的电视剧他不关心，哪个小姐妹嫁了外国人他也不关心。这么说起来，不是老婆不和他聊天，而是他不和老婆聊天。但是他要聊什么呢？写诗吗？小年轻才写诗，他已经很久不写诗了，自然也聊不起来。

但是等到小孩出生，李李就没空想这些了。他跟老婆一起照顾小孩，给她洗尿布，为她泡奶粉。偶尔他坐在书桌前，拿起钢笔吸饱墨水，端起架势，半天也写不出什么来。

有一个礼拜天，老婆要去上班，女儿被李李的爸妈接去玩，李李突然发现自己没什么事情可做。他去了货场，发现那里有二十多只恐龙，像是最近上映的侏罗纪公园。恐龙们听到他来了，一只只地走出来，一只翼龙把他抓起，在空中盘旋。

5

李李赔了一万三千块了。交易所门口的股神的话，果然是听不得的。连交易所门口卖茶叶蛋的老太太这两天都没精打采的，股票大跌就没有人买茶叶蛋了，最多买个白馒头吃。

李李的公司效益不好，好几个月都只发基本工资。听说台湾老板有可能要跑路。台巴子，不能让他跑。李李心想，他还欠了自己三个月的奖金没有发。

要不换个工作吧。可是能去哪里呢？现在的小年轻都会用电脑，他也去学办公自动化。李李会写诗，但是不会玩电脑，老师说："把鼠标放在屏幕左上角的'我的电脑'上，双击。"他拿起鼠标，放在屏幕上，引发一阵哄笑。

回到家里，老婆提起一起做售货员的小姐妹阿玲，老公现在做了大生意，刚刚在古北买了套别墅。古北是日本人住的地方，楼下的菜场卖的不是带鱼黄鱼，而是三文鱼刺身。

李李不搭腔。女儿一跑一跳过来要补课费，六百块十五节课。老师说了，女儿学习成绩好，潜力不错，有机会上重点大学。

李李觉得女儿真好看，眉眼像当年的老婆，面架子像自己，尖下巴，皮肤好。李李从皮夹子里掏出六百块，又加了一百给女儿，当零花钱。

晚上他想喝酒，老婆不让，李李现在肝不好，不能喝。

李李带着啤酒去货场，跟恐龙喝酒。不要看霸王龙个子大，一罐啤酒下肚就站不稳了。恐龙都不擅长喝酒。他带了两打啤酒过去，二十四罐，每龙一罐。喝完了之后，他们一起发起酒疯来，把货场弄得尘土飞扬。恐龙跳舞，他也在恐龙的大脚之间跳舞。

他举着啤酒罐，大声吟诗。

我醉了八千万年，

醒来的时候，同伴已经是化石。

我醉了八千万年，

醒来的时候，我已不是主宰。

6

李李回到家，老婆说要离婚。女儿总算考上了大学，她也没有什么牵挂和顾忌了。李李其实知道不对劲，老婆这两年打扮得越来越时髦，头发烫得比年轻的时候还要妖，出门必涂口红。他想，老婆不容易，以前售货员是众星捧月的人物，现在呢，变成服侍人的生意了。所以老婆出门去找朋友玩，李李也不管。

现在老婆要找一个跳恰恰的男人好了。李李见过这个男人。他心里想，这个男人腰细腿长，走在路上一双桃花眼放光，从十五六岁的小姑娘，到五六十岁的老阿姨，都要多看两眼，自己老婆搭上他也是正常的，他竟然没觉得太生气。女儿倒是大哭大闹，说要跟妈断绝关系。

李李在货场边上打个呼哨，一只梁龙站到围墙旁边，把头伸过围墙，李李抱着恐龙的头颈，过了围墙。他年纪大了，围墙上的缺口好歹也有一米八的高度，他翻过去有困难。

李李抱着梁龙，他知道这就是最早出现的那只。它带着李李绕过可能有人经过的路线，走到货场深处。那里多了一只马门溪龙。马门溪龙太大了，自然博物馆里的骨架就是马门溪龙，有四五层楼那么高，五十吨重。看着它的时候，李李惊叹，为什么造物主会造出这么大的生物，偏偏又那么雄伟美丽呢？看到它，李李就觉得离婚也不是什么大事了。

7

李李退休那年，货场要拆了。轮胎厂早就关门了，开发商要把货场建成新的楼盘。李李去货场的时候，所有的恐龙好像都得到了命令，在他面前一字排开。李李突然有一个想法。他爬到马门溪龙的头上，大声叫："跟我走！"

五十九只恐龙，大大小小，熙熙攘攘地走出了货场。货场的门被三角龙母子一顶就顶翻了，看守货场的家伙吓得大叫。恐龙们往市中心走着，仰着的头摇摇晃晃，像是海上的桅杆。

李李站在最高的地方，放声大笑。它们走过那个跳恰恰的男人家，雷龙用脑袋一甩，就把他家的玻璃全都砸碎了。那个男人目瞪口呆地望着窗外。

恐龙走过女儿工作的写字楼。他知道女儿在五楼，位置靠窗，能看到。马门溪龙用脑袋轻轻敲了敲女儿的窗，女儿看到他对着自己挥手。

它们走到市中心，恐龙的步子大，走起来很快，全市都沸腾了。五十九只恐龙，占住了主干道，所有的车都停下来，让它们通过。李李在马门溪龙头上大叫大喊。

> 我是强壮，
>
> 我是力量，
>
> 我是生命的全部。
>
> 我是雄伟，
>
> 我是疯狂，
>
> 我是遮天的围墙。
>
> 我用践踏代替思考，
>
> 用怒吼代替飞翔。

五十九只恐龙载着李李，往远处走去。

直　播

哈特坐倒在椅子上。在几分钟之前，他还心情平静地准备成为人类的救世主，而现在，他有充分的理由滑落进撒旦的怀抱。

对于詹森·特里而言，这是个重要的日子。他主演的第一部电视剧《西域之界》今天晚上七点半会在全国电视网播出——作为出道已经三年的演员，特里无论长相还是演技都已经得到了圈内的认可，但至今还没能作为主演出演过电影和电视剧，更谈不上有什么代表作。

不过，这次的《西域之界》从剧本到导演再到特效都很优秀，詹森·特里很有希望借着这部片子踏上一个新台阶。这个日子，詹森·特里特地把老爹老娘、叔伯嫂婶一大家子人都接到自己家里来，共同见证。

时间到了七点三十分，詹森·特里和家人一起坐在电视机前，等着自己的出场。电视画面里，荒原之上，一只苍鹰翱翔闪现，激烈的主题曲响起，"西域之界"四个大字出现。

詹森·特里搂着老母亲的肩膀，指着电视："来了，来了，第一个镜头就是我！"

镜头切换，一个穿着汗衫短裤的青年人出现在画面当中。詹森·特里举在空中的手指凝滞了："这是谁？"

青年看上去长相普通，理着干净的短发，脸上架着眼镜，但神情颓丧，人也东倒西歪的，看上去像是喝了不少的酒。看他身处的环境，好像是在洗手间里，旁边有水斗，他身后则是个瓷马桶。在詹森·特里面前，青年旁若无人地大便，脱下的短裤垂在脚边。

"这……这什么情况？"詹森·特里就这么看着这人慢慢地一边大便一边随手乱翻手里的杂志。大约六分钟之后，他从身后的篓子里抽了几张草纸，擦着屁股，最后抽掉了马桶。而画面也在这一瞬间闪动，露出的是詹森·特里身着牛仔装束、手中举杯的造型，电视屏幕上的詹森·特里哈哈大笑道："真是好味道！"

詹森·特里完全不知道发生了什么。这句台词本来是表现主角的酣畅潇洒，却不想中间突然被插入了一段莫名其妙的影像，还正好衔接在了一起。房间里，几个平辈的表兄表妹都纷纷笑出了声，而年纪较长的叔伯辈有的还没转过弯来，但心中觉得奇怪那是肯定的了。

詹森·特里的第一反应是电视台有人恶作剧，故意嘲弄他，但他很快注意到了一个问题：他是在家里的电视机上看到这一幕的，既不是样片也不是DVD。也就是说，这一幕也被所有当时在看这部片子的观众所目睹了。哪个电视台的工作人员会有胆子做这样的恶作剧？

在这一瞬间，詹森·特里所见到的画面被数亿户人家的电视机所接收到。每个电视台的观众看到的，都是这个年轻人蹲下、大便、擦屁股的样子。这段六分钟的画面覆盖了全球每一台电视机。那六分钟时间里，无数电视台的工作人员为之抓狂，他们找不到任何故障的原因，也找不到这段视频的来源，甚至连关闭发射机都做不到——除了俄罗斯的一家电视台，果断的电视台工作人员用消防斧把不听话的机器给劈了，却仍然无法阻止信号的传播。而在日本，因为习惯于各种诡异的搞笑节目，无论是工作人员还是观众都没有注意到这件事情。

总之，在那六分钟时间里，不论原定的节目是《新闻联播》还是《动物世界》，全世界都看到了一个年轻人大便的全过程。

1

对于这一切，哈特·拜尔斯茫然无知。他的厕所里没有电视，所以他并不知道，自己的脸以及屁股，已经在刚才的那六分钟里面上了全世界的电视。事实上，在他租住的小房间里，甚至根本没有电视。而且，黑心的房东连网费都是按月付的，哈特断网已经好几天了。

在二○一七年八月的这个夏夜里面，全世界为了他的脸和屁股而陷入疯狂的议论，而他却一无所觉。

　　在当地时间晚上七点四十五分的时候，Twitter、Facebook、微博的头条已经全部都是这个年轻人的脸。在七点三十六分的时候，人们多数认为这是个恶作剧，并且还有人拍照上传。但七点四十分的时候，已经有敏锐的互联网用户们意识到，这似乎并不是一个地域性的、单纯的恶作剧——七点四十五分的时候，已经有人发现，在不同国家、不同地方，无论时差，所有电视机的所有频道同时播出了这个人大便的样子，这是任何一个恐怖分子都做不到的事情——别说恐怖分子了，就算把联合国五常的元首们捆一块儿，都办不到。

　　行动最快速的无疑是媒体，在报道"多家电视台被不明信号入侵"的同时，CNN、BBC都开始根据视频中人脸的长相、厕所的陈设、窗口的日照以及年轻人手中拿着的杂志猜测其所在的位置。应该说，他们的媒体素养相当优秀，在当地时间晚上八点时，已经有媒体判断出，哈特应该是一个住在底特律的青年人。从他的表现来看，他并不知道有摄像机对准了他。

　　与此同时，在全球范围内，几乎每个国家、每个城市的电视台都立刻向警方求助。对于这样的事件，警方毫无疑问必须介入。对任何一个国家来说，即时性媒体的安全性都是极端重要的，正在播出的电视节目被人篡改，不要说是播放活人大便，就算是播放天线宝宝，也是严重的播出事故，甚至是公共安全的严重危机。

　　除此之外，全球警方迅速跟进的原因还有另一条：不光是电视机，所有的闭路电视也出现了同样的画面——对于交警部门来说，一整面监控视频墙上近百个擦屁股的男人，实在是太过震撼的场景——这意味着所有的监控探头在这六分钟内都是无效的。

但疯狂还没有结束。当天晚上，因为喝了劣质的朗姆酒，配上油腻的土耳其烤肉卷，哈特上了三次厕所。而这三次大便的过程全部被全球直播了——其中有一次还正好赶上了美国总统的全国演说。

但直到第二天出门之前，哈特都完全不知道这一切的发生。他自己在底特律的市区租住一间小公寓，房东除了收房租之外也从来不出现，至于邻居更是很少打照面。他克制着宿醉带来的头痛，匆匆地洗漱完，打上难看得如同死蛇的领带，穿上皱巴巴的西装，提着公文包出了门。

哈特的工作在穿西装的人当中算是最低级别，勉强胜过商场保安——他在一家汽车用品公司当销售，推销一种号称能够让车漆不会损伤的喷剂。说实话，在现在的底特律，这算不上一份有前途的工作。

而哈特本人也并没有什么销售天赋。他长得不丑，说不上俊朗但至少五官端正。但问题在于，他实在是一个缺乏存在感的人。平时，他在快餐店排队买热狗的时候，经常会被店员忽略；下午的时候，他在一家洗车店等了三个小时，店主的助理愣是忘了有这么个人存在；到了晚上，他走进便利店买酒的时候，玻璃门都没感觉到他的存在，害他"砰"的一声撞在门上。

但今天不同。哈特在街区里行走了三分半钟，迎面见过二十一个人，这二十一个人中至少有十八个盯着他的脸看，甚至有人因此撞上了树。

所以，当哈特意识到这些行人都在看他的时候，他的第一反应是自己脸上是不是有什么东西。他走到一家书报亭前面，书报亭的玻璃橱窗可以映照自己的脸。他对着玻璃看了看，没发现什么特别的东西，但双眼随即再也移不开了。

书报亭的早报头版有一张熟悉而陌生的脸——与照镜子不同，普通人在发现自己的脸被印在报纸上的时候，往往会有种诡异的违和感。这张脸很清晰，而背景更是熟悉，那不就是自己家有些脏污的卫生间吗？而且，更重要的是，自己正坐在马桶上用力，报纸给下身部分打了马赛克，但还是能勉强看到光溜溜的屁股。

哈特整个人都被吓住了。与所有人一样，他一开始也以为这是一个针对自己的恶作剧。他赶紧看了看扔在报摊外成捆的早报，它们与橱窗里陈列的报纸没有两样，都是他正在大便的照片。如果有人要做这样的恶作剧，这显然会花费不小成本，哈特想不出自己有哪个朋友或者仇人会这么干。令他更加确定这一点的是其他的报纸，凡是当日出版的头版，几乎都是他坐在马桶上的样子。

哈特抓起一张早报。

"昨日晚间，底特律的电视观众们遭遇了惊人一幕：十九时三十分许，原有的电视节目突然被打断，出现一段奇怪的视频。令人更加惊异的是，本报记者目前确认的信息显示，除了本市之外，全国乃至全球已有多地报告称，出现了相同的视频。此后，该类视频又连续两次出现。有读者反映,甚至连关闭并拔掉插头的电视机,也出现了该类视频。

"早报记者昨晚向底特律公共电视台求证这一事件,电视台相关发言人表示,目前仍在排查相关仪器的使用情况,但截至昨日晚间十二时,并未发现任何播出器材的故障。发言人还表示,考虑到全国乃至国外都出现了这样的情况,这一事件'超出了常理与想象力'。

"警方表示,该事件正在调查之中,不排除视频中男子为美国公民的可能性。市民如有发现视频中的男子,可以拨打911与警方联系。"

哈特的手抖了起来,他感觉到这无论如何都不是一场恶作剧。他下意识地用报纸捂住脸准备离开,却被报亭老板叫住。他从口袋里掏出一把硬币不分多少全撒在报纸堆上,落荒而逃。

2

逃到没人的地方,哈特掏出手机。这时候,他才发现手机上有至少五个未接来电和十五六条短信。他手指颤抖着点开短信,有身在俄亥俄老家的父亲的,也有自己高中、大学同学们的。大家的问题只有一个:昨晚那个人是你吗?

哈特原本打算随便找个谁倾诉这件事情，但他突然意识到一个问题：连自己的父亲都不见得能确切地认出自己，谁知道报纸上的这个人是自己呢？对外人来说，自己只是长得像这个人而已。

想到了这一点，哈特忐忑的心情略微平静了些，思路也运转得更快了：无论如何，回家之后要把厕所整个重新布置一遍，万一有人找上门来，至少不会"人赃并获"；还得检查下隐藏的摄像头在哪里，不管这件事是谁干的，他可真是够变态的，放着这么多漂亮姑娘不拍，要偷拍自己；对了，今天得去上班，如果今天不去上班，一定会被怀疑的。既然打定主意要抵赖，就得做戏做全套。

由于昨晚和同事喝了酒，哈特没有把自己那辆四手车开回家。而今天正好要开月度销售会议，他只能搭地铁去公司。哈特想了想，摘下眼镜，眯着眼跑进路边的便利店，用报纸挡着脸又买了个口罩，赶紧戴上，才跑去搭地铁。

这一路上，他觉得自己最好尽量不要引人注目。但即使有口罩遮挡，他也总觉得身边的乘客都在看他。

哈特走到公司门口时，看到了一部警车，这让他的心猛然一跳。但就在他还没有决定要不要转身逃跑的时候，眼尖的同事已经看到了他，指着他叫道："他就是哈特！"

警车的出现和同事的尖叫让哈特一下子慌了神，之前想好的"做戏做全套"完全被抛在脑后。他转身想要逃跑，但情急之中被自己的脚绊倒在地。再爬起来的时候，两个警察已经按住了他。哈特慌忙之间大叫："救命，救命啊！"

两个警察对视了一眼。原本，相貌的相似并不能够让他们确定抓到的是正主儿，但这个人的反应说明了一切：心里没鬼的人看到警察固然可能会忐忑不安，但夺路而逃的肯定有问题。

"你可以保持沉默，但你说的每一句话……"警察照本宣科地说完，把哈特的双手铐在背后提了起来，而后者连挣扎都放弃了。

"你小子到底怎么搞出来的？问你话呢！"警察吉姆·约翰逊用喉腔里共振出来的嗓音问坐在对面的哈特。这种嗓音用来震慑犯罪嫌疑人非常有效，配上约翰逊的长相，初犯的小贼不用问几句，什么都招了。

约翰逊是个五大三粗的壮汉，青色的胡楂遍布他的下半张脸，与粗糙的双手不时摩擦时，能听到如同砂纸打磨铁皮的声音。他干了二十年警察，一眼就看出哈特心里有鬼。就算他不是那个视频里的男人，肯定也干过什么坏事。

支撑他对哈特拿出共振嗓音的论据也只有这点了。虽然视频很清晰，但哈特长了一张大众脸，像他这个长相的人路边到处都有。今天一早上，光在底特律，911电话就接了三四十起报警，全都是号称看到了昨天电视里的人。全市的警察基本就没闲着，像哈特这样被请去警局问话的有二十一人。这种情况下，去每个人家里搜查根本不可能，多数人只是经过询问、登记就被放走了。

可以想象，这样的事件在全国引发了多少类似的反应。除了美国之外，全球都纷纷有人报告，看到了电视里的人。

约翰逊还不知道，他讯问的对象很快就会成为这些嫌疑对象里唯一值得研究的那一个。他只是例行公事地问问这个正在座位上瑟瑟发抖、脸色难看的年轻人——这个年轻人确实和电视里那个大便的家伙长得很像。

哈特的脑袋里已经一片空白。他根本听不清警察的问话，那个威严的声音在他听来只是模糊而无意义的嘟哝。被酒精浸泡过的脑神经本来已经清醒，但突然有一种疲惫感重新光临，让他几乎有种累得想睡觉的感觉。他盯着警察桌上的笔筒看，想看清笔筒上画的旗帜有几颗星星。他好像走神了很久，但警察很快用更高分贝的声音把他唤醒："说你呢，你想什么呢？问你话你就回答！"

哈特结结巴巴地回答："我……我也不知道是怎么回事。"这句模糊的回答可以理解为他也不知道为什么自己上厕所的场景会被现场直播，但约翰逊显然没有意识到这一点。

僵持之中，哈特突然感觉到一阵腹痛，似乎是昨天的烤肉卷有问题。早晨起来的时候宿醉未消，而他刚出门就遇上了这样的突发情况，肾上腺素令人感觉不到身体的小小不适。到了现在，腹痛突然涌了上来。

他举起手，道："警官，我能不能上个厕所？肚子疼。"

约翰逊本来并不想答应这个要求，这会让警察的权威显得软弱。但约翰逊发现哈特确实脸色发白。他干了二十年警察，见过各种奇奇怪怪的事，这个人的反应确实就是要拉肚子。于是他站起身来，示意哈特跟上，把他带到一间走廊尽头的厕所。哈特进去之后，约翰逊站在外面，点着了一根烟。

两分钟后，楼下传来了骚动声。约翰逊向走廊窗外探头望去，手里的烟落了下来。

在他的位置，隔着走廊的窗子能够看到底楼的监控大厅，大厅里的十多个屏幕能够即时反映本社区重要路口和商业街区监控探头的内容。在这一时刻，它们全部都变成了一个年轻人在大便的场景。

在很久之后，约翰逊回忆，当时他似乎花了很长时间才意识到这个厕所对他来说有多熟悉。但事实上，几乎在不到五秒钟的时间里，约翰逊就拧开了厕所的大门，冲到了唯一一个上锁的隔间面前，用宽厚的肩背撞坏了隔间门。蹲着的哈特抬着头，不明所以地望着他。

在这一时刻，全球正在电视屏幕前的所有人，全都看到了这样一个场景：隔间门被突然撞坏，一个长相粗鲁、穿着制服的男人闯进了画面。他先是对着观众的方向看了一眼，似乎要确认是否有摄像头的存在，然后又盯着年轻人看，仿佛哈特的脸上有一朵大红花。

3

大约三秒钟后，约翰逊拽起哈特，后者被他抓着衣领顶在了墙上。与此同时，所有的电视信号恢复了正常。

"哈特，二十五岁，男，生于阿克伦，在底特律工作两年。学的是企业管理专业，无犯罪记录。"默克尔·丹尼尔斯皱着眉头，端详着哈特的简历。无论怎么看，他都不像是一个能够让全世界的电视为他直播的人。默克尔·丹尼尔斯是FBI"8·3"事件专案组的组长，是个有三十多年一线经验的老探长。

"目前可以确定的情况是，全世界至少已经有一百八十个国家报告，在该国的所有电视频道上出现了哈特排便时候的画面。而且，可以确定的是，根据哈特的口供，以及八月四日底特律警方的现场记录，哈特的四次排便时间正好与全球各国的播出时间吻合。这也就是说，哈特的排便过程被全球直播了。可以猜测，通过某种机制，从八月三日开始，只要哈特进行排便动作，就会立刻引发全球范围内的直播。"默克尔·丹尼尔斯的下属托马斯·穆迪尔向专案组汇报道，"我们也搜索过了哈特的家，以及八月四日在底特律警察局的洗手间，并未发现任何安装摄像头的痕迹。"

专案组中除了FBI与国家安全部门的工作人员，还包括了一大群各领域的专家——医学、广播电视、信息安全，甚至连民俗学与宗教学的专家也被请来。

"这件事情理论上就不可能发生。"一位信息安全专家以一种梦呓般的嗓音道，"在同一时间段入侵全球所有的电视频道，这在技术上是不可行的。退一万步说，真的有人可以影响到广播电视网络的话，那闭路电视是怎么回事？这样的事不可能发生。"但他的话毫无底气，因为他自己就是事件的亲历者，这两天以来他已经观看了这几段视频至少两百次。

"但它就是发生了。"

"那我只能理解为有外星人或者神的存在。"

"这种理解恐怕无助于我们的讨论。"

众位专家你一言我一语，此时医学专家也开始发言："我们检查了哈特的身体，没有发现任何异常现象。他的身体健康，有一些小的疾病隐患，但肠胃系统没有任何问题。他的身体中也没有发现能够触发任何信号的机构存在。根据专案组的要求，我们给哈特喂食了止泻剂，从八月四日到今天，哈特有四十七小时未进行排便，目前尚不会长期伤害其肠胃功能。"

"媒体的报道已经……"

"什么时候确定下来做测试？还是要尽快做……"

纷扰的声音并没有传到离会议室不过三十米的一个房间里。哈特在房间正中的一张床上醒来，脑袋还隐隐作痛。他最后的记忆停留在那个大个子警察把他拽起来。之后，他好像是被什么东西给打晕了，直到现在才醒过来。

他活动了一下肢体，试图站起来，才发现自己的下半身整个被捆在了床上。肛门里有种不舒服的充实感，似乎是被什么东西给硬塞了进去。他试图解开对下半身的绑缚，但绑着他的是结实的皮带，用铁扣锁着，没有钥匙根本无法打开。

"你醒了啊，躺着别动。"一个身着白大褂的金发年轻人在他苏醒之后不过十几秒钟就推开门走了进来，在手里的文件夹里记录着什么。显然他能通过房间里的摄像头观察哈特的动作。

"这里是哪里？为什么把我送到这里来？"哈特话音未落，突然意识到了什么，他用一种无比恐惧的眼神看着白大褂。

白大褂似乎恶作剧般地笑了，把手里的平板电脑递给哈特。那上面是哈特在警察局的卫生间里如厕的场景。

"你现在已经是全世界最红的人了，只要上厕所就会被全球直播的男人。"

现在，全世界都意识到了，这个戴着黑框眼镜的年轻人上厕所的样子会被直播出来。虽然还不知道直播的原因和具体机制，但这件事看来显然和上厕所有关。

更重要的是，第二次直播中出现了第二个人，这个穿着制服的人迅速成为全球媒体求证的焦点——很容易就能确认他身上穿着的是美国的警服，而只要对美国的警察制度有足够了解的人，都能从他的胸口警号上确认其所在地。《华尔街日报》当天就以"全球直播男子疑出现在底特律 官方未发表任何意见"为题做了头条报道。

茫然的哈特看着房门再次打开，一群人走进来，里面既有穿着警服的中年人，也有头发花白的科学家。一位戴着厚厚眼镜的老人弯下腰，按了按哈特的肚子。

"已经不能再拖太久了。我们的共识是，在最后出结果之前，不能伤害他的肠胃功能。但根据他的胃肠内容物情况来看，即使他完全不进食，最多两个小时之内就应该进行排泄。"哈特这才意识到自己的整个下半身都是麻木的，只能感到隐隐的坠胀感。

"BBC的最新消息，国际人权组织已经开始质疑哈特是否遭到了不人道的对待。我们必须有个说法。"一个一看就像是政府官员的人说。

"从安全方面考虑，最好的办法难道不是处理掉？"说这话的人让哈特一惊，他转头看向那个声音冷硬如顽石的人，对方一身黑西装，一张老汽车工人的脸，但身材却分外地瘦削坚硬。

"我们不是已经达成共识了吗？在全球直播的机制探索完成之前，他不能受到任何伤害！"第一个用手按哈特肚子的老人言语中多了几分愤怒，"我个人认为，当务之急是进行实验。"

最后走进来的那个人一开始被其他人挡住了，此时他缓缓走到前方。哈特看到他身上的绿色，和肩上的好几颗星。"国家安全是第一位的。"那个黑衣人哼了一声，似乎很不满这群科学家，而军装男子的话给了他更多的底气。

"通信技术是关系国家安全的最重要技术之一，掌握他国无法掌握的技术，就意味着最大的安全。"军装男子道，"对他的处置要注意方式方法。"

他离开之前，又留下一句话："说到底，这个年轻人是美国公民，他对国家有义务，也有权利。"

4

哈特穿着一件宽松舒适的长袖睡衣裤。他端坐在马桶上，开始大便。宽大的衣襟挡住了贴在他胸腹密密麻麻的传感器，给他贴上这些传感器的正是他醒来时见到的白大褂。他甚至还拍了拍哈特的肩膀，说道："记得笑一笑。"

哈特根本不可能笑得出来。就算他再不聪明，这会儿也已经想到了自己所经历的事情：自己只要大便，就会被直播出来，而且还会被全球直播。如果说这也是一种超能力的话，那无疑是世界上最差的超能力了。

哈特不敢想象他要以什么样的心态面对自己的亲人、朋友，甚至是刚刚分手不久的前女友。他可以想象，自己以后的生活也会充斥着羞辱和恐惧。他甚至还没来得及去多想那个黑衣人的话——如果全世界的电视屏幕每天都会受到干扰，那么解决这个问题就变得非常重要——与这种重要性相比，他的性命又算什么。

哈特下意识地害怕排泄。他的括约肌拼命抵挡着肠道的蠕动，这让他的脸色变得苍白。到最后，他已经放弃了忍住便意，急于排便的感觉化作疼痛，但括约肌却不为所动。哈特痛苦地弯下腰来。

"他生命体征不太平稳，怎么回事？"

"不行的话就放弃吧，先做实验2。实验2成功的话，以后我们就能一次性解决这个问题了。"

距离哈特的厕所五米之外的监控室里，议论声还未停歇，哈特就发出一声大吼，全世界看到了他由苍白猛然变得赤红的脸。

"实验1，完成。"

结束排泄之后，白大褂走进房间来，搭了搭他的脉搏，往他的手臂上打了一针。

"现在你已经是全世界最红的人了，有什么想说的？"白大褂双臂在胸前交叠。

长时间的沉默之后，哈特迸出了一个"操"字。

"你们是不是会不断在我身上做实验？会不会最后弄死我？"哈特瞪着白大褂。

"当然不会。全世界都看着你呢。而且，我们比谁都希望你能活下去。"白大褂笑着拍拍他的脑袋，哈特恼火地挣扎了一下。

哈特并不知道，他此刻并不是全美国最焦虑的人。美国国务卿里克·奥布莱恩此刻正用手指搓着他的额发。与他的前任们相比，他一直以自己浓密的头发为豪，但此刻他搓头发的样子像是想要把头发全部扯下来。

"有一个好消息，一个坏消息，您想听哪个？"他的助手腋下夹着文件夹快步走过来。这个助手是个莫名其妙爱开玩笑的人，但奥布莱恩倒一直很喜欢他——这是一个很容易产生紧张感的职位，有这么一个助手能够帮他纾解不少压力。

但现在他显然没有心情。助手自顾自打开了文件夹汇报起来："好消息是，今天不会有哪个记者问什么刁难人的问题。坏消息是，所有人都会问关于哈特的问题。目前我们的对外口径是事件仍在调查之中，我们将密切关注这一事件的进展。其他无可奉告。"

奥布莱恩拍了拍脸，觉得自己还得把脸皮再练厚一倍，才能搞定这些问题。

与此同时，哈特正被绑在一张特制的椅子上，四肢固定，连手指都被绷带裹紧。一名化妆师正在清理他的鼻青脸肿，用浓厚的粉底遮盖住脸上的伤痕，这让哈特的伤口变得更疼，他不由得龇牙咧嘴起来。

"哈特，这可是你自找的。"哈特的对面坐着那个身穿黑西装的中年男人。尽管没有任何东西绑住他，但看上去他好像比哈特坐得更挺直。"自残，你觉得真没有手段对付你？你知道你是在哪里？要是给你打上一针，我保你连你爸妈都认不出，以后我训你就当训狗了，信不信？"

男人站起身来，走到哈特面前，居高临下地看着他。他似乎是要扬手打哈特耳光，但手举到一半又放下了："你好自为之。配合我们才有活路。你自己想清楚，像你这样的情况，要走到外面，活不过半天。"

"化好妆之后把他带到厕所，把肛门塞拔掉。监控好他的情况，别出什么幺蛾子。"男人冷冷地吩咐了几句，离开了房间。

哈特坐在马桶上，开始了他今天的排泄。今天，他被关在一个极为狭小的箱子里，这箱子有点像电冰箱，与电冰箱不同的是，箱子的四壁是五厘米厚的铅板，而箱子里没有任何光源。箱子合拢之后，箱子里的哈特彻底和外界隔离开来。

没有光和声音，恐惧在粪便落下的同时升腾起来。事实上，哈特也说不准，他希望这次试验能够带来怎样的结果——如果在黑暗中大便就能让人们看不到自己，那么哈特最大的麻烦似乎就解决了，但这样一来，研究他的人就不需要再有任何顾忌。

哈特从白大褂年轻人那里听到的消息是，本来他们要做实验来尝试各种让哈特不必排便也可以清空肠道的可能性，但这些实验存在很大的人道主义风险——风险的意思是，如果他们在掏空哈特肚子的时候也被"算作"排便了，就会导致这样的镜头被全球直播。各国舆论会带来巨大的压力，这种压力背后必然是其他国家的不安：美国人开始研究了，他们也许很快就会掌握控制我们通信的办法。这可是足够发动一场战争的理由。

因此，在有更好、更确定的研究结果之前，哈特仍然需要"正常"地排便。他瞪大双眼，仿佛能从纯正的黑暗里看到什么。但什么也没有。

奥布莱恩站起身来刚要走出去，外间的记者会场传来一阵骚动。一个外交部的工作人员急匆匆地跑进来："是那个人，他又……他又上电视了。"

走上台的时候，奥布莱恩注意到，背景墙上原本用来播放美国国徽的电视屏幕上，显示出一个熟悉的人影。黑暗和隔绝，并没能阻止哈特的画面继续出现在电视上。看上去，哈特的形象一切正常。

直到画面消失后，奥布莱恩才轻声咳嗽了一声，说道："近日，我们了解到，有一位美国公民的个人形象出现在了世界各国的电视屏幕上，正如你们所见的。关于这一问题，有关部门正展开调查。目前，这位美国公民的情况良好，他本人也在尽力配合调查。"

"他是谁？他现在的身体状况如何？"《今日美国》的记者第一个提问。

"很抱歉，为了他的人身安全，我们不能公布他的身份信息。但是可以确定的是，这位美国公民目前正在协助一支专业的、有能力的调查队伍工作，我们都希望能够尽快解开这个谜团。我相信，谁都不会太喜欢每天都得看那个场面的。"奥布莱恩微笑着开了个玩笑。

"他是否遭到关押和拘禁？他是否遭到非人道的人体实验甚至解

剂？"美联社的记者一抢到话筒立刻语速极快地问了起来，仿佛生怕话筒被抢走。

"我们可以保证，这位美国公民没有受到任何人身限制。当然，考虑到他目前经历的特殊情况，在他本人的强烈意愿下，我们将他安排在一处能够保证安全的场所，差不多是四星级的标准。"奥布莱恩又幽默了一把，这是他的个人风格。

"他的家人可以随时去看望他，他也可以随时离开。我们也保证，这位美国公民可以随时接收到外界的信息。至于他是否遭受不人道的实验，我想你都看到了吧。下一个问题。"

"这是否是美国的信息战实验？美国是否侵入了其他国家的电视网络？美国是否会为这几天以来世界各国因此事件造成的损失负责？"韩联社的记者几乎是喊出了这些问题，这让奥布莱恩非常恼火，毕竟韩联社本来和他们关系不错，没人预料到他会突然发难。但这也不意外：就算这个记者从此和国务院断绝关系，光是能得到这几个问题的答案，也算是值了。

"呵呵，如果我们真的拥有这种能力，我们会很高兴地向全世界宣布的。"

5

哈特躺在床上，像一段木头。他的思维早在几天前就已经停滞了。

我在干什么？我能干什么？我活着的意义是什么？在习惯了被监禁的生活之后，他甚至开始思考自己接下来的命运。

最好的结果当然是配合研究人员搞清楚，每次自己大便就会被直播的机制究竟是什么，然后解决这个问题，让自己回到正常生活。但如果这个机制没人能搞懂呢？或者，就算能搞懂，可是唯一的处理方式，就是把自己处理掉呢？哈特不是白痴，他当然知道自己是个多令人头疼的人。

他觉得自己命不久矣了。如果自己带着这样的"超能力"，就不可能还有真正意义上的生活。他甚至想，就算自己回到社会上去，见到谁还能抬得起头来？他出的丑和任何人都不一样，再有名的人出过了丑也会被遗忘，而他可是以近乎一天一次的频率在提醒大家自己的存在，不会有任何一家公司招收他，也不会有任何一个姑娘愿意做他的女友，甚至连他的朋友都会对他敬而远之。

白大褂没有对哈特隐瞒任何东西。在隔离柜里的实验证明了这件事的超自然性：那个并不存在的摄像机轻而易举地穿透了铅板的隔绝，在没有光的情况下将哈特的画面清楚地拍摄出来，并且在瞬间散布到全球。这已经在理论上违反了物理定律——研究人员在隔绝柜内安装的传感器没有接收到任何光，所以不可能有什么光源照亮他。

"接着你们会对我做什么实验？"哈特问白大褂。白大褂摇摇头："我不清楚。我只知道，目前我的任务是确保你的身体健康，排便正常。这应该，是个好消息。"他说着，示意哈特张开嘴，吞下几颗药物。这些药物能保证他的肠胃蠕动，使他每天早上八点定时排便——这对他的身体有好处，也不至于影响太多美国人的胃口。

哈特想到自己的父母。现在父母应该也已经知道电视上的人就是自己的儿子了吧？就算一开始无法确认，父母肯定也会打电话给他。电话自然是打不通的，他们说不定已经报案，又说不定已经来底特律找他了。

唉。

被囚禁的日子总是很慢。但当人不敢面对未知的时候，又会变得很快。

门被推开了，白大褂年轻人走了进来。他摸了摸哈特的额头，确认满脸忽白忽红的哈特并没有什么器质性的疾病。他微笑道："你猜怎么着，欧洲人在网上提抗议都快提疯了，说你严重影响他们下午茶的食欲，提议要派飞机把你定点清除的人都有几千个。总之，你的人权受到保护，不许任何人对你做人体实验，更不许伤害你。你好样的，以后每天早上八点上厕所哦。"

哈特把头埋在膝盖中间，不理他。

白大褂又笑了起来："据说已经有国家提出，美国不能够独占研究资源，你的情况特殊，应该由全球专家会商。有一个极端组织认为你有伤风化，花一百万美元买你的人头；还有一个极端组织决定花一百万美元赞助你，条件是你每次上厕所都要穿他们组织的T恤衫。你说这群人还真是会想。"

哈特抬起头看着他，眼睛里满是仇恨。但他没有动。他知道这件事不能怪面前的这个人。事实上，白大褂对他很照顾。

白大褂转身离开之前，对哈特笑了笑，扔下了一个iPad："闷的话，可以看看电影。"

呆坐良久之后，哈特拿过iPad。这里显然不会有Wi-Fi信号，唯一的娱乐功能是存着的影片。

《肖申克的救赎》《飞越疯人院》《楚门的世界》《勇敢的心》，全都是老电影。但百无聊赖之际，哈特总得找些事做。

哈特心灰意冷地看着电影，惨笑着看着肖申克在恶臭的下水道里奔爬。肖申克逃出去了，可他呢？他甚至不敢想象未来会是怎样——现在他至少有一日三餐和"人道"的对待，但如果未来这群研究人员发现用正常手段根本解不开他身上的秘密呢？他会不会被切开，在身体里装上各种传感器，服下各种奇怪的药物，甚至被催眠、被洗脑，或者索性被杀掉？

接下来的一个星期里，哈特每天接受着各种奇怪的实验。这段时间里，他并不知道外面发生了什么。所以，他也不知道，抗议的热潮已经席卷了全球，"释放哈特"的视频在YouTube上的播放次数已经超过了对乌干达军阀Kony的控诉，Facebook上的人们纷纷把头像改成马桶来声援他。

6

"这个青年人已经成了现象级的传播事件。"CNN的王牌主持人和一群专家围坐着，谈笑风生。

"是的，毫无疑问，他的存在可能颠覆人类对于传播的一切想象。更重要的是，他还生活在一个'自由'的国家。"纽约大学的史密斯教授忧心忡忡地皱着眉头，他对当今的美国政府并没有什么好感。

"尽管有点令人作呕，但我倒是从这位青年人的影像中看到了很大的希望。"说话的是物理学家凯恩伯斯，这位麻省理工学院的教授一向致力于尖端技术的民用化，哈特事件发生后，他十分兴奋地四处传扬他的理论，在这里也不例外，"从目前我们掌握的信息来看，人类完全可能通过这位青年人的奇遇，掌握好几项新技术。"

"很有趣，但在此之前，我们是不是该探讨一下这位年轻人的未来？从目前看，他的生存权利已经遭到……"说话的是州议员彼得森先生，他是个热衷于少数人群权利的政治家，并且乐于在任何地方展示自己对于人权问题的关注。尽管哈特是一个白人，但认为不应该关押他的思潮在美国还是很普遍的，彼得森先生很希望能够得到这些人的支持。

"请不要打断我，我想要提醒大家的是，这位年轻人所做到的事情从科学上来说是几乎不可能的。首先，他不但向普通电视、电脑做出了直播，同时直播信号还出现在了闭路电视上，这些闭路电视可都没有任何外部信号输入。甚至连没有电源的电视机，也会出现他的直播。不只如此，根据我们看到的情况，他在封闭的铁箱子里也能展示自己，光究竟是从哪里来的？这远远超出了人类科技的极限。"

主持人也接口："当然，我们也可以理解，要求释放这个年轻人的呼声非常高涨。没有人应该在没有做错事情的情况下失去自由。"他转过头来面对另一个摄像机："各位观众，如果你们刚刚打开电视机的话，现在还不晚。我们正在关注的是哈特·拜尔斯的故事……"

能够揭示哈特身份的人并不在少数。哈特的身份很快就不再是个秘密。通过社交网络，他的许多信息都被公布出来。尽管哈特的家人也很快受到保护和监控，但哈特毕竟不是没有同学和朋友的人。尤其是他的同事们，在跟新的客户打交道时，都乐于提上几句。

这是哈特被关押检查的第七天。令哈特略感安慰的是，到目前为止，他们还没有在自己身上动刀子。在这些天里，工作人员做了许多事，包括把一个三百五十米深的地下矿洞改造成厕所的样子，试验地层是否能隔绝哈特的信号；在哈特排便时用麻醉剂深度麻醉他的大脑，检查信号的传播是否与哈特的主观意志有关等等。

"接下来，首先是要用催吐法让他减少排便次数。当然这需要冒一定风险，我们不清楚什么情况下呕吐会触发转播；接着是改用静脉滴注的方式，让他的消化道空闲下来。这样，可能会让他在至少半个月的时间里不需要吃东西和上厕所。"穿军装的中年人手里抱着文件夹，汇报着。

被汇报的对象此刻正安坐在他的办公室里。"大家都辛苦了。对这件事情的进一步研究，我的建议是停一停。"

"停一停？"军装男子皱眉不解，"您的意思是？"

"不要忘了，他是美国公民。在找到根本原因并且加以根治之前，如果你们找到了能够让他减少甚至停止上电视的方法，那会有什么后果？"

"那……"军装男子意识到了问题所在。

"首先，你知道我们国家现在的情况，一定会有一大批人呼吁继续让他停止上电视，可这么一来，对他本人会造成伤害，所以也会有人借题发挥。更重要的是，如果你们真的能让他停止上电视，就再也没有充分的理由让他重新每天排便、每天直播了。也就是说，你们再也没有办法名正言顺地继续研究了。研究他，必然会造成国际社会更严重的不满和抗议。"端坐在办公桌后的人缓缓道。

"那您看接下来怎么办？"军装男子其实也知道应该怎么办了，但他还是认真地问。

"在我们有能力搞清楚之前，维持原状，保护现场。"

与此同时，哈特正躺在床上看着电影。他的手臂上插着针头，高质量的营养液从手臂血管流进体内。他已经整整二十四小时没有进食，只有少量的水供他润润口腔和喉咙。

尽管营养液能够提供足够的热量，但腹中的饥饿感仍然存在，这让哈特很不好受。尽管如此，这项研究依然是他愿意配合的——就算已经在全世界的眼皮底下排泄了好几次，但尴尬与羞耻并没有随之减弱，哈特很愿意少上几次厕所。

单人房间的门开了。白大褂走了进来。哈特懒洋洋地问："又怎么了？还有大半瓶呢。"

"你可以走了。"

"走？去哪儿？"哈特疑惑地问。

"走就是回家。研究工作暂时告一段落了，你想去哪儿就去哪儿。"白大褂带着不怀好意的微笑，"当然，走之前，我建议你先上上网，重新适应一下外面的生活。"他把另一台平板电脑放在哈特的枕头前面，这台平板上显示的是Twitter的界面，显然联上了网络。

"说实话，我如果是你，就不走了。可惜，上面的意思是，你一定得回去。"白大褂说。

7

哈特一个人站在自己的公寓门口，神色迷茫。这一点完全可以理解，任何一个人在经历了他所遭遇的事情之后，都会感到迷惘。事实上，在被关押了半个多月之后，原本急切地想要重获自由的哈特，在自由真的来到时，竟然害怕得不敢离开。

他是被踹下面包车的。负责运送他的工作人员把他的行李一并扔了下来，连面包车的后门都来不及关，一个漂移就消失在路的尽头。

现在，我该做什么？哈特先想到的是给家里人打个电话报平安。他从被摔得灰头土脸的提包里掏出已经关机的手机，打开。电是满的，这群家伙还挺体贴，他心想。

他刚想打开拨号界面，手机就开始响起来，蜂拥而至的短信疯狂地刷着屏幕，哈特的手都被震麻了。过多的短信让他那款并不昂贵的三星手机温度显著地提高，最后直接死机了。他只能把丝毫不见消停的手机塞进包里，找了个便利店打公用电话。

刚拿起电话，便利店的老板就认出了他。"你……你……你是，是……是……"他一手指着哈特，一手指着电视机里的画面，仿佛是个讶异于"人为什么会钻进那个小盒子里去"的古代人。

哈特抬起头，看着电视。新闻里的画面已经切到了奥布莱恩主持的新闻发布会。"是的，经过一段时间的研究，我们很遗憾地认为，哈特先生目前的遭遇已经超过了人类现有科学技术的认知。此前，哈特先生自愿参与了一些科学实验，以期找到这一现象的来源，并加以解决。目前，哈特先生已经回到了自己的家中。作为美国公民，他享有人身安全不受任何非法侵犯的权利。"

奥布莱恩顿了顿，接着说道："美国政府很欢迎全世界各地的科研机构向哈特先生伸出援手，协助他解除目前的遭遇。当然，任何这方面的行动都必须在保证哈特先生人身安全的前提下进行。"

哈特把目光从电视屏幕上移开时，他毫不意外地发现，所有人都在看着他。毫无疑问，这张脸在这几天的曝光率比历史上任何一个名人都要高。而对于住在哈特所在街区附近的人们来说，他们早就通过各种渠道印证、了解到了，每天都会出现在电视上的哈特，就是在他们家附近租房子的那个年轻人。

路人们似乎也没有想好要怎么应对这种情况——难道要上前去找他握手要签名？但在人们尚没有想清楚要干什么时，他们的下意识反应就是往前走——谁也说不清从什么时候开始，哈特的身边已经围起了一圈人。人们并不知道看他的意义在哪里，但每个人都像是不肯吃亏一般地往前挤。

哈特意识到，如果不赶紧躲开的话，他说不定很快就会被这群人挤死。就在他四下打量准备找突破口的时候，远处响起了一个有些尖锐的女声："在这儿呢！哈特在这儿呢！"接着，是一阵杂沓的脚步声。

哈特从人缝里看到，一群男男女女手拿着相机、话筒、摄像机，正在向自己奔来。他并不知道，这二十几个记者的数量与全盛时期相比还差了不少——在哈特的身份刚刚为人所知的时候，全国乃至全球的记者疯狂涌入哈特所在的小区，尽管他们知道碰上哈特本人的概率渺茫，但哪怕是哈特平时在哪儿买报纸，在哪儿吃汉堡，都是值得一看的重要信息。而随着时间推移，不少记者已经撤离，只有特别有毅力或是得罪了领导的那些，才留在这里继续等候也许永远不会出现的男主角。

"快快，赶紧的，一会儿其他媒体也都来了。"一个女记者催促着摄像师赶紧开机，她已经站在报亭前摆开了架势，准备以哈特本人为背景开始现场直播。就在此时，一阵惊呼从她的背后响起，女记者转头看时，正见到哈特推开几个围观群众，疯了一样地往外跑。

哈特下意识地跑向自己的家。在冲进了小区之后，他才意识到回自己家就意味着被瓮中捉鳖。但是此刻，他并不知道除了自己的家之外，还有什么地方可以去。毕竟，家门钥匙还在他胸口的衣袋里，拿起来很方便。

因为最近缺乏运动，又没怎么吃东西，哈特的体力受到了明显的损害。记者们尽管肩扛手提，但仍缀在他身后不远。哈特几个箭步蹿进自己住的大楼，大步蹿上楼梯，用最快的速度开门、进屋，把所有锁扣都扣紧。在他喘出第一口大气的时候，门外已经响起了连续不断的敲门声："哈特先生，你知道自己身上为什么会发生这种变化吗？""你接下来会怎么办？"……

哈特抹了把汗津津的脸，转身准备走进里屋。就在这时，他突然停下了脚步。

8

"居然把他放走了！"习惯穿着黑西装的男人愤怒地捶着桌子，"先生，这样的馊主意，谁出的？"

桌子对面的军装男子伸出一根食指，指了指天："我的老战友啊，我何尝不知道这个年轻人的战略意义。别的不说，这要是在战场上，他就是个受我们控制的全频段视觉阻塞器。只要他一拉屎，什么可视化战场指挥系统、无人侦察机、可视制导导弹，全都会变成废铁。这个年轻人能抵得上五个师啊。"

"您也知道他的重要性啊，您就没反对？"

"长官有长官的想法。中国人有一句古话，'一个无罪的人会因为拥有一块宝玉而获罪'，哈特就是那块玉，扔了不舍得，还会被人骂糟蹋东西。可拿在手上，其他人都睡不好觉。"

哈特停下脚步，苦笑起来。原因很简单，他的肚子又疼起来了。算起来，前阵子每天都规律排便，差不多就是现在这个时间。

只是，刚刚想要逃离人们的目光，马上就又要进入所有人的视野，这种感觉实在说不上好。他走进厕所，脱下裤子坐下，掏出手机重新开机。他并没有兴趣看一大堆陌生号码的短信，而是先找到了父亲的电话，打了过去。

"爸，是我，我没事。你们在哪儿？你们都好吧？"

"咱们全家都没事。你呢，没事吗？我们之前去你租的地方找过你，FBI也来找过我们，但都不肯说你到底怎么了。"

"没有，一点没事。爸你把电视打开，马上就能看见我了。"

"开着呢，刚看到你出来的消息。"

"爸，能看见我吗？"

"能！哈特，你瘦多了，脸色也不好。"

"爸，要是这会儿你看不到我该多好。"

"哈特，你记住，你没犯错，把头抬起来。"

哈特一边打着电话，一边流着眼泪的样子立刻成了全球所有人关注的焦点。人们纷纷猜测，这个年轻人回到自己家之后的第一个电话，究竟是打给谁的。哈特挂断电话，抬起屁股擦着，画面就此中断。

他打开水龙头狠狠地洗了一把脸，听着门外记者们的议论声，他深深吸了口气。他走过去，打开门。门外的记者们有的已经开始聊闲天，看到门突然打开，全都安静了一瞬。

哈特尽可能让自己的声音保持平静："各位记者朋友，请进吧，有什么要问的就问吧。"

哈特狭小的房间里几乎在一瞬间拥入了二十多个记者，以及摄像机、补光灯，甚至还有个记者想把卫星转播天线直接架进来，被里面的记者轰了出去。

众人将哈特围在中央，却冷场了几秒钟。原因很简单，第一个提问题的人不太可能直接问出太有深度的问题，而在这样的场合下，很难奢望一个人可以拥有两次提问机会。既然如此，为什么不将开门的问题留给别人呢？

"你是怎么有这种……能力的？"最终，还是一个年轻的小记者先问了出来。

"事实上，我也不知道是为什么。"哈特让自己镇定下来，他想起入职培训的时候，组长告诉他，如果紧张的话，就把对面的人当作是一棵棵白菜。他努力把这些记者想象成戴眼镜的白菜、留胡子的白菜、抹口红的白菜等等。

他开口道："之前我已经配合有关部门做了一些检测，但是没有找到原因。"

"你觉得这种情况会持续多久？你自己的身体有什么奇怪的反应吗？"

"如果一直这样下去的话，你准备怎么办？"

"你已经是全世界最红的人了，你心里有什么感觉？"

"你要怎么面对你的家人，他们对你有什么看法？"

"对网上对你的看法，你怎么评价？"

……

尽管知道记者并没有恶意，而且这些问题确实都是人情之常，但一种巨大的荒谬感还是充满了哈特的胸臆，让他感到愤怒。他说不清这种愤怒是缘于自己的遭遇，还是来自记者们的问题。这些问题仿佛一再提醒他：你已经不是一个人了，你是个怪物。你是全世界最红的"人"，你是个怪物。他不断地解答着记者的问题，心思却飘得很远。

送走了这批记者，哈特知道这个家他是待不下去了。但就在他准备乔装出门之前，他的手机响了——不是他自己的那个，响起的那个藏在他的行李袋里。他拉开行李袋，发现了一只屏幕窄小但机身硕大的手机，看上去笨重却不乏科技感。他按下了通话键，里面传来了一个熟悉的声音。

"到家了？"

哈特的面前几乎出现了那个穿白大褂的年轻人的模样——连那副欠揍的表情都活灵活现。那个年轻人的声音里带着那种嘲弄的笑意："有三组人会贴身保护你，如果你有什么需要，你的那个手机里有通信录，可以随时找到他们；如果要找我的话，我的号码在第一个，叫我利文斯顿就行。"

"你们不是放我走了吗？怎么还阴魂不散！"哈特狂怒地吼道。

"谁阴魂不散了？你是自由的，想干什么就干什么。他们只是保护你而已。"

"这是保护，还是监视？！"

"哈特同学，别那么天真。你知道现在有多少人想杀你？说实话，你现在的能力要是用在军事上，能顶五个师。你的存在对整个国际社会都是威胁，明白吗？别说那些外国人了，你看看Twitter上多少人想你死。对了，网费和水电费都帮你续上了，安心住着。你的户头里有十万，算是你的研究补助津贴，在你找到工作之前先用着。但我如果是你，这阵子就不会出门。有这笔钱，你可以请个助理帮你拿外卖。"

电话挂断了。哈特呆滞地坐了一会儿，决定打开电脑看看自己到底得到了什么评价。

在网上，对哈特事件的分析经过这阵子的热潮，已经有所降温，但哈特仍然占据了几乎所有网站的头条。

哈特有点麻木地浏览着网站，突然，一张发布在Reddit上的搞笑图片吸引了他的注意，那是不久前翻拍自电视屏幕的一幅图：哈特坐在马桶上，流着眼泪抓着电话。下面配的文字是："给家里打个电话吧"，以及AT&T的Logo。下面的回帖者纷纷大笑："这家伙当AT&T代言人了？代言费得收多少钱？"

哈特暴怒得差点把电脑给砸了。自己遇上了这样的事情也就算了，被人开涮也在情理之中，可这张图片被拿来开玩笑的是哈特唯一还能百分百依靠的亲情，这实在令他难以接受。

他关掉图片，手突然停住了。

"是啊，代言费得收多少钱？"

9

哈维尔·福斯特第三次从自己的工位上探头张望，创意总监仍然没有离开位子的迹象。

没办法了，成败在此一搏。总经理十点半就要去开会，整个下午都不会在公司。福斯特只剩下十五分钟的时间。

从自己进入这家公司的第一个月开始，创意总监就讨厌他。原因很简单，福斯特在文案和创意上都很有天赋，提出的几个点子让领导都说好。而创意总监可见不得这个。

福斯特得冲进总经理的办公室，如果他和总经理的交涉失败的话，与他向来不对盘的创意总监绝对会把这件事看得很重——自己的下属越级去找老板，能说出什么好话来？

不能再等了。福斯特站起身，假装要去厕所，在走过老板办公室门口的时候突然闪身推门，冲了进去——进老板办公室不敲门，足以成为让他在这儿混不下去的理由，但福斯特相信他要说的话会让老板忘记自己所有的无礼。

"老板……"福斯特惊恐地发现，老板正恼怒地把放在桌上的平板电脑合起来，右手从桌子底下猛地抬到桌面上。

"搞什么？出去！"老板恚怒地大喝，虽然没有站起身来，但气势十足。

"老板，您知道哈特吗？他想找我们公司代理广告。"福斯特知道自己没有多少时间，他用最快的语速把话说完，"就是那个上厕所的哈特，他想在每次上厕所的时候做广告……"

老板的眼睛瞪大了。他先是瞪着福斯特，露出惊异的神色，仿佛福斯特的脑袋上有一朵斗大的花；然后，他皱起眉头，颇不信任地问："你怎么知道？"

福斯特赶紧毕恭毕敬地答道："是这样的，他是我高中同学。他想做广告，就想起我来了，所以给我打了电话。您看，这事怎么处理？"

老板的手又放到桌下去了，几声皮带扣的响动之后，他猛地站起身来，双手狠狠地拍着桌子："好！太棒了！我们这就要发财了！"他冲上去试图紧握住福斯特的手，福斯特慌忙退开几步。

"我们马上去拜访，这是世界上最赚钱的机会，我们会成为全球最有名的广告公司，所有的大企业都会为了他付出一切，我们公司会成为整个集团最大的利润来源！"总经理在房间里低头疾走着，一边走一边念念有词，"等等，为什么我还要管什么集团、什么公司？我可以自己开经纪公司，只需要签他一个人，就可以……"

总经理说着抬起头来："福斯特，你是叫福斯特吧？现在就带我去见哈特……"他神驰得太厉害，并没有注意到，福斯特已经离开了他的房间。

"就是这么回事，我觉得老板说得有道理，所以我想，干吗要让他们赚钱呢？我们自己开公司。你什么渠道都不需要，你自己就是最大的渠道。"哈特的公寓里，福斯特跟他合计着。

哈特点头："没错，就怕一开始联系不上大企业。你说我们这一个广告值多少钱？"

"我觉得，超级碗每三十秒的广告要四百五十万美金，你要是做广告，至少得翻一倍吧。"福斯特说，"但也不能太多，每天两次的话大家会讨厌你的，每天最多一次。第一家找可口可乐吧，不行，离得太远了，谁会在厕所里喝可乐呢？那就宝洁吧，只要在马桶旁边放一瓶清洁剂，就够了……等一等，要不还是先从公益广告开始？对，这样好，这样不容易引起反感……"

"阿福，你觉得我这么干会不会特别缺德？"哈特有点担心地皱起眉头。虽然用排泄的时间做广告的想法是他自己想到的，但一旦要落实下来，他发现有好多问题要解决。别的不说，现在这世界上的人中，真喜欢他的人，除了那些拜粪便教的邪教徒之外恐怕一个都没有。他引发的热潮中或许有人会因为猎奇而关注他的生活，但绝不会有人将他视为偶像——事实上，每天都要在电视上看到如此让人丧失食欲的事情，会让绝大多数人厌恶，要是人们知道他还以此牟利，恐怕一人一口口水都能把他淹死。

　　"我知道你在担心什么。我有个想法，也许能成。"福斯特望向桌上的一沓名片，那是当天的记者们留下来的。

　　"各位媒体朋友大家好，非常感谢大家来到这里参加哈特先生的新闻发布会，我是主持人福斯特。非常抱歉，我们的发布会比较仓促，从通知到现在才三天的时间，我们的准备也相对简陋，但是我相信，大家今天一定会不虚此行！"福斯特手里握着话筒，对着台下的记者们不停调整自己的表情，竭力装出一副专业经纪人的做派。

　　在福斯特的安排下，他们租下了纽约顶尖的一家五星级酒店的会议厅。之前福斯特所在的公司在这家酒店办过活动，福斯特有他们销售部经理的电话。一开始，销售部经理听说是个人要开新闻发布会，气都从鼻孔里走："这位先生，我们的晶钻厅日程很满的，通常都要提前三个月预订。而且，价格方面，可能不太好谈价……"但在听说开发布会的人是哈特，而且通过FaceTime视频通话确认了之后，那位精明的经理当即表示，会场免费提供，而且包装饰、包茶水投影仪、包音响师，全部按照最高规格。"那个，我们全部免费，就是希望发布会结束后，哈特先生能在我们酒店的洗手间……"经理的声音简直有些谄媚起来。

　　"没问题。"哈特点头。他实在也出不起钱租会议室。

　　此刻，在金碧辉煌的会议厅里，哈特坐在主席台上，看着下面闪成一片的闪光灯——从某种意义上说，他早就应该习惯了被人围观，但那种围观是单向的，而现在的这种围观更具实在感。当然，与他的知名度相比，参加发布会的媒体少得可怜，不过一百来家。一方面，福斯特和他找不到太多媒体的联系方式；另一方面，受邀参加的媒体通常不会有那么好的心肠通知同行。

他清了清干涩的喉咙，开口的时候仍然有些嘶哑："各位媒体朋友，还有电视机前的朋友们，相信大家对我都不太陌生，不过在这种场合看到我应该是第一次吧。"他照着安排好的稿子，尽量让自己显得幽默一些。

"我知道，大家其实并不喜欢看我这张脸，但现在还没有人能找到方法让我不再出现在电视上。说实话，我也想过要不自杀算了，这样活着有什么意思？可是，神并不希望我们自杀，再说我胆子也比较小，怕死。

"在这段时间里，无论是网上的议论，还是专家们的说法，我都看了不少。大家都想了很多主意，但我想，在这件事上，没有一个人会比我本人更有发言权。因为，我一直不停地在想，我要怎么办？

"我想了又想，现在我终于想通了。这对我来说不是灾难，而应该是机遇。我拥有全世界独一无二，又能够影响整个世界的能力。既然如此，我就应该用我的能力为这个世界造福。"

"您准备怎么做呢？"《华尔街日报》的记者举手提问。

哈特笑笑，站起身来，走向会议厅的侧门。那里是洗手间的位置。

一分钟后，主席台背后的LED屏幕上投射出哈特的样子。他坐在装修精美、不经意露出酒店logo的隔间里，下半身披着毯子遮住光溜

溜的屁股，双手将一块牌子举在胸前。牌子上写着："Stop dolphin hunting/イルカ漁を止めて"。

在会场里，福斯特向着记者们道："哈特将成为有史以来辐射面最广、受众最多的公益慈善大使。"

10

哈特换上了一身并不张扬的西装，尽管这身西装的标价足够买下一部宝马轿车，但赞助商特别要求，千万不要在任何地方露出logo，他们希望让观众们在无意识的状态下，将这身衣服看在眼里。配合他们接下来的一系列行销活动，这将会是一次低调却无远弗届的品牌展示。

哈特觉得这身衣服确实好看，连本来并无多少存在感的他，看上去也突然像是成了个青年企业家。"这身不错，要不买下来吧？"他问福斯特。

"买了你也没工夫穿，明天的档期你得去旧金山，穿的是……耐克的运动装。对了，最近有几个二线女明星的经纪人找过来，希望能在你上厕所的时候出现。"

"别开玩笑了，我这大着便呢，旁边出现个姑娘算怎么回事？"

"我说也是，所以就都拒了。还有食品的广告，暂时都没接。"福斯特翻着手里的笔记本，"好了，准备去化妆吧。"他拍了拍哈特的肩膀，"今天的赞助商希望你的表情更加大气和凝重一点。"

这已经是哈特连续第十五天在星级酒店的卫生间上厕所了。自从哈特在那家开新闻发布会的酒店上厕所的画面被全球直播后，酒店的信息迅速被传到网络上，短时间内预订数量增加了近一倍——绝大多数客人事实上并不见得会将"用哈特用过的马桶"作为值得保留的纪念，但能看到这个"广告"的人口基数实在太大，连带着那家酒店的名字在几天内也轰动全市乃至全国，这样一来，希望预订五星级酒店的人们在选择酒店的时候，往往会不经意间就脱口而出了那家酒店的名字。

在短短半个月时间里，哈特的身价以几何级数往上增长。发现商机的企业不光有酒店和服装行业的，医药（包括各种痔疮膏、皮肤外用软膏甚至是内服的泻药与止泻药）、电子产品、电影业（人上厕所的时候总要看点什么，所以无论是哈特用来看电影的手机或平板，还是哈特正在看的电影，都为了能够争夺"上镜机会"而开出高价），甚至有家做巧克力的食品企业想出了让哈特在马桶上"补充能量，扫荡饥饿"的创意。

福斯特是哈特最信任的伙伴。这个年轻人尽管发现了一座金矿（无论从颜色还是价值来说都是金黄金黄的），但却没有为了私利去疯狂开掘，而是尽可能让哈特在"慈善大使"这个位置上能停留得久一些，以赢得更长远的利益。基于这个理由，任何与排泄无关的行业都被他拒绝，而服装、星级酒店与电子产品行业则成了最大的赢家：毕竟，一家优质酒店的洗手间，总比一个正坐在马桶上吃东西的人要赏心悦目得多。

"衣服倒是小事，我这样每天出入高档酒店，穿高档衣服，别人会怎么说我？"哈特有些忧虑。

"我帮你想好了，你之后多接点和上厕所相关的广告，什么卫生用厕大使、肠胃健康代言人之类的。除了这个，宜家和TOTO都在联系我们，希望能够重新打造你的卫生间，里面全部用上宜家的家具和TOTO的洁具，还有宝洁，希望能展示他们的洁厕剂、牙膏、沐浴露、洗发水。这三家的代言费至少是每家两千万美元起步。当然，这不是广告，而是这几家国际品牌希望通过你向社会传达对健康生活、优质家居的理念。"福斯特津津有味地说。

"那我还得捐点钱，毕竟都说了要做慈善大使。"哈特站起身来，蹲着马步，酝酿着。

"捐五百万吧，也别捐太多，别人会多想。"福斯特站起身来，通知外面赞助商的工作人员做最后的准备。

哈特直起身子，走向隔间，赞助商们的工作人员已经就位。化妆师最后看了一眼哈特的发型，比了个大拇指。哈特解开裤带坐了下来，赞助商的服装设计师赶紧上前去，整理起他散开的裤子和衬衫——得确保他"上镜"的时候，这身衣服看上去足够顺眼。

　　福斯特抬腕看表，这会儿是晚上八点二十分，正好是全家吃完饭坐在电视机前的时间段。这会儿不是饭点，不容易引发受众的厌恶。八点二十分也是传统意义上的黄金时段，福斯特相信这会最大化哈特的广告效果。

　　哈特比了个手势，所有的工作人员立刻撤退。手忙脚乱的化妆师差点弄撒了手里的化妆盘，服装设计师最后在哈特的衣服上拿下一根头发。所有人都躲到了"镜头"之外。哈特尽可能让自己的表情沉静一些，龇牙咧嘴的可不好。

　　哈特的确成了现象级的传播事件。

　　"哈特可能会是人类历史上最强大的广告渠道。比一般的广告渠道更厉害的是，他甚至能向不愿意播出他广告的机构收费。据我所知，纽约时代广场大屏幕的管理方向哈特的团队支付了可观的费用，以期提前得到哈特排泄的准确时间，他们会根据这个时间来关闭大屏幕。"一位商业专栏作家写道。

　　"在哈特使用新款Surface Pro'办公'的画面全球直播之后，这款产品的销量在三天内增长了280%。"全球著名的脱口秀主持人斯图尔特用他极有辨识度的沙哑声音调侃着，"我非常嫉妒，非常嫉妒！我用Surface Pro已经两周了！两周！根本没人注意到！"说着把手里的平板电脑往桌上砸得砰砰响。

　　"一份对四十家全球顶级快消品企业公关总监的调查显示，为了让自己的商品在哈特那里出镜，他们愿意支付的平均单次价格是九十五万美元。当然，这个价格会随着视觉疲劳而逐渐下降，但依然会十分可观。"《财富》杂志的首席主笔在文章中写道。

小办公室里，军装男子和黑衣中年人也正在看着电视。

"长官，这么干也太过火了吧？哈特这小子……"黑衣人愤怒地指着屏幕。而军装男子则只是拊掌而笑。

"老战友啊，你在这个位置上这么多年了，也立了不少功劳，你知道为什么一直升不上去吗？"军装男子站起身来，"华盛顿的意思，你要想清楚。你想想，上面的意思是'维持原状'，不要因为哈特的事情树敌。现在世界各国都害怕我们偷偷研究哈特，那哈特要是天天都出来拍广告呢？大家就不会这么担心了。依我看，不但要鼓励哈特做广告，还要鼓励他当娱乐明星，经常曝光曝光。至于对他的研究你也大可放心，他还是在我们的严密监控下，第一手的数据也只有我们拿得到，我们只是慢一点，其他国家那是一点都没有嘛。"

黑衣人从左首的打印机上拿下一份文件，递给军装男子："你先过目一下，这是下个月巴黎全球安全会议上我们会发表的声明。我们会让他自由生活，这也是对各国的一个交代。"

11

三个月后。

在哈特位于湾区的一栋豪宅里，他正在自己的阳台上望着跨海大桥。在这里买房子的价格当然很高，但哈特这么干可并不仅仅是为了炫富。尽管他签了几份大代言合同，在短时间内拥有了上亿身家，但哈特并没有被财富冲昏头脑。在这里买房子，最大的价值在于保值——对不懂投资的哈特来说，在旧金山和洛杉矶这样的大城市买房子，是目前最好的资产管理方法之一。退一万步说，如果他的"超能力"突然消失，他就失去了未来接着赚大钱的能力，而把手上的几套房子卖掉，至少能让他这辈子都过得手头宽裕。当然，也有一群做私募的正追逐着他，希望为他的财富成立一只对冲基金。

白大褂利文斯顿也支持他这么干："这是最靠海的海景房，至少我们可以不用担心江对岸有狙击手。"现在，利文斯顿已经脱了白大褂，穿上西装，成了哈特的个人助理——至少看上去是这样。

在利文斯顿的指点下，哈特聘请了一家安保公司来保护自己——千金之子，坐不垂堂，何况哈特还拥有这么招人恨的超能力。这些专业人士用几天时间把他的家打造成了一座布满暗线和摄像头的要塞，还有二十四小时值守在保姆房里荷枪实弹的保镖，以及哈特每次出门都会在周边梭巡的安保车辆。哈特猜测这些人肯定有军方背景，说不定就是部队里的人扮成的。

哈特的工作电话响了。福斯特在电话那头忧心忡忡："最近的几家代言都没谈下来。"

事实上，在经历了最初的震撼与不可思议之后，越来越多的人开始逐渐习惯于每天看到哈特的脸和屁股，然后赶紧举起遥控器暂时关机。对哈特的分析和追逐也不再是媒体热衷的对象。更要命的是，哈特的形象也越来越招人烦了——除了变态，没有人会真的乐于每天看到一个身材并不完美的青年男子的屁股。

哈特的新家里没有电脑，他也不使用任何社交软件。尽管他也很想知道人们对他的评价究竟如何，但他很害怕那些铺天盖地的负面舆论——如果说他只是这场噩梦的受害者那倒还好，可他现在已经在用这种"超能力"牟利，就不免更心虚一些。

正如哈特所想的那样，全球网络上对哈特的指责越来越多，已经逐渐成为主流。同情心相较于恶心感，持续的时间总是会短一些的，更何况哈特现在的生活水准似乎并不需要人们的同情。

福斯特苦着脸："今天Twitter上有个大V，整理了你代言过的所有产品，还推测你收了多少代言费，呼吁大家抵制。现在这条Twitter已经转了两百多万次了。"

"就没啥办法了吗？"哈特也很觉得头疼。尽管他不上网也不看电视，但这些天他难得出门的时候，也能感受到围观者的目光在发生变化——从猎奇、同情、戏谑，到厌烦。

几天后，哈特的别墅里来了一位客人。

"我觉得，哈特先生选择我们，是非常及时而且明智的。"穿着一身干练套装的朱蒂·莱特手里拿着连通着电视屏幕的平板电脑，在大厅里向哈特、福斯特以及利文斯顿演示着。

对于福斯特这样的小角色来说，莱特这种公关广告界的大牛原本绝对不是他能够勾搭上的。但当他抱着试试看的心情打通了"红色鼠标"公关公司的电话之后，莱特在当天就给他回了电话，并且诚意邀请他们到自己的办公室聊聊。

这可以理解：没有哪个公关从业者能够抵挡"为全球第一红人打理形象"的诱惑。

"近期哈特先生在电视上的曝光已经引起了相当程度的公众抵触。恕我直言，之前为哈特先生设计公众形象的人实在是太不专业了。"莱特毫不客气地点评道。福斯特羞愧地摸了摸鼻子。

"哈特先生现在的公众形象没有变化和成长，也没有深度，曝光太少，很难让人感受到他是一个真正的人。"莱特侃侃而谈，"而且，每天一次的曝光如果变成了固定节目的话，就会让人失去新鲜感。您一定知道卡戴珊家族，她们既不擅长唱歌，又不擅长演戏，也不能像哈特先生那样拥有每天上镜的超能力。她们之所以那么红，是因为她们不断地搞出新花样来。"

"根据我们的调查和数据抓取，哈特先生的人气指数比一个月前降低了5%，美誉度比一个月前降低了20%。我们认为，这已经是一件非常危险的事情。"莱特放下手中的平板，看着哈特的眼睛，"哈特先生，如果您愿意的话，我们会为您安排一系列事件营销。"

对哈特个人形象的重新打造立刻占据了他全部的时间。和福斯特这样的小角色不同，莱特的公司有着即使在全球也属顶尖的策划团队，加上强大的市场调研能力，他们几乎立刻开始运转起来。而在军装男子与利文斯顿的协调下，政府层面也对此事一路绿灯——这是一种"一切正常"的无声宣告。当然，哈特的身边依然配备着强大而隐秘的安保力量，他的能力可以说是全美国的财富。

当哈特再次出现在全球观众的面前时，他既不在豪华酒店，也不在自己的家里，而是在一处看上去颇为简陋，却很是干净的厕所里——白瓷砖、白马桶，刷得干干净净的白墙。哈特微笑着上着厕所，手中则拿着一块图文并茂的看板，上面用英、法、中、西四种文字写明了早期筛查结肠癌的重要性，以及简单的自查手法。

这次没有任何"代言"性质的曝光，再一次引发了公众的兴趣。莱特适时地推动全国的媒体进行了追踪报道，并且安排哈特接受了著名脱口秀主持人吉米·齐默尔的专访。

"我的祖父就是得了结肠癌过世的。他从小就很疼我，所以我特别希望能够为大家的肠道健康做点事情。"哈特在镜头前深情地表示，他还将通过红十字会捐款五百万美元，为全北美一万名有家族史及结肠癌高发地区的老年人提供免费的筛查服务。

在接下来的几周时间里，莱特给哈特安排了满满当当的日程。哈特参加的活动包括各种风尚大赏、公益活动，他甚至还参加了一次

"冰桶挑战"，坐在马桶上被冰水淋了个透湿。

莱特动用了能找到的一切关系，把对哈特的整体包装外包给了不下十家公关公司。哈特的善良事迹、揭秘这个单纯年轻人的故事，以及所有关于哈特的搞笑、幽默段子，都在配上了对哈特的赞赏与认可之后，以各种方式进入人们的视野。

"一般人要是遇到这样的情况，说不定早就自杀了。他能够有今天，而且还不断地在宣传公益，这真的很励志。"在街头采访中，一个受访的女孩说。这个女孩穿着印有哈特形象的T恤，上面是哈特坐在马桶上的样子，配着英文的文字："GIVE A SHIT TO THE WORLD"。

在莱特的运作下，哈特甚至有了粉丝后援会。专页的运营人员和忠实的粉丝们给哈特建了官方网站，每天记录他上厕所的样子。关于他的历史与故事也被重新蜂拥而至的媒体全方位、立体化地展现出来。

最让哈特惊奇的是，艾美奖组委会向他发来了邀请，他被提名为当年的最佳男主角候选人——仔细想想这也没错，他是今年收视率最高的男主角，给大家奉献了最真实的表演。当然还有个理由，如果哈特真的出席颁奖典礼，又在典礼过程中去了一次厕所的话，近年来声势越发薄弱的艾美奖又有了扩大曝光率的机会。

12

在莱特接手哈特形象打造的第三个月，哈特已经成为这个星球上炙手可热的明星，而不是一个怪人。

好几家电视台真人秀都向他发出了邀请，给出的价码比其他明星都要高；来自国外的邀约也不断，从诺兰到斯皮尔伯格都想拍摄他的传记电影，卡戴珊家族最小的女儿公开说想要嫁给他，Lady Gaga还希望他成为自己全球演唱会的嘉宾，在她的演唱会上当场上厕所——这倒真会让她的演唱会变成"全球"的……

对几个月前还只是个普通销售的哈特来说，这一切都像是梦境一般。每当出入衣香鬓影的应酬场合，他几乎一定会是目光的焦点。莱特已经无须安排替他撑场子的明星——相反，她得叮嘱哈特，千万别被那些漂亮的女明星的暗示冲昏头脑。

哈特自己倒是非常清醒。他知道，现在的自己本质上和那个艰难度日的小职员没什么区别，既没有超人的智慧，也没有强大的魅力，在酒会上对他友善微笑的娱乐大亨，或是悄悄抚摩他大腿的一线女星，从内心深处绝不会把他当作一个有价值的人。

有价值的只是他的肠胃。在广告领域，莱特的公关公司算不上最专业的，但他们很快将哈特的广告代言项目打包，向几家全球顶级的广告公司招标，并且得到了最佳的方案。现在，哈特在上厕所时不再如演出般展示产品，在人们看来，他就是一个生活丰富、工作满满的艺人，只是人们正好可以看到他上厕所。

这段日子以来，哈特几乎以机械般的节奏生活着。为了保证每天排便的时间可控，福斯特请了专门的营养师团队调理他的肠胃。这几个营养师要价不菲，开出的菜单也尽是些贵得让人看不懂的东西，但这些食物实在难称美味。对于哈特来说，这些食物的唯一价值是让他既不便秘，也不蹿稀——现在，他便秘一天，就意味着上百万美元的损失。

在吃完一小杯橄榄油拌的生菜沙拉，以及黑椒水煮鸡胸肉、清蒸河虾之后，哈特走到了阳台上，看着远处的跨海大桥。他试图从这里看到自己原先住的地方，但这显然不可能——旧金山到底特律之间隔着几乎整个美国。在底特律，自己租住的街区破旧、萧条而且有时会很危险，但不知为何，他偶尔会怀念那里的中国菜外卖、土耳其烤肉卷和热狗。

想起热狗，哈特不由得馋了起来。为了防止腹泻，煎炸食物是严格控制的，更不用说这种来路不明的街头食物。

哈特拿起电话，又放下了。通常来说，如果他要出门的话，得先通知利文斯顿，后者会协调至少一打武装安保人员，以及三四个贴身保镖跟随在哈特身边。哈特曾经尝试自己下楼买个可乐，结果安保人员站满了小小的便利店，结账的小伙子吓得差点报警。

作为一个不太喜欢麻烦别人的年轻人，哈特向利文斯顿提出过抗议，希望减少安保人员。后者不置可否，只是拿出了他们的值班记录——短短三个月里，他们已经破坏了不下十起对哈特的绑架和暗杀计划。"想要你命的人多得很。"哈特还记得利文斯顿当时疲惫里带着些嘲弄的表情。

打消了出去吃东西的疯狂念头，哈特打开电视。此刻，电视上正在播放一条新闻——非洲小国伊特罗亚正将哈特当作神的使徒一般崇拜。这个国家的基础设施建设基本停留在二十世纪九十年代，电视尚有30%的普及率，而电脑与网络几乎与之绝缘。

报道说，当这个小国的人们发现哈特总会出现在他们的电视屏幕上，无法换台、无法调频，电视台也对此无能为力之后，一向崇尚万物有灵的他们立刻认为，这是神给他们的启示，而哈特则是带来神启的使者。

电视画面里，这个国家的街道上甚至出现了一些背着便盆的人。一个受访者抱着便盆，激动地表示，哈特的行为是在告诉他们如何才能获得神的垂青。

几乎与此同时，莱特的电话打了进来："哈特，看电视了吗？国际新闻台。"哈特"嗯"了一声。

"这是个非常好的公关形象机会，稍后我会准备好你的声明，福斯特已经在联系苹果和联想。你也做一下准备，可能一会儿就要接受采访。"莱特道。

很快，哈特发布了一封言辞恳切的公开信。信里，他赞赏非洲兄弟们对于信仰的忠诚，也委婉地表示了自己并非他们所认为的神的使者，希望所有人都能够在忠于自己信仰的同时，生活得安乐康宁。最后，哈特表示，将捐资五百万美元，并协同全球范围内的数家通信及互联网巨头，以优惠的价格进入该国，帮助建设当地的互联网基础设施。"如果神真的存在，相信祂也愿意看到人类彼此之间更少隔阂，更多交流。"

而伊特罗亚也迅速给出了回应。总统兼大酋长乌姆巴耶盛赞了哈特的慷慨善举。总统表示，十分希望哈特有机会能够来伊特罗亚做客，伊特罗亚的人民永远欢迎神的使者。依然被封为"神使"，让哈特颇有些哭笑不得。

"最近，对哈特现象的一份调查问卷显示，仅有1.3%的受访者希望哈特尽快死去，而在上一次类似的调查中，这个数字还是12%。与此同时，37%的受访者认为，哈特的存在让这个世界变得更美好了，52%的受访者认为，他们已经或者即将习惯哈特每天的出现。这些数字都创下了新高。在'是否应该对哈特进行科学实验'的问题上，'不应该'以51%微弱领先。"前方记者煞有介事地对着镜头播报完毕，CNN演播室里的新闻主持人与嘉宾们开始热火朝天地讨论。

"人类真是一种有趣的生物。对于反常事物的求知欲促使我们前进，而对于无法解释的事物，我们能够在很短的时间里适应并习惯。"著名科普专家卢卡斯教授摊开手，"就在几个月前，我们还认为哈特的存在证明了这是个疯狂的世界，而现在大家都对一个在电视上大便的男人习以为常。"

　　"这是个有趣的现象。在这个注意力为王的时代，渠道本身就是内容，这在哈特的身上体现得很明显。"哥伦比亚大学新闻系的副教授巴克斯特女士表示，"这其实也给了我们一个警示。对掌握渠道的人来说，形象并不那么重要。只要你不断地出现、出现、出现，人们总会爱上你。"

　　"无论如何，他应该被研究。我的意思是，美国不一定需要主导这样的研究，他的奇迹属于全世界。"凯恩伯斯教授道，"如果美国政府担心其他国家从中获利的话，我认为我们应该给他们多一些宽容和自由度。"这位致力于尖端科技民用化的科学家自始至终都认为，哈特身上拥有着足以让人类科技前进五百年的秘密。

13

　　自从成名以来，哈特的睡眠一向很好。为了确保他能以最佳的形象和稳定的生物钟出现，他现在不但有专门的营养师和运动指导，还有整支医疗团队确保他每天的睡眠质量，以防止睡眠时间的变化导致生物钟的调整，进而让排泄受到影响。

　　但今天晚上，哈特失眠了。他走到自己的大阳台上，看着玻璃窗外。今晚天气很好，星光闪烁。哈特想起小时候在俄亥俄乡下的农场里过暑假，一到夜里没有灯火，空中便有银河流过。

"我到底要什么呢？"他自言自语。

"一开始，我当然想要让这一切都不再发生，我不想在全世界面前大便。后来，我靠这个竟然赚钱了，还成了全世界有名的大人物。"

他从阳台上的冰箱里拿了一罐可乐，坐倒在阳台上。因为酒精的摄取被严格限制，他只能喝点软饮料。他在想着和伊特罗亚总统之间的那次私人通话。事实上，这次通话一开始并不顺利——伊特罗亚总统要求完全保密，且不能录音，但美方自然不可能同意。最后商议的结果是，由利文斯顿作为翻译参与通话，但任何通话记录都不做保留。

伊特罗亚是一个单一民族的小国，无论经济还是文化都乏善可陈。但科学家们认为，这个种族的基因比任何其他人种都更接近于现存最古老的人类化石"露西"。作为世袭的大酋长之子，乌姆巴耶从小就在国外留学，他意识到这个发现可能会为国家带来巨大的利益。因此，在他回国接任总统与酋长后，他便花大力气收集族中古老的神话与传说故事，并且试图将本国打造成一个旅游胜地。然而，邻国的战乱和并不友善的自然环境让他的努力并不成功，乌姆巴耶的成果，无非就是将古代的传说整理出了清晰的脉络，但这些学术成果也始终乏人问津。

"我和我的人民并不是愚昧的狂信者。我们将你看作神的使者，是因为这与我们代代相传的神谕有着密不可分的关系。"乌姆巴耶在视频电话里这样告诉哈特。

由于乌姆巴耶的英语有着浓重的口音，哈特必须通过翻译才能搞清楚他在说什么。尽管如此，这位大酋长沉静稳重的说话方式显然让哈特意识到，对方不是在发疯。

"我们这一族的先祖曾经与神一起生活，也流传下了神的谕令和意图。"乌姆巴耶的声音苍老而厚重，听上去比摩根·弗里曼更适合当历史纪录片的旁白，"神告诉我们，神的使者将联合世界上的每一个人。"

伊特罗亚的神话体系与东亚的传统神话颇有些相似，在他们看来，我们生活的世界名为"天和地"，它并非神本身，也非神的造物。而神虽然是强大的，但并非不可触碰，在万古之前，神甚至和人类生活在一起，并且教导人类从天与地中汲取力量。"神教导我们，眼前的天地只是禁锢我们的牢笼，唯有打破牢笼，才能获得真正的自由。"

"但是后来，神的力量变弱了，他们无法在地面上继续生活，回到了天上，派出了神的使者来帮助人类。"乌姆巴耶道，"在中国有一句俗语，叫作'人一定会战胜天和地'，神的使者就是来帮助人类战胜天地的。"

乌姆巴耶解释道，与衰弱后的神相比，全部人类相加的力量其实更加强大。但人类之间不能心意无间相通，相隔数十公里的人类，说的可能就是不同的语言："而神使的能力在于，可以让每个人在同一时刻看到、听到相同的东西。"

根据伊特罗亚的神话长诗记载，第一个神使的力量过于强大，使他控制的每个人都失去了自己的意志，变成了一个名叫"力力斯"的大怪物，险些毁灭了人类。

"之后，我们的传说中出现过很多位神使，每个人的能力都不完全相同。我们相信，你就是我们的第七任神使。"乌姆巴耶说道。

"那么，神使要干什么，最后会怎样呢？"哈特问。

深夜，哈特握着可乐的手上，手环响了起来，提醒他现在应该去睡觉了。他按了几下手环上的按钮，发现手环的按键有些失灵，他没法把手环关掉。他突然暴怒起来，狠狠地用手腕捶着防弹玻璃。手环上的传感器碎裂了，声音也就此停止。他心满意足地把脑袋靠在玻璃上，准备入睡。

门悄无声息地开了，几个携枪保镖冲了进来，迅速地占据了有利位置，显然对此地的地形熟悉无比。他们谨慎而迅速地搜索着整个套房，很快在阳台上找到了一脸惊愕、刚刚站起身来的哈特。

保镖的首领警惕地举枪观察了一下四周，问道："你没事吧？我们收到报警信号，你的生命体征……"哈特看到他的目光下移，停留在破碎的手环上。

"没，没啥……我不小心砸到了一下。"他有些局促地解释。

"没事，但是今天晚上我们要守在这里。"保镖首领放下枪，"这是规定。"

　　哈特耸耸肩，示意保镖们自便，自己走进了房间里。他躺倒在床上，望着漆黑一片的天花板。

　　"神爱世人，每当世界即将出现巨大的灾难，就会有神使降临。神相信，人的力量足以拯救自己，但人们必须团结。神使的作用，就是让人团结一致。"总统的话在他脑中回响。

　　"如果神使拯救了人类，又都有让每个人都听到、看到自己的能力，为什么我们从没听说过这一切？"

　　"因为灾难是天和地带给人类的惩罚，违抗这种惩罚的人，都会遭到天和地的报复。每个神使在拯救了世人之后，都会痛苦地死去。"总统忧心忡忡地说。

　　哈特并不想相信这种说法。一个非洲部落的神话传说，能和他产生什么关联呢？但是他还是被这通电话搞得心情很糟。

　　"我想要什么呢？我想要活下去。"他心想。

　　与此同时，军装男子正在灯火通明的办公室里汇报着。接受汇报的对象按下了桌上的铃，一个干练的警卫进来听取了他的指示后离开，不久又端着一个餐盘，走进房间。

　　"一晚上都没睡，你也饿了吧，来一起吃点。"被汇报的对象拿起一个汉堡，香甜地吃了起来。军装男子也不客气地拿起一个三明治，想来这样的深夜汇报已经不是第一次。

　　"乌姆巴耶大酋长的那段话我们已经解读完毕，没有什么隐藏的意思。从字面上看，他们的神话传说里记录了人类远古历史中的七次灾难，并且预言哈特出现之后，将会有第八次灾难。"军装男子嚼着三明治，"根据我们掌握的地质学和地理学资料，这七次灾难确实发生过。我们对照的资料里有不少都没有对外公开过，而在伊特罗亚人流传那些神话传说的时候，他们也不可能获知世界其他地方发生的灾难。"

"所以不是巧合？"

"所以不是巧合。"

"我想听听你们的建议。"被汇报的对象用一块白色餐巾擦了嘴和手。

"我明天会飞去伊特罗亚拜会总统，希望他们拿出更多详细的资料，让我们更加明确，所谓的神使如何让人们团结一致，以及灾难到底会如何降临。在有定论之前，哈特的安保等级会提到最高。"

14

第二天，哈特顶着黑眼圈迎来了莱特，和莱特一起上门的除了福斯特之外，还有一个略有些谢顶的男子。这个板板正正如同政府官员的男人接受了细致的搜身之后，坐到了哈特的对面。

"这位福特先生是威廉·莫里斯公司的演艺部总经理。他们希望举办一个新的真人秀节目，而这个节目要想成功，哈特先生的存在必不可少。"莱特介绍。

福斯特对威廉·莫里斯公司并不陌生。他向哈特耳语道，这家公司堪称全球最大的娱乐经纪集团，旗下拥有多家经纪公司和电视台、报纸等媒体。

福特先生看上去一点也不娱乐，他全身上下散发着一股技术官僚的气味，连手机屏保都是默认画面。他用流利但刻板的语气说道："我们的这档节目，叫作'安迪·沃霍尔的十五分钟'。"

作为美国最著名的波普艺术大师，安迪·沃霍尔曾经说过一句话："每个人都有十五分钟成名时间。" 这档节目的主要内容，是让一位嘉宾在哈特大解时，在他身边表演自己的节目——至于节目内容则无所不包，除了唱歌无法被实时转播之外，舞蹈、杂技、魔术，甚至是各种高科技玩意儿的展示，都可以让观众们在哈特大便的十五分钟里，有别的东西可看。

毫无疑问，这档节目将成为世界上收视率最高的真人秀，而参加节目的任何嘉宾，只要有可以吸引眼球的真功夫，也会在一天之内成为全世界瞩目的焦点。对哈特而言，他的人气也将进一步得到延续。

即使是浸淫业内已久的莱特也不得不承认，这是一个天才的想法。尽管与威廉·莫里斯公司的合作可能会让她的地位被边缘化，但她相信这对哈特应该是最好的。

几天后，旧金山白天鹅酒店的VVIP包厢内。

这个包厢里的陈设看上去很是普通，只有铁条椅子和玻璃茶几，墙面是裸露的水泥。这个包厢如此装修的原因在于，整个包厢由厚度超过两米的混凝土浇筑而成，最简单的陈设可以保证任何窃听、偷拍设备无所遁形。对于有重要事情要谈的人们来说，这地方仅次于澡堂。

哈特正坐在一边，他的身边是一身合身套装的莱特。对面坐着的是个金发的中年白人，前几天见过的福特坐在下首。在他们背后，一排西装革履的保镖戴着耳麦，粗看起来倒像是会所里的保安小弟。

"您提出的一切条款都可以接受，包括节目必须在旧金山录制，以及全部的额外安保措施。如果您有其他任何需要，都可以现在提出来。"金发男子说道。

"顺便，莫里斯先生现在不但是威廉·莫里斯公司的少东家，而且已经确定分管北美区的全部业务，他的话就代表最终结果。我们给您的酬劳将是每季八千万美元，以及播出后5%的收入。"福特补充道。

哈特看了一眼身边的莱特女士，后者打开手里的文件夹，沉稳地微笑："那么，让我们来谈谈合同的细节吧。"

"时刻准备，看屏幕，好，开始！"电视屏幕被切换成哈特的一瞬间，整个摄影棚都进入了战斗状态。

"欢迎大家收看今天的《安迪·沃霍尔的十五分钟》！虽然我们并不知道节目会持续多久，但相信我，这档节目不会让你后悔的！"

主持人语气夸张地出现在全球的电视机上。布莱恩的站位经过精心的计算，确保他能够被事实上并不存在的"镜头"摄入。

事实上，整场节目的舞台都被局限在一个以哈特为中心、直径五米的球形当中，舞台的背景则是简单粗暴的各家赞助商广告，以及当天的节目内容。

超出这个范围的部分都不会被直播出来，节目的"播出"也必须掐着哈特排泄的点来——拜规律的生活和一流的医疗团队所赐，哈特的排便时间几乎可以控制在每天早上八点，误差十分钟之内。

当哈特在摄影棚的特制马桶上坐下，并且举手示意的时候，灯光、音响立刻全部到位，参加节目的嘉宾也必须做好准备。当监控器画面被强制切成哈特的瞬间，节目就开始了。

尽管可以控制排泄开始的时间，但哈特用于排泄的时间毕竟不会太久，所以这档节目也必须紧锣密鼓地进行。当然，制作公司不会仅仅满足于"播出"一档时间很短且没有声音的节目。因此，摄像团队会将现场情况拍摄下来，加上经过剪辑的嘉宾花絮、植入广告等内容，做成一部半小时长的综艺片，并在全球网络上投放。制作方有理由相信，被"强制"看过无声且仓促的现场表演之后，如果演出足够精彩，人们绝对会到网上去搜索一番。

与人们事先猜测的不同，第一期节目的嘉宾并非大牌明星，而是一位并不为人熟悉的东方女孩。这位嘉宾手中握着一根拇指粗细、长度近一点五米的木棍，将木棍竖在地面之后，她轻盈地跃起，竟然站在了木棍上，稳稳地站定了。

摄影棚内部没有太多观众，但是工作人员还是抽了一口冷气——且不说踩着木棍在空中保持平衡有多难，光是要一跃而起跳到一点五米高的棍子上，就非常人能为。但这还没有完，这个女子在木棍上找了找平衡，然后竟然缓缓地打起了一套太极拳。当姑娘结束表演时，连工作人员都不由得鼓起了掌，发出欢呼。

打完一套拳的姑娘从棍子上跳了下来，棍子随之倒地，也进一步证明她并没有作弊。几乎与此同时，哈特也结束了自己的工作。"完美的第一场演出。我可以确定，这会是今年最吸引眼球的秀。"莫里斯先生兴奋地点头鼓掌。在他身边，一位来自中国的赞助商也喜笑颜开，能拿到这个真人秀的首播广告位，他可是花了大价钱，而这笔钱现在看来绝对超值。

主持人还有工作要做。他举着话筒来到女孩面前开始做访谈。这段画面虽然不会被直播到全球，但在稍后的网络节目中，它将会成为重要的花絮。

"感觉如何？这应该是你第一次在这么多人面前表演吧？"

"有点紧张，但是想到是在哈特先生面前，就没什么可紧张的了。他当时可承受了比这大得多的压力。"女孩露出阳光的笑容，应答得体。

"说到哈特，来给电视机前的观众打个招呼吧！"主持人说着走到哈特的身边。此刻，哈特还没有站起身来，而是用一条毯子盖着自己的下半身。这也是节目的一部分。

"大家好，又见面了，我是哈特。"哈特对着镜头挥舞双手，又故意装出毯子要滑落的样子，显得很是幽默。

15

当天，《安迪·沃霍尔的十五分钟》当仁不让地成了Google和YouTube的最热搜索。对于这种新的节目形式，人们表现出了巨大的兴趣。

"处女秀是个巨大的成功，但是危险也同样存在。人们的新鲜感会不断降低，而舞台的局限会让任何大型演出无法进行。最关键的是，人们听不到现场的声音。网络播放能够解决一些问题，但还远远不够。"莫里斯先生说道。事实上，他并不担心这些问题，如果下属们没有提前准备好方案的话，他也不可能向哈特挥起数千万美元的支票簿。之所以再提一次这些问题，一方面是提醒下属们不要被胜利冲昏头脑，另一方面也是重新强调一下自己老板的身份。

"莫里斯先生，我们已经准备好了下面十五期节目的内容。其中，第二期将是世界上最萌的柯基犬与它的驯犬师，并且把全部收入捐给世界动物保护协会；第三期的计划有所变更，我们计划请史蒂芬·霍金作为嘉宾。"一位下属汇报道。

"可是我们没法现场转播声音，你要观众们看他坐在原地十五分钟吗？如果霍金站起来的话，倒是个大新闻。"

"关键就在于没有声音。无论你有多不乐意，也只能守在电视机前看他坐在那儿。但接下来，你会好奇，霍金究竟讲了什么？你一定会去搜索我们的在线节目的。尤其是，我们已经了解到，霍金对时间和空间的研究又有了新的进展，爆炸性的进展。"下属用双手比出了一个爆炸的样子。

"很好。海选组的进度如何了？"

"全球范围内已经有接近七十个国家开始做海选的节目，各国的海选都授权给了各国的电视制作机构，相信会比以往的'达人秀'更有看点。我们每周都会综合全球最佳的前十海选者做特别节目，预期会给我们带来很高的收视率，甚至比正式节目更高。"

《安迪·沃霍尔的十五分钟》毫无疑问成为全世界最具关注度的真人秀。在经纪公司的大力推广下，节目获得了空前的收视率——人们守在任何一台屏幕前等着哈特出现，然后又通过电视、手机来观看节目的花絮。哈特甚至觉得，即使自己没有直播的能力，这档节目一样能够继续红下去。

"哈特先生，你曾经表示自己会成为公益大使。但现在你参加真人秀，是不是表明你要进军娱乐圈了？"记者招待会上，一大群记者把话筒戳向哈特的脸，仿佛离得稍远就收不到声音似的。

"我并不是一个娱乐人物，"哈特对着镜头侃侃而谈，"但我并不介意大家从我身上得到一些娱乐。至于公益，我会将参加节目获得的一半收入捐出来。虽然限于合同，我没法告诉你们具体的数字，但相信我，绝对不是一笔小钱。这个世界上还有很多贫困的地方连电视都没有，我希望能够为他们做些什么。"

"当然，这可不是为了让他们看我。"哈特开了个玩笑。

"哈特先生，您对现在的生活满意吗？如果再给您一次机会，您会选择做一个普通人，还是成为现在的自己？"

"我想确认一点，我没有选择现在的生活，是生活选择了我。"哈特沉默了几秒钟，缓缓地回答。这个精心设计过的问答让他显得沉郁伤感起来，"我能做的，只是尽可能把生活给我的一切东西都转换为价值。"

"我没有选择生活，生活选择了我"这句话很快成为各大报章杂志的大标题。哈特的照片登上了《时代》杂志，精细的化妆和发型让平平无奇的他看上去也有了几分大明星的味道。摄影师特地安排他坐在纯金的坐便器上，配上一句话："马桶上的思想者。"

哈特也真正成为一个具有品牌价值的名人。此前，尽管他可以霸占全世界的屏幕，但人们还可以选择不看——除非哈特吃了一条尼龙绳，否则他一次霸占屏幕的时间很少超过十五分钟。而现在，哈特的每一次出现，都伴随着精彩的节目、知名的人物。每个人都好奇于：下一个与哈特同场的人会是谁？从这个意义上来说，哈特是否还具有直播的能力甚至不重要了——就算不看电视的人，也会搜索他的节目。

而在网络不那么发达的发展中国家，哈特的节目则成为观众找乐子、开眼界的重要方式。尽管每天只有十五分钟，但这十五分钟的节目几乎天天精彩——这些观众最喜欢的是与杂技、表演和喜剧相关的节目，而每次剧组安排谈话类节目时，都会引来数万封抗议信。

在最初的慌乱之后，哈特很快适应了成名后的生活。对于平凡生活了二十多年的哈特来说，成为名人给他带来的不便并不那么严重——他本来就是个有点宅的小伙子，既不去夜店也不爱抽烟喝酒，平时的消遣无非就是上上网、看看电影，偶尔下个馆子。而现在，他想吃任何东西，随时可以请来顶尖的米其林大厨到他家上门服务——顺便说一句，哈特现在的居所是一栋位于洛杉矶市郊的巨型别墅，这栋别墅有着完善的安保和生活设施，足够容纳哈特和他的家人甚至好友；而别墅的后院里则是摄影棚——真人秀就在那里录制，这可以尽可能确保他的安全。

在受邀作为开奖嘉宾参加奥斯卡颁奖典礼的当天，哈特正一个人在专属休息室里等待出场，一个以知性和端庄而出名的英国二线女星闯进了休息室，并且在哈特来得及做出反应之前就脱光了自己的衣服，扑了上去。

很难说哈特面对这样的艳福时是否心生绮念。毕竟，那位女星从容貌到身材都堪称完美，这么一个光着屁股的漂亮姑娘扑过来抱大腿，也的确很难让人伸手推拒——换句话说，伸手推出去，都容易推到不该碰的部位。

哈特的第一反应是闪避——作为一个处男，见到美女的裸体时，这是正常的第一反应。另一方面，为了保证他的安全，利文斯顿此前每周都会安排特种兵教官，训练哈特的逃生与防身能力。用利文斯顿的话说："就你这样的，再怎么训练也成不了真正的高手，但至少能增加0.1%的生存概率。"

哈特和那位女星玩了一会儿老鹰抓小鸡的游戏——女星扮演的自然是老鹰——随后赶到的安保人员将那位女星架了出去。事后，安保人员在她的衣服里找到了一小罐用尖嘴瓶装着的甘油——这种液体是开塞露的主要成分。

"想出名想疯了。"哈特不无后怕地想。

16

"最高的安保等级下，你们就让一个女人扑到哈特面前？如果她是间谍，她可以拧断哈特的脖子！"军装男子愤怒的声音从电话那头传来。

"行了行了，这不没出事嘛。现在开始我会二十四小时跟着他的。"利文斯顿不耐烦地说道。电话那头并没有因为利文斯顿的态度而生气，他知道自己的这个部下虽然喜欢表现得吊儿郎当，但关键时刻从没掉过链子。

"对了，老板你在伊特罗亚打听到什么了？没事的话赶紧回来吧，真人秀的决赛还有两个月就要开始了，安保协调得靠你啊。"利文斯顿问。

"这事，你知道了没好处。"

"那就是真的了？"

电话那头是长时间的沉默。

此刻是二〇一八年三月三十日，哈特对他未来的命运仍然懵懂无知。

新一期的《安迪·沃霍尔的十五分钟》即将开始。在全球海选开始后，按照真人秀的规则，亚洲、欧洲、北美、南美、非洲、澳大利亚联邦各自举行海选，而每个地区的前五名将会获得与哈特同场出演的机会。与此同时，全世界最有名望、最受关注的名人也会经常受邀参与这档节目。而今天的节目则更加与众不同一些：苹果花了五千万美元，买到了哈特的档期，他们将在今天的节目中发布最新的iPhone8s。

为了这档节目，苹果甚至耗资上百万，在哈特的别墅里重新搭建了一间严格按照苹果标准设计的厕所——黑色的墙上挂着白色的苹果logo，按照全球苹果门店玻璃幕墙材质定制的玻璃板用来作为厕所内的隔板和展示台，上面是即将发布的新产品。甚至连哈特的马桶也使用了苹果引以为傲的钢琴烤漆工艺，乳白色的马桶呈现出一种略略透明的丰盈光泽。

全球所有的电视屏幕，以及全方位的网络直播，将使苹果的这次发布会成为历史上同时观看人数最多的发布会。全球媒体则不约而同地玩起了文字游戏，英语媒体将"History"里的"S"挪了位置，变成了"Shitory"，而中国的媒体则在标题里用上了"有屎以来"。

坐在马桶上的哈特清了清嗓子，把耳麦靠到离嘴更近的地方。自从参加真人秀以来，他一直在恶补自己的演讲和口才。好在他以前虽然读书不怎么样，倒还真有点语言天赋。经过名师的训练，他现在已经能独立完成一场脱口秀了。一个多月前的奥斯卡颁奖礼上，他甚至还在颁奖时说了好几个笑话，引发了嘉宾们礼貌的笑声。

尽管直播中的声音无法传到全球，但哈特的话语仍将通过无数条通信线路，在全球同时响起。他略微用力，知道自己已经开始直播，然后拿起了桌上的一台苹果手机。"各位好，我是哈特，相信大家都发现了，今天我将为大家主持苹果的最新发布会……"

发布会进行得十分成功。令人始料未及的是，哈特坐着的马桶成为当天被搜索得最多的热词。不得不说，苹果的工业设计能力代表了业界的顶点，这个外形极为简洁大气、富有苹果风格的马桶让不少人为之心动。苹果方面很快发表了声明，称这个马桶将在半年后正式上市，届时还将搭载可以与iOS设备联动的智能健康和自动防堵模块。而与此同时，节目原来的马桶赞助商TOTO则愤怒地将莫里斯公司告上法庭。

四月二日，早上七点十五分，哈特刚从梦境中醒来，就看到一群荷枪实弹的军人站在自己的卧室里。即使他和这些人打了不少交道，仍然被吓了一跳。

"怎么了？"他问利文斯顿。后者此刻脱掉了常穿的白大褂和西装，也穿着一身插满了防弹瓷板的特种作战服。

"我也不知道，只是接到上级通知，必须百分之百保证你的安全。现在应该会去佛罗里达的航天地下基地。"利文斯顿说着挥挥手，背后一个同样全身武装的士兵送上一套防弹衣。

哈特手忙脚乱地穿上防弹衣。他知道，自己很可能有麻烦了。

在接下来的几天里，任何人都联系不上哈特。莱特和福斯特不得不面对莫里斯先生因为节目不得不停顿而产生的怒火。当然，后者也知道，哈特显然是被美国政府方面带走了——在哈特已经成为全球焦点的情况下，政府既然这么做，一定说明有大事要发生。

哈特的突然失踪很快就引发了全球的关注——从他最近那次上厕所的情况来看，他似乎位于一个防卫严密的军事基地。他看上去并没有受到束缚，神情和动作也很自然，甚至还举了一块"I am fine, and I am doing something important"（我一切安好，正在做一件大事）的牌子，但海外媒体依然猜测，美国政府可能要重启对哈特的研究。

各国政府的抗议甚嚣尘上，但美国仍然保持沉默。令不少人感到奇怪的是，各国政府尽管叫得凶，却没有做出任何实质性动作。

时间倒回到二十多天前的三月初。在位于比利时首都布鲁塞尔郊区的一处地下军事设施里，各国政要济济一堂。

"各位，如同我们之前所调查的那样，超新星AS-257082CT的爆发已经被确认。尽管很难接受，但我们不得不承认，伊特罗亚的神话传说是真的，哈特的出现意味着人类即将迎来危机。"联合国秘书长古铁雷斯站在主席台上，神情肃穆。

伊特罗亚总统兼大酋长走上台去，解释了自己民族的传说；穿着迷彩服的军装男子也展示了自己的调查结果，这些结果虽然看上去荒谬，却与历史完美地贴合着——大洪水、黑死病、十字军东征……这些事件的背后，都有着与那个"神使与灾难"相吻合的细节。

接着，欧洲核物理研究中心的副主任莱特纳教授展示了他们最新的研究成果——一种使用放射性金属铊作为耗材的探测器。

"目前来看，这颗超新星爆发出的高能粒子流中，有一种极为特殊的粒子，仅能通过其与铊元素的撞击才能检测到。我们暂时将这种粒子称为'λ粒子'。根据它与铊元素的反应，我们可以推断，足量的λ粒子不但会干扰通信、破坏电子设备，而且其穿透人体后将会使人体的基因链发生崩解，七十二小时内的致死概率超过99%。目前看来，即使是地层也不能够阻挡这种高能粒子，它可以轻松地穿透地心。"莱特纳面色深沉地更换了演示在大屏幕上的页面，那是一颗星星到地球的距离。

"根据我们的计算，这颗超新星距离我们仅有七百光年的距离。

它爆发产生的 λ 粒子流中，有一小部分已经抵达了地球，而绝大部分将在可见光之后三个月内到达，届时将造成十七到二十一分钟的粒子暴，地球将在这段时间内完全暴露在高能粒子的冲击下。也就是说，我们还有三个月的时间。"

演讲台上走马灯般轮换的专家们描绘出了一系列可怖的场景：超新星爆发后，尽管植物和低等动物受到的影响相对较小，但在地球表面生活的高等动物将死亡八成以上；人类耗费上百年建立的现代通信网络与各种现代化设施将变成废铁，大到核电站，小到收音机，都有可能损坏。但这也没有什么关系，反正能够操纵它们的人类也将死伤枕藉。

尽管出席会议的都是饱经风雨的各国要人，但这个消息还是令大家骚动起来。电影里经常出现的世界末日，真的要来了吗？人类的恐慌往往会成为比灾难还要可怕的杀人利器，这些政要对此毫不陌生。

"我知道各位对事情的真实性有所怀疑。联合国已经通过与每个成员国的单独通信网络把这一事件的全部数据传送给了主要成员国的政府，并敦请各国政府选择具有判断能力的科研人员进行鉴定。相信大家很快就会收到鉴定结果了。"古铁雷斯沉声道，"明天我们的会议继续。我想，不需要提醒各位，保密的重要性。"

17

第二天，进入会场的代表们明显脸色沉重了许多。英国代表站起身来："尊敬的秘书长，我相信在座的各位都已经了解了事情的危急程度。作为联合国常任理事国，英国倡议，在全人类的危机面前，我们应该捐弃一切争议和利益纠葛，以尽可能保留人类文明为唯一目标。"

其他几个常任理事国的代表也纷纷表态。此时，莱特纳走到了演讲台上。

对于这位带来悲剧性消息的信使，代表们都很熟悉。莱特纳手中握着一试管蓝色的液体，在演讲台上停顿了一会儿，然后大声说："这，将是拯救人类的希望。这是我们制造铊元素的副产品。人类饮用这种药剂后的五到十分钟内，对λ粒子的抵御能力将大大提升。"

这无疑是一个戏剧性的好消息。

"故意停顿一天，让恐慌的情绪发酵，然后给出解决办法。真是聪明的做法。"作为美方代表的军装男子轻声道。的确，对这样的紧急事件，每个国家都可能会有自己的想法和做法。而这会儿最需要的，并不是层出不穷的主意，而是齐心协力的执行。

"这种药剂的生产和制备困难吗？如果现在开始全力生产，能够在三个月内生产多少份？"一位南美小国的代表大声问。

"铊元素的制备需要在核反应堆中进行，主要的耗材是重水。铊元素的制备本身非常困难，但副产品的量很大。我们估算过，全球的核反应堆如果全部开放改建，并用于制造提炼铽元素的话，能在三个月内制造出七十亿份的药剂——这还是在没有计算瞒报反应堆的情况下。"莱特纳回答道。

众人都松了一口气。如果只能制造三十亿份药剂的话，50%不到的存活率将让接下来三个月的世界变成地狱。但既然能制造超过七十亿份药剂，文明世界遭到的破坏将大大减小——尽管大批电子元件的毁坏仍然会造成天文数字的损失，但人们完全可以制造足够的备用芯片——芯片只要不带电使用，本身并不会被粒子毁坏。

所以，接下来要做的就是开始生产药剂和通用芯片了。

"不，没那么简单。"在大会结束之后，古铁雷斯与五个常任理事国的代表进入了一个小会议室。莱特纳教授和一个穿着深色套装的女性是他们之外唯二的参与者。两人的脸色都很阴郁。

军装男子倒并不意外。与其他人相比，亲身调查过的军装男子，显然更加相信哈特与伊特罗亚传说之间存在着不可忽视的关系。现在，若是事件就这么解决了，又如何体现哈特作为"神使"的价值呢？

那位穿着套装的女性站起身来自我介绍："大家好，我是格雷·斯隆医学中心的教授梅里斯。我们研究了莱特纳教授所说的这种药剂，发现这种药剂的确能够对高能粒子产生拮抗效果。但同时，这种药剂对人的神经系统有剧毒，服用药剂后人会立刻陷入昏迷。而半小时内，如果不能通过相应的解药将其驱除出体外，人体将会有80%以上的概率死亡，或产生不可逆转的神经损伤。"

"这意味着，我们必须在粒子暴即将达到高峰时开始饮用药剂，并且在它毒死自己之前服用解药。这一点倒不难，我们可以很容易地开发出自动定时注射解药的小型机器，每个人都可以发一套。"莱特纳先生说，"难的是，我们必须精确地测量出粒子暴到达地球，以及在每一个地区达到高峰的时间。"

"铊元素探测器的技术不是已经很成熟了吗？"法国代表问道。

"铊元素的制备过于困难，而要想达成宏观范围内的观测，需要二十五克以上的铊元素。即使全球的核设施从现在开始二十四小时制备铊元素，三个月内也最多制备四十克左右，只能装备一两套探测器。要想覆盖全球，是不可能的。"莱特纳先生道。

"可是地球的形状是规则的，地磁场也不会随意变化。通过计算机模拟，只要布置一台仪器，理论上也可以计算出全球的情况吧？"工科出身的法国代表问。

"是的，理论上当然可以做到。但是，我们怎么把信息传递到全球呢？"莱特纳先生举起一个地球仪，"的确，我们可以根据探测器接收到的粒子方向与强度推算出全球任何一个坐标点何时到达粒子暴高潮。可问题是，λ 粒子会干扰一切电子设施和通信。"

"所以，今天这个会议的主题，其实就是决定这台探测器要放在哪里吗？"法国代表皱眉冷声道。如果没有更好办法的话，探测器的消息就只能通过相对古老的方式进行传递——不管是用汽车、飞机，或是烽火台、防空警报。任何用电的玩意儿都不能用，这意味着探测器能够探测到的结果传播地域总是有限的，只有在这个区域中的人，能够知晓何时应该喝下药剂。

众人面面相觑，都没有先开口。对这台探测器的争夺很可能决定了哪些国家的人能活下来，哪些不能。每个国家都有理由让探测器安排得离自己近一些，但无论哪种衡量方式都不能做到完全公平。这样的争执甚至可能引发战争，让人类在被超新星毁灭之前，就死于自己发明的核弹。

"如果解决不了这个问题，为什么还要召开联合国大会？这是一条死路。"俄罗斯代表冷笑了一声。

"很简单，这是目前唯一的出路，尽管我们还没有解决通信的问题，但如果现在不让全世界的核设施运转起来，到了三个月后，就算我们有了解决方案，也不会有足够的钍元素和治疗药剂了。"作为美国代表的军装男子轻蔑地说道，"如果不开会，有核国家会愿意把核电站改建成提炼设施吗？"

"更何况，你们是不是忘记了什么？"军装男子道。

自从四月二日那天被送到地下基地以来，哈特的生活很是舒服。除了无法自由行动之外，他所在的地下室布置得颇为豪华，每天都有用量上乘、口味绝佳的餐食。但这样的日子过了一个礼拜，还是令人感到颇为厌倦。

"如果你觉得太寂寞的话，想要什么服务也可以随时跟我说。"正在收拾餐盘的利文斯顿对他挤挤眼睛。但哈特可没有什么接受"服务"的兴致。

"这次你们准备把我关多久？"哈特问。对于自己此时的境遇，他也并非没有猜测过。这几天都没有其他人来看过他，看来似乎不像是要对自己重新做检查和实验；也许是有人要害他？确实，IS一直以"有伤风化"为由，把他放在暗杀名单的首位，但他不认为他们有能力把自己从本就严密的保护中逼到这个基地里。

"不知道。这次可能会很久。"利文斯顿说。哈特留意到，利文斯顿正在详细地点数所有的餐具，防止任何一件餐具留在房间里。同时，房间里所有的陈设都是软质的，哈特就算在房间里抽风，也不会让自己受伤。

"我不会自杀的，放心。"哈特说。经过了上一次在研究基地里并不愉快的经历，和这段时间以来如梦幻一般的生活，现在他倒是觉得在这里安静地生活不是件坏事。

"主要倒不是担心这个。以你现在的历练和心态，自杀是小概率事件。我们只是担心你受到任何的伤害。"利文斯顿道，"上面的命令是，至少在三个月之内，你掉根毛我们都要负责任。"

"所以要关我三个月？"

"不一定，也许不到，也许更久。但总之你得做好准备。"利文斯顿刚说完，放在他胸口口袋里的手机振动了一下。他拿出手机看了良久，然后望向哈特。

"现在我知道为什么要把你关在这儿了……救世主先生。"

18

哈特真的成了神使。

在那天的小会议上，几乎在军装男子说出"哈特"这个名字的一瞬间，人们便意识到了问题的解决方法。解决方法如此简单——利用哈特的超能力，向全球同步直播粒子暴的情况，并指挥全球各地的人们准时服下药剂。

"我们为什么居然没有想到这一点？"莱特纳教授拍着脑袋。他实在佩服这个主意：哈特上厕所的时间和粒子暴的持续时间正好接近，而他的超能力甚至能在没有接通电源的电视屏幕上显示画面。哈特只需要在手上举块牌子，不断标注粒子暴达到高峰的地区，就能够通知到全球所有有电视机的角落。

"你们太从科学角度去思考问题了。哈特的存在是不科学的，伊特罗亚的神话更加不科学，所以你们很容易忽略这种可能。"军装男子说道，"现在，只有一个问题需要解决了。"

　　针对哈特的"神使计划"几乎立刻铺开。一方面，哈特成了这个世界上被最严密保护的人，他的性命直接牵连了数十亿条人命；另一方面，"神使计划"所需要的所有设施也加班加点地制造了起来。

　　"你可以放心，我们会尽力保护你的安全。"此刻，一大群专家正围坐在佛罗里达基地的椭圆形作战会议室，而哈特被簇拥在中间。一位穿着套装的女性正在向他演示着他们的计划。

　　"哈特先生，这次体验对您来说可能会有些辛苦，但并不会有太大的困难。根据我们的计算，粒子暴来临的时间窗口会在七月十五日至七月十六日之间。届时，我们会先使您进入麻醉模式，并将您与铊元素探测器始终置于同一个空间。一旦铊元素探测器开始探测到粒子暴高潮的出现，这台专门的仪器就会使您进入缓慢而持续的排泄状态。即使您处于昏迷状态，直播也将继续进行。"那位女性指着屏幕上一台布满齿轮和管道的大型仪器，那台仪器看上去干净而可靠，只是哈特总觉得仪器上那两根粗大的胶管闪烁着寒光。

　　"仪器上安装了注射系统，可以第一时间为您注射药剂并解毒。当您醒来的时候，就会成为人类有史以来最大的英雄了。"联合国秘书长古铁雷斯接口道，"现在唯一的问题就是：您是否愿意这么干？"

　　对哈特来说，这几乎是个不用去想的问题，没有任何理由不答应这样的要求——如果计划成功，全人类包括他自己都能获救；而参与这个计划，目前看来也没有什么风险，至少不会比其他人要冒的风险更大。

接下来的事情进行得顺理成章。哈特开始进行严格的身体锻炼，以确保他的身体能够经受麻醉和机械控制下的排泄。在全球范围内，几乎所有可改建的核设施与化工厂都开始制造铌元素和抗辐射药剂。

在整个计划被公布后，尽管有极少数人并不相信，认为这是当权者的阴谋，但绝大多数国家的绝大多数人民都意识到了事情的紧迫性，与哈特的唯一性。全世界的人们都在呼唤和祈求哈特能够完成这项任务。在巴黎，在纽约，在麦加，在开罗，大规模的聚会活动彻夜不停，哈特的大幅画像成为众人膜拜的对象。每当哈特因为上厕所而出现在全球面前时，都会有大量跪拜的人群。

哈特俨然成了全人类的精神领袖。当他在马桶上振臂一呼，希望全世界所有民众联合起来，捐弃前嫌共渡难关之后，世界各国的政府纷纷发表声明，解除与其他国家可能存在的紧张状态。

七月十二日，距离计划开始还有三天。由于近期铌元素探测器已经探测到了粒子流的明显增强，根据计算，粒子暴很可能在之后的几天里爆发。所以，从明天开始，哈特就要进入那台机器，并在被麻醉的情况下度过今后的几天。这几天里，他不需要干任何事，只需要沉睡。

哈特吃完了简单的晚餐，开始听音乐。这种经过特别调制的音乐能够很好地舒缓人的神经，根据医学专家的处方，哈特将在音乐和药物的共同作用下睡一个好觉，把身体状况调节到最佳。毕竟，即使对全球顶尖的医学专家来说，要确保哈特在接受多日的麻醉与胃管进食后仍然保持健康，也是一个不小的挑战。要知道，万一哈特有个三长两短，直播也许会立刻结束。

这几天以来，全球最优秀的心理医生一直在为哈特进行心理疏导。毕竟要承担拯救全人类的任务，他身上的压力之大，可以想象。此刻，哈特的心情也被调适得颇为平和，他虽然仍然牵挂家人，但也相信他们会得到最好的照顾。

突然，房间的门打开了，一个人影闪身走了进来，虚掩了房门。哈特略有些讶异：这几天，晚上八点钟以后一般不会有人造访，除非是出了什么事。当他看清走进房间的人是利文斯顿的时候，惊讶变成了惊喜。

"哟，你来了！"哈特跟对方打招呼。这么久以来，利文斯顿对他真算是颇多照顾。但自从他上个月进入基地最深处的安全室后，即使以利文斯顿的权限，也不能再拜访哈特。没想到，这会儿利文斯顿倒走了进来。

利文斯顿的手里拎着一个塑料袋，能看出酒瓶和外卖盒的轮廓。他把食物和酒往桌上一放，从塑料袋里拿出饭盒，里面是香喷喷的布法罗炸鸡翅。两人在桌边坐下。

"怎么样，来一点？"利文斯顿坐下来，给哈特倒上一杯。

哈特更觉得奇怪了。他的饮食现在受到严格的限制，怎么可能会被允许吃这么油腻的鸡翅？更何况，这可是在佛罗里达地下基地的最深处，当时他从复杂的地道里徒步走进来都花了半个多小时，利文斯顿又是如何带着食物进来的？

看到哈特狐疑的表情，利文斯顿笑笑，道："有件事情要告诉你。你死定了。"

哈特脱口而出："什么？"事实上，他一直都很信任眼前这个看上去比他还年轻的小伙子。此刻，对方说出这样的话，其中必有深意。

"他们告诉你，你接下来会被麻醉，在机器里面度过几天，成为全人类的英雄，对吧？"利文斯顿冷笑道，"这些都对。只是他们漏告诉你了一件事情。"

"明天，你被麻醉之后，将会被装上载人飞船发射到地球同步轨道上。你会在那里执行完任务，然后被辐射而死。你最好祈祷你死得快一些，因为就算你是那幸运的百分之一，熬过了辐射，那艘载人飞船也没有配备返回舱，氧气耗光之后，你会在太空中活活闷死。"

哈特"噌"地站起身来："你怎么会知道？为什么会这样？"

利文斯顿道："铕元素探测器在地表使用的时候会受到地磁的影响，如果要精确计量的话，就必须离地球够远。而欧核中心早就计算过了，在那个距离上，由于缺少地磁屏障，人接受到的粒子辐射会远远高于地球，即使是双份的药剂也无法阻止损伤。"

哈特下意识地摇头："这不可能，他们都是……"他想说，这些人都是德高望重的科学家与政治家，不会欺骗他这么一个普通人，但他突然语塞了。

"是啊，他们都是顶尖的牛人，可这样的人心里怎么会在乎一条命呢？"利文斯顿露出了那种带着嘲弄意味的笑容，"他们之所以骗你，是希望你保持良好的身心状态，去为他们送死。想想看，他们为什么要把你搞到这儿来。还有，这是明天的发射时间表，以及载人飞船的设计图。这个红圈的位置就是铱元素探测器的显示器。"

虽然哈特只是个外行，但这些证据还是很有说服力的。"可是……好吧，不这样做的话，全世界的人都会死……就算他们告诉我了，也许我还是会接受的。"哈特颓然道。

19

"如果我告诉你，你可以不用死呢？"

哈特感觉自己可以听到自己瞳孔收缩的声音。他隐隐感觉到，利文斯顿似乎拥有着他所不知的力量——若非如此，他怎么能带着鸡翅走进这个房间，还给自己展示了飞船的设计图？

"怎……怎么说？"哈特的嘴唇有点发干。他盯着桌上冒泡的啤酒，几乎就要把它举起来喝掉。

"猜猜看，我是怎么走进这个房间的？你也知道，走进这个房间的难度，比走进白宫的椭圆办公室，拿着酒瓶把他的脑袋打烂还要大。"利文斯顿诡笑道，"原因是，我上面有人。"

说着，他从塑料袋的角落里取出一瓶蓝色药剂："这玩意儿和他们开发出来的药剂很相似，唯一的区别在于，它的作用时间是一个月。把它喝下去的人，在一个月内都不会被粒子暴杀死，至少二十天后才需要使用解药。"

"有这种药剂，岂不是不需要我了吗？为什么……"

"这种药剂制作的难度太高，而且价格很贵。这种药剂一共只生产了三千五百万瓶，现在已经被分配到了我们认为最有价值的人手里，专业人才、运动员、受过高等教育的人等等。"

从利文斯顿的话中，哈特能感觉到一种巨大的荒谬感，这得是一个什么样的组织，才能干出这样的事情啊？可是，利文斯顿就站在他的面前，他知道这个组织是真的，而且它的力量足以颠覆一个国家，甚至整个世界。

"只要你在那天不直播，地球的人口将会大大减少，剩下的人口最多只有一亿左右，而人类的精英都将继续存活。这样一来，地球的资源危机将会显著缓解，而且将会在更合理的规划下使用。人类将迎来一次重启发展的机会。尽管会有大量机械与电子设备损坏，但既然人口减少了，我们总能找到足够多没有损坏的东西。"

哈特彻底呆滞了。他被这个计划的宏大和恶毒震惊得说不出话来。杀死地球上80%以上的人类？什么样的反派才能做出这样的事情来？

"你……你们想要做……做什么……"他隐隐感觉到不对。按照利文斯顿的说法，他们实现这个目标的方法很简单，只要自己死掉，人类就会失去唯一一个能把探测器信息传递给全球的渠道。

"别担心，你对我们的计划很重要。在人类文明重启后，我们这些幸存者会需要一条能够统一指挥和调配全球资源的渠道。你将会是全人类的传令官。"利文斯顿拍拍他的肩膀，"仔细想想吧，跟着我们干，你不用死，你的家人和朋友都会得到这种药剂，人类将拥有一个美好的未来。否则，你就会在欺骗和痛苦中死去。"

哈特坐倒在椅子上。在几分钟之前，他还心情平静地准备成为人类的救世主，而现在，他有充分的理由滑落进撒旦的怀抱。

"我们的时间不多，"利文斯顿抬起手表，"你还有五分钟的时间。五分钟内，我有能力把你带走；五分钟之后，我就只能自己走了。你知道到那时候我会干什么。"

哈特知道自己无法反抗面前的这个人。利文斯顿虽然看上去文弱，但以他的身手，只要几秒钟的时间就足以把哈特变成一具尸体。虽然房间里的饭桌底下、墙壁上、床头都有报警按钮，但哈特甚至不知道自己按下报警按钮是否会有用——按照利文斯顿此刻的笃定程度来看，基地里显然有不止一个内应。至少在这几分钟里，不会有人发现这个房间里面发生的事情。

而且，为什么要反抗呢？对方事实上给了他一条活路，而留在这里的结果则是死亡。几十亿条人命，和自己的命相比，孰轻孰重？哈特的脸色苍白。他深吸了一口气，仿佛做了什么决定，握紧拳头站起身来。

"怎么样，你决定了？"利文斯顿展颜一笑，但他的表情突然凝固了。他闻到了一股异味。

"浑蛋！"利文斯顿知道自己没有太多时间了。他用右手从左手的袖子里拉出一根尖利的塑料长刺，扑向哈特。哈特似乎早有准备，尽管身体比对方笨拙得多，仍然躲开了对方的第一次扑击。他抄起桌上的酒瓶砸向对方，利文斯顿一脚将酒瓶踢飞。

在这个房间里，除了酒瓶和戒指之外，没有任何能够用来伤害人的东西。利文斯顿轻松地把哈特逼进了角落，手上的尖刺只要一下就能戳穿哈特的脖子。但哈特在这个单调的房间里待了几个月，早已经对它熟悉如自己的掌纹，他突然一矮身，从右首的墙角搁架里抽出一个塑料脸盆，架住了塑料刺。利文斯顿不得不使出一个擒拿动作，将哈特摔翻在地，脸盆滚到一边。

利文斯顿的塑料刺狠狠地往哈特的脸上刺了下去，哈特本能地闭上眼扭过脸去。此时，一声巨响。

哈特睁开眼，发现脸上并没有受伤。他挣扎着爬起来，发现利文斯顿正在墙角喘息着，墙上和肩膀上都有血迹。

尽管房间的保卫人员早已经成了内应，不会通报任何情况，但刚刚哈特成功地在全球直播了房间内利文斯顿的样子。外围的巡逻人员通过直播注意到了房间里的异常，立刻往哈特这里冲来。而利文斯顿为了方便带走哈特，特地没有锁上房门，让援军的进入变得更加容易。

利文斯顿被架走了，他恶狠狠地对着地上吐出一口带血的唾沫："你……为什么要这么选？"

哈特还坐在地上，愣愣的，什么都没说。直到利文斯顿的身影消失在房门外的甬道尽头，他才用自己才能听到的声音说着："再让我选一次，说不定我真会跟着你走……谁知道呢？"

几分钟后，包括军装男子在内的一群政要、专家急匆匆地走进了房间。众人看着哈特，在开口说话前都有些小心翼翼。没有人知道利文斯顿知道多少，也没有人知道利文斯顿告诉了哈特多少。

反倒是哈特先开口了。他不知从哪里拿出了一片尖锐的玻璃碎片——那应该来自被踢飞碎裂的啤酒瓶，从刚才开始被他藏匿起来——抵着自己的颈动脉，然后大声说："我已经知道了一切。"

"你……知道了什么？"莱特纳教授试图让自己看上去显得和蔼一点。

"一切，包括你们给我准备的结局。"

"那你怎么看？无论如何，我们不希望你成为全人类的罪人。"古铁雷斯的脸色凝重。

"我……我会继续帮你们。但是，你们得尽可能让我活下来。还有，我不接受麻醉，你们必须得让我自己清醒地做出选择。"哈特低了低头看了看自己的下身，嘶哑着嗓子道，"还有，刚才的这段，全世界都看到了。”

　　一天后，哈特身着宇航服坐在载人飞船中，被各种安全带绑得紧紧的。

　　“哈特，你尽可以放心，昨天的袭击者是在骗你，地球轨道上受到的辐射量与地球相比没有本质的区别，药剂可以帮助你躲过粒子暴。之所以需要让你上天，只是为了更精密地计算。”军装男子通过麦克风，向飞船里的哈特喊话。

　　哈特没有回答，宇航服手套里的手指比了个中指。

　　“至于返回舱的问题，由于所有电子设备都会损坏，返回舱肯定是不能用了。但是，我们已经计算好了轨道，你的飞船将会与已经撤空完毕的空间站对接起来，其中含有足够你生活三十天的氧气和食物。三十天之内，我们将会维修好火箭，上来接你。”一位NASA的专家喊话。

　　哈特看过些科幻电影，他知道在缺乏电子设备的情况下，要想让飞船和国际空间站对接起来，难度不下于两个人持着步枪互射时，子弹撞在一起。但这多少是个办法。

　　“各部门就位，倒数三百秒！”

　　“倒数十秒，十，九，八……发射！”

尾 声

"二○一八年的人类经历了有史以来最大的一场危机。这场巨大得极不真实的危机，最终，也以极不真实的方式得到了解决。我们哀悼在事件中死去的上亿人类公民，也感谢造物主给人类留下的机会。只要人类团结一心，我们就能克服一切困难……"

此刻，窗外彩灯闪烁，圣诞节的氛围已经在城市里荡漾起来。尽管因为大量汽车和电器的损坏，街道上不复过去的拥挤，失去了路灯之后的街道也显得昏暗，但人们似乎很习惯这一点，不少人索性提灯夜游，倒是给城市带来了些怀旧。

此刻，哈特正坐在马桶上看着电视。奇迹般地对接上了空间站，并且被接回地面之后，哈特的身体因为强烈的辐射，爆发了急性基因崩解。不知是因为积德太多还是天赋异禀，经过抢救之后，哈特竟然活了下来。经历了几个月的昏迷之后，当哈特醒来时，他发现自己的超能力已经消失了。

出院后的第一天，哈特就在家中的厕所里装上了一台大电视。

这会儿，电视里正在播放新闻："目前，这位来自韩国的年轻人已经被确定是导致全球出现奇异黑暗的原因，只要他的眼睛闭上时，全球就会陷入黑暗……"

哈特笑了笑。

图书在版编目（CIP）数据

孤独博物馆 / 纽太普著 . — 长沙：湖南文艺出版社，2017.12
ISBN 978-7-5404-8265-7

Ⅰ.①孤… Ⅱ.①纽… Ⅲ.①故事—作品集—中国—当代 Ⅳ.① I247.81

中国版本图书馆 CIP 数据核字（2017）第 191364 号

上架建议：文学·短篇小说

GUDU BOWUGUAN
孤独博物馆

作　　者：纽太普
出 版 人：曾赛丰
责任编辑：薛　健　刘诗哲
监　　制：毛闽峰　赵　萌　李　娜
策划编辑：郑中莉　张丛丛　沈可成
特约编辑：马玉瑾
营销编辑：贾竹婷　雷清清　刘　珣
封面设计：棱角视觉
插画设计：少年吴大
版式设计：李　洁
出版发行：湖南文艺出版社
　　　　　（长沙市雨花区东二环一段 508 号　邮编：410014）
网　　址：www.hnwy.net
印　　刷：北京京都六环印刷厂
经　　销：新华书店
开　　本：875mm × 1270mm　1/32
字　　数：251 千字
印　　张：10.5
版　　次：2017 年 12 月第 1 版
印　　次：2017 年 12 月第 1 次印刷
书　　号：ISBN 978-7-5404-8265-7
定　　价：39.80 元

质量监督电话：010-59096394
团购电话：010-59320018

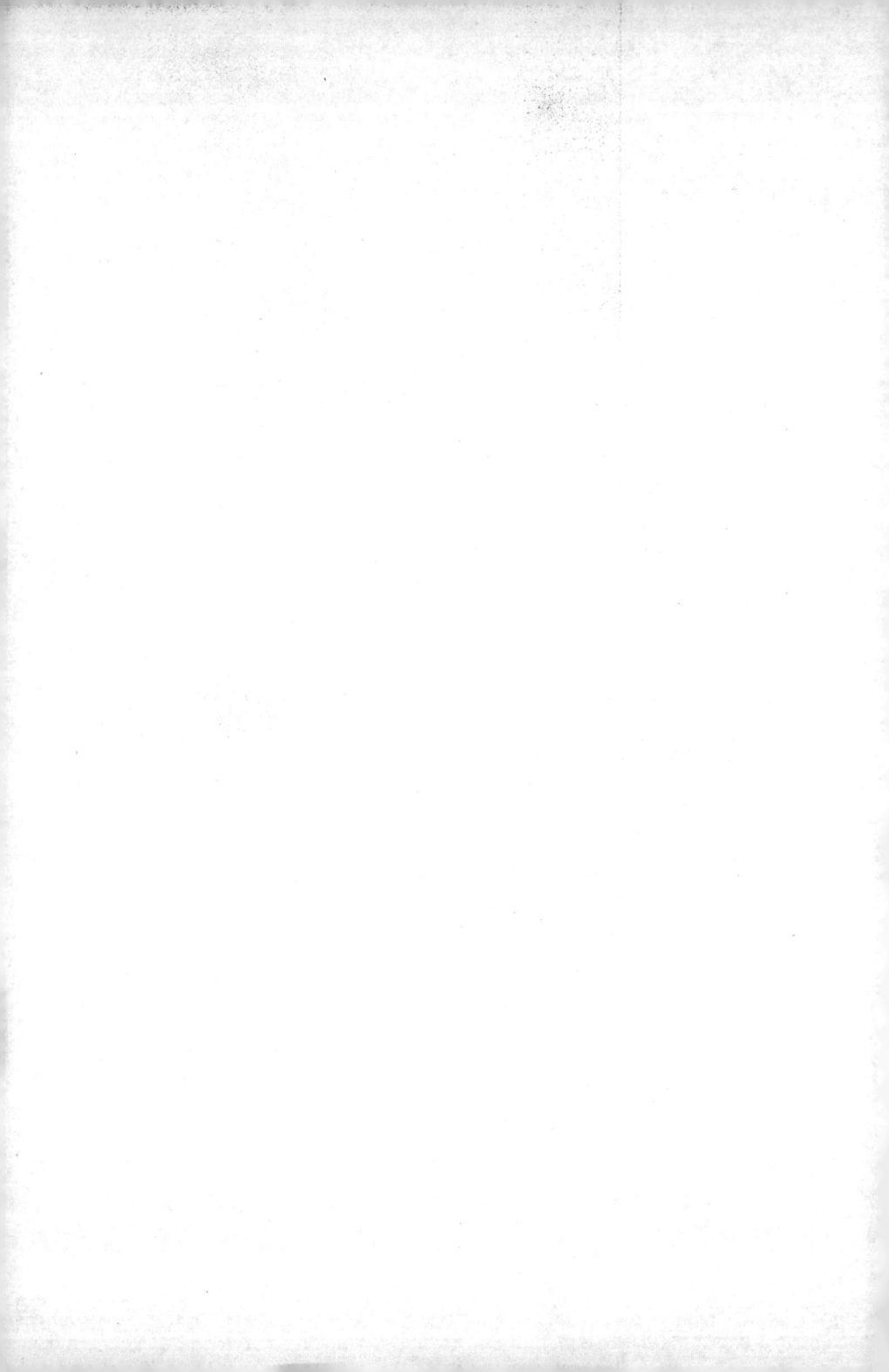